Buch

Der russische Priester Wassilij Merhum, bekannt für seine unerschrockenen politischen Ansichten, wird vor seiner Kirche in der kleinen russischen Stadt Arkusch von einem Mann mit einer Axt erschlagen. Merhum stirbt in den Armen der Nonne Nina, und seine letzten Worte sind: »Oleg muß mir vergeben!« Als Inspektor Rostnikow, der mit der Lösung des Falles beauftragt wird, in Arkusch eintrifft, findet er eine schockierte Gemeinde vor. Die Vergangenheit des Priesters läßt zunächst an einen politisch motivierten Mord glauben, doch bei Rostnikow verdichten sich die Anzeichen für ein privates Tatmotiv. Was hatten die kryptischen letzten Worte zu bedeuten? Und war es wirklich Zufall, daß die Nonne gerade zur Stelle war? Doch da passiert ein zweiter Mord – und die Nonne Nina ist das Opfer...

Autor

Stuart M. Kaminsky lebt in Sarasota, Florida. Er ist Direktor des dortigen Florida State University Conservatory of Motion Picture. Sein Roman »Kalte Sonne« wurde 1989 in Amerika als bester Kriminalroman des Jahres ausgezeichnet.

Außerdem als Goldmann Taschenbuch

Nacht auf dem Roten Platz (5067)
Rotes Chamäleon (5072)
Roter Regen (5089)
Kalte Sonne (5111)
Der Mann, der wie ein Bär ging (5157)
Zwangsurlaub für Rostnikow (5801)

STUART M. KAMINSKY

TOD EINES RUSSISCHEN PRIESTERS

Kriminalroman

Aus dem Amerikanischen von
Christine Frauendorf-Mössel

Goldmann Verlag

Deutsche Erstausgabe
Die Originalausgabe erschien unter dem Titel »Death of a Russian
Priest« bei Ballantine Books, New York

Umwelthinweis:
Alle bedruckten Materialien dieses Taschenbuches
sind chlorfrei und umweltschonend.
Das Papier enthält Recycling-Anteile.

Der Goldmann Verlag
ist ein Unternehmen der Verlagsgruppe Bertelsmann

© der Originalausgabe 1992 by Stuart M. Kaminsky
© der deutschsprachigen Ausgabe 1993
by Wilhelm Goldmann Verlag, München
Umschlaggestaltung: Design Team München
Satz: IBV Satz- und Datentechnik GmbH, Berlin
Druck: Elsnerdruck, Berlin
Krimi: 5839
Lektorat: Ulrich Genzler
Redaktion: Ursula Walther
Herstellung: Peter Papenbrok
Printed in Germany
ISBN 3-442-05839-2

10 9 8 7 6 5 4 3 2

*Für Evan Hunter mit Dank
für seine Unterstützung
und Inspiration*

…daß Nikolaj damals ganz allein stand, niemand ihm Teilnahme und Verständnis entgegenbrachte, und alle sich über ihn lustig machten, als er in der Religion Hilfe suchte und durch Frömmigkeit, Fasten, Umgang mit Mönchen und Kirchenbesuch ein Gegengewicht zu seiner leidenschaftlichen Natur zu gewinnen suchte. Man verspottete ihn, nannte ihn ›Noah‹ und ›Klosterbruder‹, und als er den letzten Halt verlor, stand ihm niemand bei; alle wandten sich mit Entsetzen und eisiger Verachtung von ihm ab.

Aus ›Anna Karenina‹ von Leo N. Tolstoi

1

An einem frostigen Dezembermorgen, eine Stunde nach Sonnenaufgang, stand der Mörder vor der weißen Holzkirche im Dorf Arkusch.

Er war sorgfältig darauf bedacht, jede zufällige Berührung mit den Gläubigen zu vermeiden, die nacheinander die Kirche betraten, um sich während des dreiviertelstündigen Gottesdienstes zu verneigen, zu beten und zu singen. Den Gottesdienst sollte der Pope abhalten, der ausersehen war, ein Heiliger zu werden.

Der Meuchelmörder sah zu den Kirchtürmen auf. Es waren vier Zwiebeltürme, die bunte zum Himmel aufzüngelnde Flammen symbolisieren sollten, in denen Kinder und Ungläubige jedoch nur pastellfarbene Zwiebeln zu sehen vermochten. Der Meuchelmörder verbarg seine Abscheu hinter einer Maske der Pietät, unter der er zu ersticken glaubte. Er betrat das Gotteshaus und fand einen Stehplatz, von wo aus er den Popen ständig im Auge behalten konnte.

In der Kirche hatten sich Männer und Frauen sämtlicher Altersklassen, komplette Familien mit Kindern – nicht nur alte Babuschkas – versammelt. Sie waren gekommen, um den Priester zu hören, der den Geist des heiligen Basilius und des heiligen Philip zu neuem Leben erweckte, und um ihre Kerzen zum Altarraum zu reichen und sie von ihm weihen zu lassen.

Hinter der wogenden, lärmenden Menge der Gläubigen nahm der Mörder die Ikonostasis wahr, den Wandschirm mit den Heiligenbildern, die nach dem Dogma als Türen zu Gott, der Mutter Maria oder den dargestellten Heiligen dienten. Doch der Mörder schenkte den Menschen, den Ikonen, den brennenden Kerzen kaum Beachtung. Er hatte den Blick unverwandt auf die Mitteltür der Ikonostasis gerichtet, durch die der Pope jeden Augenblick das Kirchenschiff betreten mußte.

Exakt in diesem Augenblick reckte der Pope Wassilij Merhum die Arme demütig dem Heiland entgegen, damit ihm sein Enkel Alexander helfen konnte, die Gewänder für die Abendmahlsfeier anzulegen. Als das sakrale Gewand über seine Arme glitt, schlug das Herz des Popen heftig vor freudiger Erregung, denn er dachte daran, was er an diesem Nachmittag zu tun gedachte.

Vor seinem geistigen Auge erschien das Bild eines niedrigen Holzgebäudes in Moskau, in dem sich das Amt für auswärtige Angelegenheiten der Russisch Orthodoxen Kirche befand.

In einem Konferenzraum des Gebäudes, das der Pope Merhum an diesem Nachmittag aufzusuchen gedachte, hing ein großes Bild. Es war Merhums Lieblingsbild. Es zeigte einen riesigen Mann mit wutverzerrtem Gesicht, dessen goldene Robe teilweise unter einer schwarzen Mönchskutte verborgen war. Der Riese sah auf einen Bischof hinunter, der offenbar seinen Zorn erregt hatte. Der Bischof, im weiten, weißen Gewand, sah mit erstaunlicher Gelassenheit in das Gesicht des tobenden Riesen.

Der goldene Riese auf dem Gemälde war Iwan der Schreckliche. Der Bischof war Philip, der Patriarch von Moskau. Die Legende besagte, daß Iwan der Schreckliche die Kirche als Mönch verkleidet betreten hatte, um Philip kategorisch aufzufordern, seine ketzerischen Reden gegen den Zaren zu unterlassen. Der Bischof widersetzte sich dem Befehl. Iwan ließ ihn verhaften und schließlich im Kerker hängen. Philip wurde ein Heiliger der Kirche.

Vater Merhum war ein großer Mann, über einsachtzig, und seine Figur glich der eines Bären. Er war sechsundsechzig Jahre alt und hatte einen lockigen grauen Bart. Seine grauen, furchtlosen Augen verrieten, daß er ein Priester war, der bedingungslos daran glaubte, unter dem persönlichen Schutz von Jesus Christus zu stehen. Und mit diesem festen Glauben an seinen Auftrag hatte Vater Merhum Politkommissaren, den Würdenträgern seiner Kirche, dem KGB und Staatspräsidenten von Stalin bis Gorbatschow getrotzt. Jetzt, nur wenige Tage nach dem Ende des siebzig Jahre währenden Fiaskos des sowjetischen Sozialismus, war er bereit, die Forderung nach Reformen mit Jelzin persönlich zu erfüllen.

Vater Merhum hatte keine Illusionen. Er traute weder dem Freiheitsversprechen der neuen Gemeinschaft Unabhängiger Staaten, noch glaubte er, daß die Männer, gegen die er über ein halbes Jahrhundert lang gekämpft hatte, plötzlich Toleranz walten ließen, nur weil sie neue Hüte trugen und statt der Fahne mit Hammer und Sichel eine rot-weiß-blaue Flagge schwenkten. Jelzin war ohne die Rückendeckung einer Partei an die Macht gekommen. Er und die Führer der anderen neuen Staaten hatten keine andere Wahl gehabt, als sich auf die alte Bürokratie zu verlassen. Die Menschen würden weiter hungern und allmählich begreifen, daß das andere und Neue nicht immer das Bessere ist. Und damit war auch irgendwann ihr Glaube erschüttert.

Wassilij lüftete seine Robe und hielt seinem Enkel ein Bein entgegen, damit er ihm das lange, weiche Unterkleid, das sogenannte »Stitcharion«, anlegen konnte. »Mein Herz lobpreist den Herrn«, sagte der Pope leise. »Er hat mich in das Gewand des Erlösers gekleidet und mir das Kleid der Freude angelegt. Er hat mir wie einem Bräutigam die Kopfbedeckung aufgesetzt und mich wie eine Braut in Bewunderung gehüllt.«

Der gut zehn Zentimeter kleinere Enkel legte die Stola, das »Epitrachelion«, über die Schulter des alten Mannes. Ihre über der Brust locker zusammengehefteten Enden verkörperten die Freude des Heiligen Geistes.

Als er die Stola anlegte, sagte der Pope: »Gelobt sei Gott, der seine Gnade wie einen kostbaren Balsam über die Häupter seiner Diener ergießt...«

Dann, als der Gürtel um seine füllige Taille gelegt wurde, rezitierte Vater Merhum weiter: »Er hat mich mit Kraft gegürtet und mir den rechten Weg gewiesen.«

Dann kamen die »Epimakinia«, die Manschetten, die vom Handgelenk bis zum Ellbogen reichten.

»Dein rechter Arm«, sagte er, »war von Kraft gesegnet, mein Schöpfer. Dein rechter Arm, mein Schöpfer, o Herr, hat den Feind vernichtet.«

Dann war der linke Arm an der Reihe: »Deine Hände haben mich erschaffen und mich geformt. Lehre mich, deine Gebote zu beachten.«

Er legte das Meßgewand an, das wie die Tunika von Jesus saumlos war.

Als Vater Merhum seine Gebete sprach, stand der Mörder neben der Empore, von der aus der Pope bald das Wort an seine Gemeinde richten würde. Eine alte Nonne ganz in Schwarz mit einer bienenkorbförmigen Kopfbedeckung stand mit gesenktem Kopf in der Ecke und betete einen Rosenkranz. Der Mörder betrachtete die knorrigen Finger, durch die die in Silber gefaßten grünen Rosenkranzperlen glitten.

Ein Chor aus sechs Männern und Frauen sang leise einen Choral. Nonne und Chor verstummten, als sich die prächtige goldbemalte Tür in der Ikonostasis öffnete und Vater Merhum, ein Riese in vollem Ornat, heraustrat und mit dröhnender Stimme sagte: »Vergebt mir, meine Kinder!«

»Gott erlöse dich. Gott wird vergeben«, hallte es im Kirchenrund wider. Nur einer hatte geschwiegen.

Der Gottesdienst dauerte über drei Stunden. Dann war es Zeit für die Predigt. Es herrschte absolute Stille, als Vater Merhum der Gemeinde den Rücken zuwandte, um seinen Blick auf die Ikonen zu richten und Kraft aus ihnen zu schöpfen. Seine breiten Schultern sanken vornüber. Dann richtete er sich entschlossen auf.

Ein kleines Kind verlangte etwas zu trinken. Ärgerliche Stimmen brachten den Jungen flüsternd zum Schweigen. Doch der Pope, der sich mittlerweile wieder umgedreht hatte, hielt eine Hand hoch und lächelte.

»Es ist recht, daß ein durstiges Kind nach Wasser verlangt«, sprach er. »Der Herr hat den Kindern die Fähigkeit zu heucheln nicht gegeben. Sie wird ihnen erst anerzogen. Wir leben in einer Welt der Heuchelei. Und Heuchelei haben uns nicht nur diejenigen gelehrt, die uns einst anhielten, den falschen Gott Lenin anzubeten, sondern auch all jene, die den wahren Gott und unseren Herrn Jesus Christus verleugneten. Gebt dem Kind Wasser.«

Die alte Nonne in der Ecke erhob sich, und die Menge bildete eine Gasse für sie. Die Alte ging zu dem durstigen kleinen Jungen und nahm seine Hand.

»Eure Seele«, fuhr der Pope fort, als die Nonne den Jungen zur Kirchentür führte, »mag die irdische Maske tragen. Frauen mögen ihre Gesichter schminken –« seine Worte hallten vielfach von den alten Mauern wider, »Männer mögen ihre Masken vervollkommnen, aber der wahre Gott kann die Seele sehen und ihren Schrei nach Wasser, Nahrung und Sinn im Leben hören.«

Der Meuchelmörder war sicher, daß ihn die durchdringenden Blicke des Popen in diesem Moment trafen. Er zwang sich, weder zu blinzeln noch zu weichen.

»Der Kampf ist nicht vorbei, obwohl die Denkmäler gestürzt sind und das Reich darniederliegt. Wir können jetzt offen sprechen, doch die Mörder der Seele warten mit Knüppeln und Gewehren bereits im Schatten. Die neue Freiheit ist nicht nur für die Gerechten, sondern auch für die Ungerechten. Die, die euer Brot gestohlen haben, werden durch andere ersetzt, die euch Brot und Wasser nehmen. Der Kampf ist noch nicht vorüber.

Hört auf mich!« dröhnte er laut und trat einen Schritt vor. »Neue falsche Götter haben sich hinter den goldenen Türen von Moskau, Tiflis und Kiew eingenistet. Schwört ihnen ab! Es gibt kein neues Zarenreich, und es gab kein altes Königreich. Es war immer das Reich unseres Herrn Jesus Christus. Ich gehe noch heute nach Moskau. Man erwartet von mir, daß ich in den Jubel derer einstimme, die ein neues Königreich namens Demokratie errichten wollen. Noch heute werden sogar die höchsten Würdenträger unserer Kirche lächeln und Dank sagen und von Hoffnung verzaubert sein. Es ist nicht schwer für einen bösen König, die Verführten in die Roben von Priestern zu stecken, aber Gott bestimmt, was heilig ist, nicht die weltlichen Könige. Im Namen unseres Gottes schwöre ich, mich nicht von einem goldenen Kreuz korrumpieren zu lassen, während man mir die Seele aus dem Leib reißt, unsere Seelen, und das Königreich unseres Heilands für sich beansprucht.«

Am Ende der Predigt segnete Vater Merhum die Gläubigen und strich über die Köpfe derjenigen, die vortraten, um den Saum seines Gewandes zu küssen.

Die Blicke des Meuchelmörders und des Popen trafen sich erneut für den Bruchteil einer Sekunde. Wäre die tödliche Waffe nicht draußen verborgen gewesen, er wäre über die gebeugten Rücken all dieser Idioten geklettert, über das dumme Vieh, das vor diesem aufgeputzten Stück Dreck kniete. Mit Dreck mußte aufgeräumt werden. *Krow*, dachte der Mörder. Blut. Er stellte sich den Popen vor, wie er zweigeteilt dalag und stinkende Gase seinem Körper entwichen.

Der Pope war verschwunden. Durch die vergoldete Pforte.

Der Mörder drängte sich durch die Menge. Der Pope würde sich hastig umziehen. Demut heuchelnd, würde er durch die

Wälder zur Bahnstation laufen, wo er den Zug nach Moskau besteigen wollte, um sich im Namen Gottes und des Volkes mit dem Staat auseinanderzusetzen. Aber er würde andere Dinge in Moskau tun, Dinge, die er verschwieg.

Scheinheiligkeit, dachte er und zwang sich, sich den Schritten derer anzupassen, die noch wie betäubt in ihrem religiösen Taumel in das kalte Tageslicht hinaustraten. Sie bewegten sich langsam, und er tat es ihnen gleich.

Vater Merhum zog mit Hilfe seines Enkels vorsichtig und voller Ehrerbietung seine Gewänder aus. Er war sich seiner Hände und seiner Schenkel bewußt und spürte das Kitzeln des grauen Haars zwischen seinen Lenden, während er die Kleidungsstücke abstreifte und Alexander reichte.

»Ich möchte dich etwas fragen«, sagte der Pope, und die Knie des Jungen zitterten, als er den Umhang sorgfältig über einen Holzbügel hängte. Alexander war sicher, daß sein Großvater hinter sein Geheimnis gekommen war.

»Hast du heute morgen gegessen?« fragte Vater Merhum, zog seinen schwarzen Umhang über den Kopf und strich sein wirres graues Haupt- und Barthaar glatt.

»Ja, Großvater«, sagte Alexander. Er steckte die Manschetten behutsam in die Holzschatulle auf dem Tisch.

»Dein ganzes Brot?« erkundigte sich Vater Merhum schelmisch.

»Alles«, antwortete Alexander.

»Gut«, sagte sein Großvater. »Willst du noch immer Pope werden?«

Und wie dutzende Male zuvor antwortete der Zwölfjährige: »Wie mein Großvater und sein Vater vor ihm.«

Alexanders Vater Pjotor, der die Familientradition für das Leben eines Ladenbesitzers verraten hatte, blieb unerwähnt. Pjotor behauptete, Atheist zu sein. In den vier Jahren, in denen Vater

Merhum aufgrund seiner Zeitungsartikel, seiner Attacken gegen die von der Regierung als Erzbischöfe und Bischöfe eingesetzten Marionetten im Gefängnis gesessen hatte, hatte Pjotor ihm kein einziges Mal geschrieben.

»Dein Vater hat seine Seele verloren«, sagte Vater Merhum und rückte das schwere Kreuz auf seiner Brust zurecht. »Er hat die Schwäche seiner Mutter geerbt, die der Herr zu sich genommen hat.«

Der kleine zierliche Junge, der seiner melancholischen und schönen georgischen Mutter sehr ähnlich sah, nickte. Wenn sein Großvater von seinem Vater sprach, stellte sich Alexander nicht den mürrischen Mann zu Hause vor, sondern den Sünder auf der Ikone von den Toren der Hölle, die im Haus des Großvaters hing. Der Sünder war eine hagere bleiche Gestalt in Lumpen, der das Gesicht mit dem rechten Arm gegen den Zorn Gottes schützte.

»Tief in seinem Innern hat sich Pjotor gar nicht von Gott abgewandt«, sagte Vater Merhum. »Er glaubt noch an Gott. Er hat ihm und der Mutter Maria nur den Rücken gekehrt – und das wegen ein paar Flaschen Weins und ein paar Seiten Speck. Ich respektiere einen aufrichtigen Atheisten, sogar einen aufrichtigen Kommunisten, aber ich verachte einen Feigling, der nur an das Wohlbefinden seines Körpers denkt, einen Feigling, der Gott und seine Seele im Stich läßt.«

Alexander nickte pflichtschuldig.

»Hast du das verstanden?« fragte Vater Merhum. »Rede!«

»Ich verstehe«, antwortete der Junge.

»Meine Worte sind hart, aber es ist besser, der Wirklichkeit ins Gesicht zu sehen, statt Lügen und Ausreden zu erfinden. Wir sind so, wie wir sein müssen, aber der Herr schenkt uns die Möglichkeit der Wahl. Dein Vater hat seine Wahl getroffen. Du wirst dich noch entscheiden. Heute. Morgen.«

Alexander nickte.

»Hast du auch nur die Hälfte von dem begriffen, was ich dir gesagt habe?«

»Ich glaube schon.«

»Gut«, sagte Vater Merhum. »Geh jetzt!«

Der Junge wandte sich ab, griff nach seinem Mantel und rannte zur Tür hinaus.

Nachdem sein Enkel fort war, betrachtete sich Wassilij Merhum im hohen Spiegel und dachte an den bevorstehenden Kampf. Er wollte für politische und religiöse Freiheit in diesem neuen Rußland kämpfen. Er wollte fordern, daß diejenigen, die unter dem alten Regime gefoltert und gemordet hatten, zur Verantwortung gezogen wurden, selbst wenn es sich um wichtige Mitglieder der neuen Regierung handelte. Namen würde er nennen. Er würde die Liste auf dem Roten Platz über dem leeren Mausoleum verlesen, das nichts als die profane Ikone Lenins enthielt und vor dem die Dummen Schlange gestanden hatten, um ihn zu verehren. Und wenn er als Märtyrer sein Leben lassen mußte, war es ihm bestimmt.

Er wollte die Namen derjenigen nennen, die nur die Masken getauscht hatten – angefangen von ranghohen Generälen und Parteimitgliedern bis zum bedauernswerten Bürgermeister von Arkusch. Und er hatte vor, seiner Liste die Namen von zwei Bischöfen hinzuzufügen. Sein Auftritt würde mit einer öffentlichen Versammlung im Schnee vor der Basilius-Kathedrale an diesem Tag stattfinden. Die ausländische Presse war ebenso wie Jelzin persönlich eingeladen, aber er würde sicher nicht kommen. Sogar Gorbatschow hatte man gebeten zu erscheinen, obwohl seine Anwesenheit längst nicht mehr relevant war. Vater Merhum rechnete lediglich mit der Bevölkerung und den Fernsehkameras. Er würde russisch, englisch und französisch sprechen. Er freute sich schon auf den nicht mehr fernen Tag, an dem man ihm einen Posten in der russischen Regierung offerierte. Er stellte sich bildlich vor, wie er das Angebot demütig ablehnte.

Nachdem er seinen Mantel angezogen hatte, tastete Vater Merhum nach der Fußbodenbohle unter dem Stuhlbein, fand das darunterliegende Geheimfach und vergewisserte sich, daß sein Inhalt unberührt geblieben war. Dann stand er auf, trat durch die Tür und auf den Pflasterweg hinter der Kirche. Er überquerte den kleinen betonierten Kirchhof und verschwand im Wald.

Während er kräftig ausschritt und die Wolke seines kondensierten Atems vor sich betrachtete, erlaubte er sich, in Gedanken zu der Verabredung abzuschweifen, die er für den Abend in dem massiven Gebäude vereinbart hatte, das der Kirche gegenüberstand, in der Puschkin getraut worden war. Die Verabredung und das, was dabei herauskam, sollten irdische Belohnung und zugleich Strafe für die flammende Ansprache sein, die er an diesem Tag zu halten gedachte. Vater Merhums Herausforderung an Jelzin, seine Forderung nach sofortiger Bestrafung derjenigen, die sich hinter den schützenden Säulen des Kreml versteckt hatten, sollte sämtlichen Christen und Nichtchristen in Rußland und anderswo auf den Lippen brennen. Er hatte vor, den umgehenden Rücktritt von vielen maßgeblichen Herren in der neuen Staatengemeinschaft zu verlangen. Er erwartete nicht, daß seine Forderung wirklich erfüllt wurde, aber sie mußte Signalwirkung haben. Er wollte damit zeigen, daß ein respektables Mitglied der Kirche in den Ruf derjenigen eingestimmt hatte, die forderten, nicht nur mit den Reaktionären, sondern auch mit den neuen Heuchlern aufzuräumen.

Vater Merhum war nur noch fünfzig Meter von seinem Haus entfernt, aber er hatte nicht vor, dort Station zu machen. Während er über den schmalen Pflasterweg in Richtung Bahnhof ging, hörte er Tiere auf dem schneebedeckten Gras scharren und das Flügelrauschen der grau-schwarzen Krähen in den Bäumen.

Er blieb neben der Birke stehen, in die er mit sechzehn ein Kreuz geritzt hatte, um der jungen, vollbusigen Tochter des damaligen Bürgermeisters von Arkusch zu imponieren. Von dem Kreuz war nichts mehr zu sehen. Er bückte sich, denn er spürte einen störenden Gegenstand, möglicherweise einen Kieselstein, im Schuh. Und während er hinuntergriff und den Schuh auszog, hörte Vater Merhum ein Rascheln in den Blättern hinter sich, das nicht von einem Frettchen oder einer Ratte, sondern von einem größeren Lebewesen herrühren mußte. Den rechten Schuh in der einen Hand, stützte er sich mit der anderen gegen den Stamm der altvertrauten Birke und sah sich um. Was er wahrnahm, war kein Mensch, sondern eine erhobene Axt.

Zeit zu denken, zu beten oder etwas zu sagen, blieb ihm nicht mehr. Die Axt riß den Popen von den Beinen, und sein Schuh flog im hohen Bogen ins Unterholz. Er versuchte noch, sich wegzudrehen, doch selbst dazu hatte er keine Chance. Der nächste Schlag war noch schmerzhafter. Er verspürte ein heftiges Pochen in seinem Schädel, als er endlich auf den Rücken rollte und aufsah.

»Du«, sagte er. »Du.«

Der Mörder wollte erneut zuschlagen, hielt jedoch mitten in der Bewegung inne. Der Pope war auf den Waldboden zurückgesunken, blinzelte verwirrt, während ein tiefer Seufzer und ein Hauch kondensierten Atems seinem Mund entwichen. Der Attentäter starrte auf den bärtigen Hundesohn. Blut und eine gelbliche Flüssigkeit traten aus seinem Schädel und färbten die Blätterdecke des Waldbodens dunkel. Statt erneut zuzuschlagen, wandte sich der Mörder ab und verschwand zwischen den Bäumen, die Axt an seiner Seite.

Vater Merhum war noch nicht tot. Er rollte zur Seite, richtete sich kniend auf, berührte seinen Hinterkopf und fühlte die weiche Masse seines Gehirns und die spitzen Kanten gesplitterter

Knochen unter den Fingerkuppen. Er kroch vorwärts. Seine Hände hinterließen blutige Spuren im Schnee und auf dem Pflasterweg. Es wäre ein wahres Wunder gewesen, wenn er überlebt hätte.

Hinter der Lichtung konnte er sein kleines Haus sehen. Das schwere Kreuz an der Kette um seinen Hals kratzte über den Pflasterweg, während er darauf zukroch. Allmählich verlor er jedes Gefühl in seinem schuhlosen Fuß und im rechten Arm. Er, Vater Merhum, hatte plötzlich die Vorstellung, mit seinem Kreuz auf den Pflastersteinen Funken entzünden zu können.

An der niedrigen Gartenpforte seines Hauses tauchte sein seit über vierzig Jahren toter Vater auf und schwebte ihm entgegen... in vollem österlichen Ornat. Das Kreuz des alten Mannes hüpfte auf seiner Brust. Sein Bart, lang, golden und seidig, schleifte hinter ihm her, als er seinem Sohn entgegenkam.

Und dann, als sein Vater neben ihm niederkniete, erkannte Wassilij Merhum, daß die Gestalt nicht sein Vater war, sondern eine Frau aus seiner Kindheit. Es war Jelena Joschgow; und plötzlich war es auch nicht mehr Jelena Joschgow, sondern Schwester Nina, die ihren silbernen Rosenkranz um den Hals trug. Sie kauerte neben ihm, hob seinen Kopf in ihren Schoß und sang ein Klagelied, in dem sie ihrem Schmerz und ihrer Bewunderung für den sterbenden Popen Ausdruck verlieh. Er würde als Märtyrer angesehen werden. Er konnte ruhig sterben. Trotzdem standen seine Lippen nicht still.

»Schwester, Oleg muß mir vergeben«, sagte er, und Schwester Nina beugte sich vor, um ihn besser verstehen zu können, doch kein Wort drang mehr über seine Lippen. Der Pope war tot.

2

Eigentlich war es Galina Panischkoja gar nicht klar, wie sie dazu kam, in einem Hinterzimmer vom früheren staatlichen Warenhaus 31 den Lauf einer Waffe an den Hals einer jungen Frau in einer etwas schmuddeligen weißen Kittelschürze zu drücken.

Galina war eine dreiundsechzigjährige Großmutter, eine Babuschka. Sie hatte Arthritis in den Knien und zwei Enkeltöchter, für die sie sorgen mußte. Wenn sie irgendwo überflüssig war, dann hier in diesem Kaufhaus.

Sie rutschte auf dem wackeligen Stuhl hin und her, um eine bequemere Stellung zu finden. Durch die Bewegung zitterte die Waffe in ihrer Hand, und die junge Frau im weißen Kittel hielt entsetzt die Luft an, als die Pistolenmündung sich gegen den Knochen über ihrem Ohr preßte.

»Entschuldigung«, sagte Galina.

Die junge Frau hieß Ludmilla. Sie schluchzte laut auf und versuchte, nicht auf die Gestalt von Herman Koruk, ihrem Chef, zu sehen, der mit gespreizten Beinen und vor Überraschung weit aufgerissenen Augen auf dem Fußboden saß. Ein Fleck an seinem Hals markierte die Stelle, wo Galinas Kugel ihn getroffen hatte.

»Bitte, lassen Sie mich gehen!« flehte Ludmilla.

»Pssst!« befahl Galina und sah durch die halbgeöffnete Verbindungstür in den Verkaufsraum.

Sie versuchte zu hören, was die Polizisten sagten, aber sie waren zu weit weg. Als erster war der junge Polizist dagewesen. Aber heutzutage schienen ja die meisten Polizisten, ja die meisten Menschen überhaupt, blutjung zu sein. Galina hatte der jungen Verkäuferin befohlen, sich vor ihr auf den Boden zu setzen, als der junge Polizist hereingekommen war.

»Stehenbleiben!« hatte sie gesagt. Und trotz seiner Jugend war er nicht dumm gewesen.

Er war stehengeblieben und hatte die Hand von der Waffe in seinem Halfter genommen.

»Tun Sie ihr nichts«, hatte er gesagt.

»Gehen Sie weg!« hatte Galina geantwortet.

»Ich...?«

»Raus!« hatte Galina wiederholt, und er war gegangen.

Ludmilla, die fünfundzwanzig und eher mager war, wünschte sich zwei völlig widersprüchliche Dinge gleichzeitig: Sie wollte unsichtbar werden, und sie wollte die Verrückte überreden, sie laufenzulassen. Sie drehte langsam den Kopf, um etwas zu sagen, und fühlte, ja roch sogar den Stahl des Pistolenlaufs. Sie entschied, daß Unsichtbarkeit doch die bessere Lösung wäre.

Die Funkmeldung, daß im ehemaligen staatlichen Warenhaus 31 ein Mann erschossen worden war und eine weitere Person als Geisel festgehalten wurde, hörte Porfirij Petrowitsch Rostnikow auf dem Beifahrersitz eines neuen Mercedes-Einsatzwagens mit Chauffeur auf dem Weg zur morgendlichen Lagebesprechung des Sonderdezernats. Zu diesem Zeitpunkt passierte der Wagen zufällig den grauen Bau der Leninbibliothek, die nur fünf Autominuten vom Warenhaus 31 entfernt lag.

»Fahren Sie hin!« befahl Rostnikow automatisch.

Als sie vor dem Eingang des Warenhauses an der Arbat-Straße anhielten, waren zwei uniformierte Polizisten damit beschäftigt, eine Menge Schaulustiger vom Schaufenster zurückzudrängen und davor zu bewahren, von der Verrückten im Kaufhaus über den Haufen geschossen zu werden.

Rostnikow stieg aus dem Mercedes und schlug die Tür zu.

Sofort kroch die Kälte unaufhaltsam in Rostnikows linkes Bein. Das Bein, ein Tyrann vom Kaliber der Zaren, meldete sich bei jedem Wetterwechsel und jeder Bewegung. Die Verwundung, die ihm ein deutscher Panzeroffizier im Zweiten Weltkrieg beigebracht hatte, mußte Porfirij seinem jugendlichen Patriotismus zuschreiben. In den sechsundvierzig Jahren, die seit jenem Ereignis vergangen waren, hatte Rostnikow gelernt, mit dieser schmerzhaften und stets präsenten Erinnerung an seine Jugendsünden zu leben.

Jetzt bot er diesem Körperteil – intern versteht sich – einen Tausch an: weitgehende Schmerzfreiheit gegen drei Stunden absolute Nachtruhe und eine bequeme von Kissen gestützte Stellung.

Porfirij Petrowitsch Rostnikow, der eine Kunstlederjacke über seinem noch immer respektablen schwarzen Anzug trug, bahnte sich bedächtig einen Weg durch die Menge, die ihm nur widerwillig Platz machte.

»Geht nach Hause!« schrie ihnen der junge Polizist zu, der Galina im Hinterzimmer des Warenhauses 31 gesehen hatte.

»Warum?« fragte eine Reibeisenstimme, von der man nicht wußte, ob sie zu einem Mann oder einer Frau gehörte. »Ich habe zu Hause nichts mehr zu essen.«

»Wir leben jetzt in einem freien Land!« schrie eine jüngere, männliche Stimme. »Wir lassen uns nicht mehr von der Polizei nach Hause schicken.«

»Richtig!« riefen mehrere Leute, als sich Rostnikow durch die vordersten Reihen der Menge zwängte.

Ein kleiner Mann mit schlechten Zähnen und orangefarbener, tief über beide Ohren gezogener Wollmütze und viel zu großem Mantel schob sein Gesicht dicht vor das von Porfirij Petrowitsch und kreischte: »Uns schubst keiner mehr herum!«

Rostnikow roch seine Alkoholfahne.

»Die Polizei kann das Geschubse nicht lassen«, äußerte die rauhe Stimme aus dem Hintergrund wieder. »Egal, welche Uniformen sie trägt.«

Inzwischen waren noch zwei Uniformierte eingetroffen und halfen ihren Kollegen, die Menge zurückzudrängen. Dann entdeckte der junge Polizist Rostnikow und ließ den Mann stehen, mit dem er gerade diskutierte.

Rostnikow, die Hände tief in den Taschen vergraben, starrte auf die leeren Schaufenster und die halb geöffnete Tür des Warenhauses 31.

»Inspektor Rostnikow«, sagte der junge Mann und hätte beinahe strammgestanden.

In der Menge wurde Lachen laut. Der junge Polizist versuchte, das Gelächter zu ignorieren. Er war nach seiner Rückkehr aus Afghanistan in die Polizei eingetreten, weil er glaubte, auf diese Weise Geld verdienen und sich einen gewissen Respekt verschaffen zu können. Beides hatte sich als Irrtum erwiesen.

»Wie heißen Sie?« fragte Rostnikow.

»Mischa Tiomkin.«

Mischa Tiomkin hatte eine rote Nase. Die Fellmütze, die zu seiner Uniform gehörte, trug er über die Ohren heruntergeklappt. Er sah wie ein Junge aus, der sich als Soldat verkleidet hatte.

»Es ist eine alte Frau«, erklärte Tiomkim.

»Geht doch rein und erschießt sie!« zischte der kleine Mann mit den schlechten Zähnen. »Dann seid ihr alle Probleme los. Wenn die Leute Hunger haben, erschießt sie einfach. Kugeln sind billiger als Lebensmittel.«

Rostnikow und der Milizionär Tiomkin entfernten sich von der Menge und näherten sich der halb geöffneten Tür des Warenhauses.

»Wir wissen nicht genau, was passiert ist«, sagte Tiomkin. »Die Leute haben gestoßen und gedrängt, sich beschwert, daß fast alle Regale leer und die Preise zehnmal höher sind als vergangene Woche. Sogar Brot ist...«

Tiomkin hielt inne.

»Die Stimmung war geladen«, fuhr er fort. »Jemand hat eine Vitrine eingeschlagen und Käse gestohlen. Andere bedienten sich ebenfalls. Der Geschäftsführer hatte eine Waffe. Er schoß in die Luft. Die Leute kreischten. Und dann hat jemand dem Geschäftsführer die Waffe abgenommen und... Ich weiß auch nicht. Sie ist da drinnen mit einer jungen Verkäuferin.«

»Sagen Sie, Mischa Tiomkin«, begann Rostnikow, sah zum grauen Himmel auf und dann zu der wütenden Menge. »Haben Sie den Eindruck, daß die Winter in Moskau milder werden?«

Tiomkin dachte nach. »Ich weiß nicht.«

»Ich glaube schon«, sagte Rostnikow. »Milde Winter sind wie Vollmond. Die Leute werden aggressiv. Das Blut gerät in Wallung – wie Ebbe und Flut, nehme ich an.«

»Vielleicht«, stimmte Tiomkin zu.

Rostnikow klopfte dem jungen Milizionär auf die Schulter, machte ihm ein Zeichen, die Menge in Schach zu halten, und ging auf den Eingang des Kaufhauses 31 zu.

»Er erschießt sie gleich. Ihr werdet sehen!« schrie eine Frau.

»Wer?«

»Der in der Kunstlederjacke. Der an der Tür. Sperr die Augen auf. Der, der aussieht wie ein Bär.«

Rostnikow trat ins Warenhaus, schloß die Tür hinter sich und sah sich um. Vor ihm auf dem Fußboden lagen Glasscherben und Perlen aus dem zerstörten Abakus des Warenhauses.

Das Geschäft enthielt nichts, das auch nur entfernt an Lebensmittel erinnert hätte, mit Ausnahme eines schwammigen weißen Flecks auf dem Boden. Der Fleck, der einmal Käse gewesen sein mochte, trug den Abdruck eines großen Schuhs.

Rostnikow umrundete den Fleck, trat hinter die Theke und ging zu der Tür, hinter der jemand schluchzte.

Er klopfte zweimal.

»Wer ist da?« fragte eine Frauenstimme.

Die Stimme klang schläfrig, so als sei die Frau gerade aus einem langen Traum erwacht.

»Mein Name ist Porfirij Petrowitsch«, antwortete er. »Ich möchte mit Ihnen reden.«

»Sind Sie von der Polizei?«

»Wer außer einem Polizisten hätte schon Lust, mit einer bewaffneten Frau zu reden?«

»Sind Sie bewaffnet?« erkundigte sie sich.

»Nein«, erwiderte er. »Ich mag Waffen nicht.«

»Ich auch nicht«, sagte die Frau. »Warum wollen Sie reinkommen?«

»Vielleicht kann ich helfen.«

»Sind Sie allein? Ist jemand bei Ihnen?«

»Niemand.«

»Kommen Sie rein, und machen Sie die Tür hinter sich zu. Ich will Ihre Hände sehen.«

Rostnikow stieß die Tür auf.

Im Zimmer standen ein kleiner Metalltisch, ein paar leere Wandregale, etliche Stühle und ein Hocker. Auf dem Hocker saß die ältere Frau. Die Wände waren weißgrau. Der Raum war nicht groß, trotzdem stand Rostnikow gut drei Meter von den beiden Frauen entfernt.

»Was ist mit Ihrem Bein?« wollte Galina wissen, als Rostnikow langsam auf sie zuging.

»Alte Kriegsverletzung. Ein Panzer der Nazis«, erklärte er. »Darf ich mich setzen?«

Galina zuckte mit den Schultern. »Das Warenhaus gehört mir nicht. Wenn Sie sitzen wollen, dann setzen Sie sich.«

Rostnikow ging langsam zum nächsten Stuhl, der etwas weiter rechts, etwa vier Meter von den Frauen entfernt stand. Er setzte sich vorsichtig, das linke Bein gerade von sich gestreckt, das rechte abgewinkelt. Die junge Frau auf dem Fußboden sah ihn aus verängstigten, feuchten Augen an.

»Sie haben die Wahrheit gesagt«, bemerkte Galina.

»Die Wahrheit?«

»Über Ihr Bein«, erwiderte sie und deutete mit der Pistole darauf. »Ich dachte schon, Sie würden mir Theater vorspielen, um sich dann plötzlich auf mich zu stürzen. Aber... Sie sind zu jung, um...«

»Ich war nicht mal fünfzehn, als das passiert ist«, warf er ein.

Galina nickte wissend.

»Sie heißen...?« fragte Rostnikow.

»Galina Panischkoja«, sagte die Frau.

»Und Sie sind...?« fragte er weiter und sah auf das verängstigte junge Mädchen auf dem Fußboden.

»Ludmilla. Ludmilla... An meinen Nachnamen kann ich mich nicht erinnern«, antwortete sie unter Tränen.

»Das ist doch Unsinn«, bemerkte Galina.

»Das passiert manchen Leuten, wenn sie Angst haben«, erklärte Rostnikow. »Ist mir auch schon so ergangen.«

»Aber den eigenen Namen zu vergessen?« Galina schüttelte den Kopf.

»Wenn Ludmilla aufstehen und hinausgehen könnte, hätte sie vielleicht nicht mehr so viel Angst«, schlug Rostnikow vor.

»Aber dann«, sagte Galina und hob den Lauf der Pistole an die Schläfe des Mädchens, »wird die Miliz reinkommen und mich erschießen.«

»Nein. Sie haben ja noch mich«, erinnerte Rostnikow sie.

»Sie? Was sollte ich mit Ihnen anfangen?«

»Reden.«

»Reden? Es gibt nichts zu reden«, entgegnete Galina. »Dieser Hocker ist zu niedrig. Als ich noch ein junges Mädchen in Georgien gewesen bin, habe ich auf solchen Hockern Ziegen gemolken. Stundenlang habe ich so gesessen. Jetzt bekomme ich davon Rückenschmerzen.«

»Sie erinnern sich gut...«

Hinter der Tür auf der Straße wurde es laut. Ob die Leute lachten oder wütend waren, war schwer zu unterscheiden. Ludmilla starrte auf den toten Mann neben der Tür und begann zu zittern.

»Erinnern Sie sich noch gut an Ihre Kindheit?« fragte Rostnikow.

»Man vergißt Einzelheiten«, erwiderte Galina. »Wo stand der Stuhl? Das Bett? Welche Farbe hatten die Wände? Das ist wichtig. Wenn wir uns nicht an unser Leben erinnern, was bleibt uns dann noch?«

Rostnikow nickte. »Ludmilla fürchtet sich immer mehr«, sagte er.

Galina sah auf das junge Mädchen herab, als würde sie sie erst jetzt richtig wahrnehmen. »Ich habe zwei Enkeltöchter«, gestand sie. »Sie sind noch klein. Elf und sieben. Meine Tochter ist tot. Ihr Mann hat die Kinder bei mir gelassen. Er...«

Sie deutete auf den toten Mann. »Er sah aus wie er.«

»Haben Sie ihn deshalb erschossen?«

»Keine Ahnung, ob ich ihn erschossen habe«, sagte sie und sah ihn an. »Aber...«

»Ich glaube Ihnen«, sagte er, und er meinte es ehrlich.

»Meine Ersparnisse sind aufgebraucht. Meine Stellung, ich war in der Kleiderfabrik Panjuschkin, habe ich verloren. Meine Beine tun weh. Und mein Gedächtnis tut's auch nicht mehr. Ich kann mich nicht mal erinnern, ob ich vor ein paar Stunden einen Mann erschossen habe.«

Rostnikow korrigierte sie nicht. Der Geschäftsführer des Warenhauses 31 war höchstens vor zehn Minuten erschossen worden. »Ich schlage vor, Sie legen die Waffe beiseite, und ich bringe Sie und Ludmilla raus.«

»Nein«, wehrte Galina ab und sah zur Tür. »Ich käme ins Gefängnis. Dazu bin ich zu alt. Ich bin eine gute Christin. Ich sterbe in dem Bewußtsein, daß meine Mädchen verhungern. Es ist besser, hier zu sterben.«

Rostnikow konnte sie kaum verstehen, weil die junge Verkäuferin auf dem Fußboden laut schluchzte. Er legte einen Finger an die Lippen, um sie zum Schweigen zu bringen. Sie bemühte sich, aber ohne nennenswerten Erfolg.

»Er kam raus«, erzählte Galina und versuchte, sich an das zu erinnern, was vor einer knappen Stunde geschehen war. »Er hat geschrien. Er hatte eine Waffe. Er hatte kein Mitleid. Die da...« Sie berührte Ludmillas Haar mit dem Lauf der Pistole, und das Mädchen schloß die Augen. »Sie hatte auch kein Mitgefühl. Jetzt heult sie. Aber wir haben auch geheult – meine kleinen Mädchen weinen vor Hunger.«

»Ich muß hier arbeiten«, sagte Ludmilla zu Rostnikow. »Ich habe Mitgefühl, – aber...«

»Geh!« befahl Galina und stand auf. »Geh!«

Ludmilla sah zu ihr auf. Dann wanderte ihr Blick zu Rostnikow. »Sie erschießt mich.«

Ludmilla stand mit zitternden Knien auf. Ihre Arme hingen schlaff an ihrem Körper herab, die Schultern bebten. »Sie erschießen mich nicht?« fragte sie und starrte auf die Leiche neben der Tür.

»Nein.«

Das Mädchen machte zwei Schritte auf die Tür zu und blieb stehen. »Ich kann nicht.«

»Ludmilla«, drängte Rostnikow sanft. »Es ist Zeit zu gehen.«

»Ich habe mich naß gemacht. Da draußen sind Leute. Kunden. Sie sehen mich. Sie lachen mich aus...«

»Geh!« sagte Galina leise. »Jetzt sofort.«

Ludmilla seufzte tief, strich sich das kurze Haar aus dem Gesicht, rannte zur Tür hinaus und schlug sie hinter sich zu. Sie hörten ihre Schritte, wie sie über die Scherben rannte, eine Tür wurde geöffnet, und dann ertönten Applaus und Buh-Rufe der Menge.

»Ich weiß nicht mal, was für eine Waffe das ist«, sagte Galina und setzte sich wieder auf den Hocker.

»Darf ich?« fragte Rostnikow und legte die rechte Hand ans Jackett.

Galina nickte.

Porfirij Petrowitsch griff in seine Innentasche und holte eine Brille heraus, die er aufsetzte. Er sah Galina und die Waffe in ihrer Hand an. »Eine Femaru... eine Pistole ungarischen Fabrikats«, bemerkte er. »Vermutlich eine Hege Kaliber 7.65 Millimeter. Wahrscheinlich ein Walam-Modell. Sehen Sie sich den Schaft mal an.«

Sie lockerte etwas den Griff und betrachtete den Schaft.

»Ein Pegasus in einem Kreis?«

»Ein Pega... was?«

»Ein fliegendes Pferd.«

Sie nickte.

»Die Hege«, sagte er und steckte seine Brille sorgfältig wieder ein.

»Ich dachte, Sie mögen keine Waffen«, bemerkte die Frau und hob den Arm, um die Pistole auf ihn zu richten.

»In meinem Beruf ist es vorteilhaft, über Waffen Bescheid zu wissen. Und man muß ja nicht unbedingt mögen, worüber man informiert sein muß.«

»Ich glaube, es ist das beste, ich erschieße mich«, erklärte sie. Sie hob die Pistole an die Schläfe.

Ich habe einen Sohn«, sagte Rostnikow. »Er heißt Joseph.«

»Ich hatte eine Tochter«, erwiderte Galina. »Man hat uns aufgefordert, nicht mehr als ein Kind zu kriegen. Wir haben das alle beherzigt. Bis auf die Usbeken. Die Araber. Sie hatten recht. Wir hatten unrecht.«

»Sie haben Enkeltöchter«, erinnerte er sie.

»Ich bin nicht mehr jung, und die Waffe ist schwer.«

»Sie hinterläßt ein häßliches Loch«, bemerkte er und verlagerte sein Gewicht. »Ein schmerzendes Loch. Ich glaube nicht, daß Sie lange ins Gefängnis kommen, wenn überhaupt, Galina Panischkoja. Sind Sie je straffällig geworden?«

»Ich wurde geboren. Ich hatte eine Tochter. Tut mir leid, ich kann die Waffe kaum noch...«

»Sie sollten erst ihre Enkelkinder sehen«, sagte er. »Sie sollten mit ihnen reden. Sie vorbereiten. Wo sind sie jetzt?«

»Zu Hause. Sie warten auf mich. Sie haben Hunger«, erwiderte Galina.

Rostnikow schwieg. Er stellte sich zwei verängstigte Mädchen vor, die den ganzen Tag warteten. Er sah in die tiefbraunen Augen der Frau und wußte, daß sie dasselbe oder etwas Ähnliches dachte.

Die Pistole senkte sich langsam.

»Versprechen Sie's?« fragte sie.

»Ich verspreche es.«

»Ich wollte nur ein kleines Brot«, sagte Galina, machte einen Schritt auf den Polizeibeamten zu und hielt ihm die Waffe hin. »Ich hätte es bezahlen können.«

Rostnikow nahm die Waffe, steckte sie in die Tasche, trat an die Seite der Frau, um ihren Arm zu nehmen und sie aufzufangen, wenn sie zusammenbrach.

Die Polizeizentrale, bekannt unter dem Namen Petrowka, liegt in der Petrowka-Straße 38. Für denjenigen, der das Gebäude zum ersten Mal sieht, ist es ein überraschend schöner L-förmiger Gebäudekomplex. Hinter den schwarz-weißen Eisentoren der

Petrowka liegt ein Garten. Im Frühling erinnern die roten Blumen in den Rabatten an die Sommerpaläste des längst ausgerotteten Adels und die Datschen der mittlerweile entmachteten Politbüromitglieder.

Der Eingang der Petrowka ist ein schmales Tor, an dem jeder Besucher sich ausweisen muß. Die Schlange der Wartenden bewegt sich jetzt nur noch langsam vorwärts, da das Wachpersonal, das jeden vom Sehen her kannte, ausgetauscht worden war. Viele derjenigen, die täglich, einige unter ihnen sogar mehrere Jahrzehnte lang, die Petrowka betreten hatten, waren aufgefordert worden, sich ein neues Betätigungsfeld zu suchen.

Zwanzig Minuten nachdem Rostnikow Galina Panischkoja in der Obhut des Polizisten Tiomkin zurückgelassen und ihm aufgetragen hatte, sie in ihre Wohnung zu bringen, um die Enkelkinder zu holen, wartete Porfirij Petrowitsch geduldig hinter einem stellvertretenden Staatsanwalt namens Lawertnikow am Tor, um in die Petrowka eingelassen zu werden.

»So ein Irrsinn«, murmelte Lawertnikow, der einen dicken Mantel und eine Mütze mit Ohrenklappen trug.

Rostnikow nickte. Er brummte Unverständliches, ohne von dem besonders schaurigen Kapitel seines amerikanischen Kriminalromans aufzusehen, den er las. Es war der Ed McBain-Roman *Widows*, den er erst zweimal gelesen hatte. Seine Finger waren kalt, und er wechselte das Buch alle Augenblicke in jene Hand, die er gerade in der Manteltasche etwas aufgewärmt hatte.

Die Bemerkung des stellvertretenden Staatsanwalts war Rostnikow, wenn auch der logische Zusammenhang fehlte, durchaus vernünftig erschienen.

Die Schlange bewegte sich nur langsam vorwärts.

Rostnikow klappte das Taschenbuch zu und schob es vorsichtig in die große Tasche seines Mantels. »Wie gut erinnern Sie sich noch an das Haus, in dem Sie als Kind gewohnt haben?« fragte er.

Der stellvertretende Staatsanwalt rückte seine Brille zurecht und sah Rostnikow an. »Ich... wir lebten in einer Wohnung«, erwiderte er und drückte seine braune Aktenmappe hilflos gegen die Brust.

Rostnikow nickte. »Was ist schon die Vergangenheit, wenn wir uns nicht erinnern?« bemerkte er. »Eine Frau namens Galina Panischkoja hat mir das gerade wieder bewußt gemacht.«

»Galina...?«

»Wir erinnern uns nur an die gemeinsame Vergangenheit, die man uns beibringt«, fuhr Rostnikow fort. »An die Geschichte der Zaren und Kommissare, der Premiers, Generäle, Wissenschaftler und Präsidenten. Wir können durchaus sicher sein, daß sich auch das an irgendeinem Punkt in unserem Leben als reversibel erweisen wird.«

Sie waren wieder ein paar Schritte in Richtung Wachhäuschen vorgerückt. Der stellvertretende Staatsanwalt wirkte peinlich berührt. »Geschichte ist...«, begann er und hielt inne.

»...schwer definierbar«, schloß Rostnikow. »Nostalgie, die Geschichte unseres Lebens, wird zu oft als Trivialität abgetan. Und das wird keinem von uns gerecht.«

»Richtig«, stimmte Lawertnikow zu, als er sich umdrehte, um seinen Ausweis zu zeigen.

»Das ist kein Irrsinn«, sagte Rostnikow. »Es ist das pure Chaos. Da besteht ein Unterschied.«

Der Wachmann winkte den stellvertretenden Staatsanwalt durch und wandte sich Rostnikow zu, der seinen Dienstausweis mit Foto hochhielt. Der junge Mann in Uniform betrachtete das Foto, dann Rostnikow und studierte erneut den Ausweis, bevor er ihn passieren ließ.

Hinter dem Tor ist das Haus Petrowka 38 modern, zweckmäßig und sehr belebt. Milizionäre in grauen Uniformen mit roten Tressen und Kriminalbeamte des MWD vom Innenministerium in ihren blauen Anzügen gehen Tag und Nacht ein und aus. Alle fragen sich, ob sie in einer Woche noch Uniform tragen würden. Das wiederum führt zu einer deutlich gereizten Stimmung unter den Beschäftigten, die man nur hinter verschlossenen Türen und im Kreis von Freunden artikuliert.

Direkt hinter der inneren Eingangstür, auf dem oberen Absatz des breiten Treppenaufgangs, stehen in jedem Flügel der Petrowka Uniformierte mit Maschinenpistolen. Wo früher zwei Wachsoldaten Dienst taten, sind es jetzt sechs. Sie sind angehalten, nicht nach wütenden Arabern oder Separatisten Ausschau zu halten wie in der Vergangenheit, sondern nach Kommunisten der alten Garde, von denen man fürchtete, daß sie Amok laufen könnten wie jene Postbeamten in Amerika, die jeden Monat den Aufstand zu proben schienen, weil sie ihre Zustellungsbereiche, Jobs oder Zulagen verlieren.

Rostnikow stieg die Treppe hinauf, ging am bewaffneten Wachpersonal vorbei und in die überwältigende Wärme des Gebäudes. Nach dem Zusammenbruch der Sowjetunion hatte irgend jemand beschlossen, die Petrowka besser beheizen zu lassen. Vermutlich ließ es sich nicht mehr feststellen, wer diese Entscheidung getroffen hatte, Tatsache war jedoch, daß eine einschläfernde Hitze im Gebäude herrschte.

Im obersten Stockwerk der Petrowka, im rechten Block an der Straße, liegt das Büro des Direktors des Sonderdezernats, Oberst Alexander Snitkonoi. An jenem Morgen saßen drei Männer mit dem Rücken zur Tür am Konferenztisch im Büro von Oberst Snitkonoi. Der Oberst schritt vor den dreien auf und ab und redete in sonorem Befehlston auf sie ein. Diese Stimmlage und Diktion hatten Alexander Snitkonoi zum begehrtesten Redner bei Fabrikeinweihungen und Begräbnissen hochrangiger Militärs und Parteibonzen gemacht.

Die drei Männer ließen den Oberst, im MWD als der Graue

Wolf bekannt, nicht aus den Augen. Snitkonoi war ein hochgewachsener schlanker Mann mit dem Habitus des Grandseigneurs mit grauen Schläfen. Er trug stets eine tadellos gebügelte graue Uniform. Seine zahlreichen Rangabzeichen und Orden gaben Zeugnis von seiner legendären Ansprache im Prag des Jahres 1968, als er eine tobende Menge junger Tschechen mit Versprechen disziplinierte, die nie eingelöst wurden. Die Ansprache hatte Snitkonoi in perfektem Tschechisch gehalten. Den letzten Orden hatte sich der Oberst damit verdient, daß seine Männer ein Attentat gegen Präsident Gorbatschow vereitelten.

Während der dramatischen Tage, in denen sich Jelzin im Parlamentsgebäude verschanzt hatte, hatte Oberst Snitkonoi zwischen allen Stühlen gesessen. Zwei gegensätzliche Befehle waren ihm durch persönliche Boten übergeben worden. Der eine stammte von Generalmajor Gurow, der ihn und seine Leute anwies, die loyale Miliz zu unterstützen, die sich darauf vorbereitete, das Parlamentsgebäude zu stürmen. Der andere kam vom KGB, trug eine nicht zu entziffernde Unterschrift und enthielt die Aufforderung, das Sonderdezernat solle allen Pressionen widerstehen, die Revolution zu sabotieren.

Der Oberst hatte trotz seiner Verwirrung Würde bewiesen, seinen kleinen Mitarbeiterstab zusammengerufen, alle Telefone während des einwöchigen Konflikts vierundzwanzig Stunden täglich besetzt gehalten und sämtliche Anrufer, und es waren nicht wenige, damit beruhigt, daß seine Abteilung nur die Befehle der rechtmäßigen Regierung befolgen werde. Das bedeutete konkret, daß er und seine Mitarbeiter so lange überhaupt keine Befehle ausführten, bis klar war, wer wirklich die Macht im Lande hatte.

Damit praktizierte er unter dem Anschein reger Aktivität nur Tatenlosigkeit.

In Anerkennung der Arbeit und Loyalität der Sonderabteilung während jener dramatischen Tage bekam der Oberst die schwierige Aufgabe übertragen, in besonders heiklen Angelegenheiten zu ermitteln, wie sie in der neuen unabhängigen Republik Rußland zwangsläufig entstehen müssen.

Der Oberst war sich vage bewußt, daß sein Aufgabenbereich vor der neuen Direktive fast ausschließlich protokollarischer Natur gewesen war. Aber mittlerweile hatte sich praktisch alles geändert. Der Graue Wolf und seine Männer waren jetzt offiziell für politisch heikle Fälle zuständig, an denen sich keine andere Abteilung die Finger verbrennen wollte. In kurzer Zeit war das Sonderdezernat des Grauen Wolfs nun zum inoffiziellen Sündenbock des neuen und noch nicht vollständig definierten Strafrechts avanciert.

Oberst Snitkonoi, die Hände auf dem Rücken, den Kopf hochgereckt, führte sein regelmäßiges Morgenbriefing durch, eine Zusammenkunft, die er eine Stunde früher einberufen hatte als üblich. »Die Union, für die unsere Väter gekämpft haben und gestorben sind, ist zerbrochen. Die Revolution ist vorbei, und Lenin wurde von seinem Sockel gestürzt. Wie Marx sagte: ›Ich habe mir die Aufgabe gestellt, die Trümmer dessen zu beseitigen, was die Menschen unter dem Deckmantel des Marxismus als Ordnung präsentieren und was in Wirklichkeit unfaßbar absurd, chaotisch und reaktionär ist.‹ Aus diesem Grund, Genossen, müssen wir dafür sorgen, daß die Gegenwart besser wird, daß unsere Kinder und Kindeskinder eine Vergangenheit haben, an die es sich zu erinnern lohnt.«

Oberst Snitkonoi hatte keine Kinder, war nicht einmal verheiratet gewesen. Das wußten seine Zuhörer. Er wohnte in einer Datscha außerhalb Moskaus, jenseits der Äußeren Ringstraße. Seine einzigen Hausgenossen waren sein Bursche aus der Militärzeit und eine Köchin, die ihm gleichzeitig als Haushälterin diente. Es ging das Gerücht, daß sich sein Monatsgehalt mittlerweile auf fünfzehntausend Rubel erhöht hatte, während der Höchstlohn eines uniformierten Polizisten vierhundertzwanzig Rubel betrug.

Der Oberst blieb an jener von ihm bevorzugten Stelle im Raum stehen, wo ihn die Morgensonne, vorausgesetzt sie schien, in so vorteilhaftem Licht erscheinen ließ. »Und jetzt, Genossen, zu Ihren Aufgaben.«

Er sah das Trio am Tisch an und lächelte undurchsichtig. Er wollte mit diesem schlauen Lächeln andeuten, daß er ihnen ein philosophisches Rätsel aufgab, das zu lösen nur der Intelligenteste unter ihnen in der Lage war.

Die Männer betrachteten die Papiere, die vor ihnen auf dem Tisch lagen, als Rostnikow den Raum betrat. Er zog seine Kunstlederjacke aus, legte sie auf einen leeren Stuhl am Tischende und setzte sich.

Der Oberst sah den Neuankömmling an. Rostnikow erwiderte den Blick ungerührt, zog einen Block zu sich heran, nahm einen japanischen Kugelschreiber aus der Tasche und begann zu schreiben.

»Die Ereignisse überschlagen sich, wir haben schwere Zeiten«, verkündete Oberst Snitkonoi. »Jeden Moment kann ein Umsturz stattfinden.«

Die drei Männer am Tisch sahen Rostnikow an, der weiter auf seinem Block schrieb.

»Pünktlichkeit hat Vorrang«, fuhr der Oberst fort.

Da Rostnikow, ohne aufzusehen, weiterschrieb, wandte der Oberst seine Aufmerksamkeit seinem Assistenten Pankow zu, einem kleinen Mann mit schütterem Haar, der seinen Job hauptsächlich deshalb bekommen hatte, weil er einen so perfekten optischen Gegensatz zu seinem Vorgesetzten abgab. Während der Oberst, in Anlehnung an den amerikanischen General MacArthur, dreimal täglich die Kleidung wechselte und immer frisch duftete und zu jeder Schlacht bereit war, schwitzte Pankow ständig. Selbst in jenen Tagen, als die Petrowka noch chronisch unterbeheizt gewesen war, war das der Fall gewesen. Pankow war unsicher, seine Kleidung stets knittrig und seine spärliche Haarpracht trotz der großzügigen Verwendung von Pomade immer widerspenstig. Oberst Snitkonoi war sich der Unzulänglichkeit seines Assistenten bewußt und behandelte ihn wie ein dummes Kind.

»Pankow«, sagte der Graue Wolf leise, aber bestimmt. »Die Tagesordnung.«

Pankow zuckte zusammen, als hätte ihm jemand eine Eisscholle aus der Moskwa in den Hemdkragen gesteckt.

»Formatow und Seekle«, begann er, »sollen heute morgen über die Verbrecher berichten, die Käufer auf dem Tscherimuschinskij-Bauernmarkt überfallen, ihnen die Einkaufstaschen entreißen, die Henkel ihrer Taschen durchschneiden und...«

Pankow hielt abrupt inne. Der Oberst war gelangweilt. Seine Abteilung hatte solche Banalitäten längst hinter sich gelassen. »Wir müssen unsere Effizienz steigern«, schloß er unvermittelt.

Obwohl die Aussage unter diesen Umständen keinen Sinn ergab, nickte der Graue Wolf nachsichtig und wandte sich an den Mann, der links von Pankow saß, an Major Andreij Grigorowitsch, einen kantigen Mann Mitte Vierzig, der unwissentlich einen General beleidigt hatte und zur Strafe zum Grauen Wolf versetzt worden war. In Anbetracht der Versetzungen und hohen Selbstmordrate unter hochrangigen Mitgliedern des KGB und MWD betrachtete Major Grigorowitsch die Beleidigung als glücklichen Karrieresprung. Inzwischen war sein alter Ehrgeiz wieder erwacht. Mit der kürzlichen Aufwertung des Sonderdezernats, so glaubte der Major, sei es nur eine Frage der Zeit, bis der neue Innenminister zu derselben Schlußfolgerung über Oberst Snitkonois Kompetenz kommen würde wie er selbst.

»Die Tochter des syrischen Ölministers ist noch immer verschwunden«, bemerkte Grigorowitsch. »Wir machen kaum Fortschritte. Ich schlage vor...«

»Wer bearbeitet den Fall?« erkundigte sich der Oberst.

»Tkach und Timofejewa«, erwiderte Grigorowitsch gereizt. Sascha Tkach und Elena Timofejewa gehörten nicht zu den Mitgliedern des Sonderdezernats, die mit dem Major fraternisierten. Sie waren wie Emil Karpo, der hochgewachsene gespenstisch wirkende Mann neben Grigorowitsch, Verbündete seines geradezu ärgerlich unehrgeizigen Rivalen Porfirij Petrowitsch Rostnikow, der am Tischende saß. Grigorowitsch bemerkte, daß Rostnikow seit seiner Ankunft kein einziges Mal von seinen Notizen aufgesehen hatte.

»Bringen Sie mir ihre Berichte«, sagte Oberst Snitkonoi. »Sobald die Herrschaften zurück sind.« Er richtete seine grauen Augen auf Karpo. Oberst Snitkonoi vermied normalerweise jeden Blickkontakt mit dem Ermittlungsbeamten Emil Karpo, dem Tataren mit dem unbeirrten Blick und dem schütteren Haar. Karpo hatte den Spitznamen »der Vampir«. Für Snitkonoi sah er aber wie ein Mann aus, der im »Kabinett des Dr. Caligari« den Somnambulisten gespielt hatte. Snitkonoi hatte den Film während des Moskauer Filmfestivals 1984 gesehen. Er hatte bei diesem Anlaß als Gastgeber der Regierung fungiert.

»Genosse...«, begann er und korrigierte sich. »Bürger Karpo.«

»Schriftliche Berichte über den Selbstmord im Telegraphenamt, die Frau, die behauptet, ihr toter Ehemann sei nicht tot und versuche, sie umzubringen, und die...«

»Alte Kamellen«, unterbrach der Oberst ihn. »Lassen Sie die alten Geschichten ruhen.« Wissen Sie, wie viele ungelöste Kriminalfälle wir allein in den letzten fünf Jahren im Archiv eingelagert haben?«

»Am Montag waren es 4306«, erwiderte Karpo ernst.

»4306«, wiederholte der Graue Wolf, als habe Karpo ihm die Antwort vorweggenommen. Er war verblüfft.

»Sonst noch was, Karpo?« fragte er nachsichtig.

»Es war Lenin«, bemerkte Karpo.

»Lenin?« wiederholte Oberst Snitkonoi.

»Lenin, nicht Marx, hat gesagt ›Die Aufgabe, die ich mir gestellt habe...‹«

»Richtig.« Der Oberst seufzte. »Es war Lenin und nicht Marx. Sie sind nicht in meine kleine Falle getappt. Porfirij Petrowitsch«, fuhr er fort. »Sie lassen alles stehen und liegen, was Sie gerade machen, und übernehmen einen dringenden Fall. Die Orthodoxe Kirche ist darin verwickelt.«

Lange waren die Teilnehmer an dieser morgendlichen Besprechung der Meinung gewesen, daß dem Mann mit der Statur eines Preisboxers, der sich den Anschein des Unbeteiligten gab, kein Wort, keine Silbe dessen entging, was gesprochen wurde. In den vergangenen Minuten jedoch hatte Rostnikow dem Grauen Wolf nur sehr sporadisch zugehört. Er hatte versucht, sich exakt an die kleine Ein-Zimmer-Wohnung am Lenin-Prospekt zu erinnern, in der er aufgewachsen war. Nach seiner Unterhaltung mit Galina Panischkoja schien ihm das plötzlich sehr wichtig zu sein. Das Haus war längst abgerissen und durch ein Hochhaus im menschenverachtenden Stil der Stalin-Ära ersetzt worden.

Sein Bett hatte direkt vor dem Fenster gestanden. Er hatte das Bett bis zum verblichenen Blumenmuster der Überdecke sorgfältig mit Kugelschreiber auf seinem Block nachgezeichnet. Aber was war mit dem Sofa, den Wänden, den Stühlen? Waren es drei gewesen? Er konnte sich nur an zwei erinnern. Aber ein dritter Stuhl mit hoher Lehne und Schnitzereien...

»Porfirij Petrowitsch«, wiederholte der Graue Wolf. Mit einem Seufzer legte Inspektor Rostnikow seinen Stift beiseite.

Der Oberst fuhr fort: »Wir haben einen Fall zugewiesen bekommen. Er betrifft eine wichtige Kirchenangelegenheit, auf die bald die Öffentlichkeit aufmerksam wird.« Er machte eine Pause, bereit, seine Mitarbeiter mit dem Namen des niederträchtigen Priesters in Erstaunen zu versetzen.

»Merhum«, bemerkte Rostnikow. »Es handelt sich um den Popen Wassilij Merhum. Er wurde gestern im Wald von Arkusch ermordet. Man hat ihm mit einer Axt den Schädel gespalten. Es gelang ihm noch, bis zu seinem kleinen Häuschen in der Nähe zu kriechen. Dort konnte er seiner Haushälterin, einer alten Nonne, noch ein paar Worte sagen.«

Die Besprechung stand kurz davor, in ein Desaster auszuarten, doch der Graue Wolf lächelte gerissen. Er hatte zwei Reihen perfekter weißer Zähne zu bieten. »Und kennen Sie die Worte?« fragte er. Er selbst hatte nicht einmal gewußt, daß der Sterbende noch etwas gesagt hatte. Allerdings hatten seine Vorgesetzten ihm versichert, daß der Tod des Popen geheimgehalten worden war, daß man über die Stadt Arkusch eine Nachrichtensperre verhängt hatte, daß...

»Schwester, Oleg muß mir vergeben«, zitierte Karpo.

Major Grigorowitsch legte seinen Stift auf seinen Notizblock. Die Schlacht gegen Rostnikow war für diesen Tag definitiv verloren. Es war Zeit, die Waffen niederzulegen und sich für die nächste Schlacht am darauffolgenden Tag vorzubereiten. Er würde versuchen, hinter das Geheimnis zu kommen, wie Rostnikow und seine Leute von diesem Mord erfahren hatten.

Er hatte den Verdacht, daß Karpo seine Informationen von Kosnitsow bezogen hatte, dem Wissenschaftler im Polizeilabor, der im Keller der Petrowka sein Tätigkeitsfeld hatte. Kosnitsow mußte inzwischen Haar- und Blutproben und die Kleider des Ermordeten untersucht haben. Sicher hatte er seine Ergebnisse Karpo und Rostnikow zugespielt.

»Schwester – Oleg«, wiederholte Snitkonoi.

»Seine Haushälterin war eine Nonne«, erklärte Rostnikow. »In ihre Arme ist er gekrochen, und in ihren Armen ist er gestorben.«

»Und sie heißt Oleg?« fragte Pankow ungläubig.

Der Oberst bedachte seinen Assistenten mit einem mitleidigen Blick und ignorierte die Frage. »Sie fahren umgehend nach Arkusch«, sagte er zu Rostnikow. »Sie und Inspektor Karpo. Der Pope Merhum war, wenn Sie erlauben, für seine Offenheit bekannt. In einem so kritischen Augenblick unserer Geschichte ist eine derartige Tragödie besonders peinlich. Der Pope Merhum sollte eine sehr engagierte Rede hier in Moskau halten. Die Rede, die einige der obersten Kirchenfürsten bloßstellt, ist in den Händen der ausländischen Presse. Präsident Jelzin persönlich wird morgen folgende Stellungnahme abgeben...«

Snitkonoi sah Rostnikow prüfend an, um festzustellen, ob der Inspektor auch das gewußt hatte, doch Porfirij Petrowitschs Gesicht verriet ihm nichts.

Der Oberst trat an seinen Schreibtisch, griff nach einem sauberen braunen Umschlag, zog ein mit Schreibmaschine beschriebenes Blatt heraus und las: »Der Tod dieses unschuldigen, geachteten Bürgers ist eine Tragödie, die uns alle trifft. Wir werden nicht eher ruhen, bis wir die Person oder die Personen gefunden haben, die den Mord an diesem achtbaren Mitbürger zu verantworten haben.«

Nach einer Pause fuhr der Graue Wolf fort: »Die Ehre, diese Ermittlungen durchzuführen, haben wir. Der Präsident persönlich spricht uns damit sein Vertrauen aus.« Der Graue Wolf steckte das Blatt Papier vorsichtig wieder in den Umschlag zurück und plazierte diesen wie ein zerbrechliches Kleinod auf seinem polierten Schreibtisch.

Was bedeutet, dachte Rostnikow, daß für den Fall, daß der

Mörder nicht gefunden wird, alle das für eine von der Regierung angeordnete Vertuschungsaktion halten werden. Wird der Mörder jedoch entlarvt, gilt es als abgekartetes Spiel. Die Situation war nicht neu. Ein Flaggentausch veränderte noch nicht die Psyche einer Nation.

»Pankow hat eine komplette Akte für Sie«, erklärte der Oberst. »Sie können einen Wagen nehmen. Haben Sie noch Fragen? Haben Sie eine Idee, wo Sie anfangen könnten?«

»Bei Oleg«, sagte Inspektor Rostnikow und starrte auf die Zeichnung, die er von der Wohnung seiner Familie angefertigt hatte.

Der Oberst saß jetzt hinter seinem Schreibtisch und legte die Hände flach auf die Platte. »Es ist wahrscheinlich, daß der Pope wirr geredet hat. Vielleicht hat er auch seinen Mörder decouvriert, oder er hat jemand in seiner Verwirrung Oleg genannt. Vielleicht war die Schwester eines gewissen Oleg gemeint.«

Rostnikow erhob sich und hielt sich mit beiden Händen an der Schreibtischkante fest, um zu verhindern, daß ihm sein Bein nach langem Sitzen den Dienst versagte. »Sehr wahrscheinlich«, stimmte er zu. »Unter den gegebenen Umständen ist es vermutlich am besten, wenn ich sofort anfange.«

Der Oberst sah Rostnikow an. Grigorowitsch und Pankow taten es ihm gleich. Nur Emil Karpo, der ebenfalls schweigend aufstand, würdigte ihn keines Blickes.

Major Grigorowitsch griff nach dem Stift, den er nur Sekunden zuvor niedergelegt hatte. Die Schlacht, so schien es, war noch nicht ganz verloren. Es war möglich, daß Rostnikows Mission in einem vernichtenden Desaster endete.

3

Gut fünf Kilometer von der Petrowka entfernt, in der Nähe der Fußgängerzone am Arbat-Platz, warteten die Ermittlungsbeamten des Sonderdezernats Sascha Tkach und Elena Timofejewa in einer Schlange.

Schlangestehen ist in Rußland Bestandteil des Alltags. Hausfrauen und Hausmänner, Großmütter und Großväter hatten Jahre ihres Lebens beim Schlangestehen verbracht. Beim Schlangestehen verlieren die Menschen den Verstand, treffen die wichtigsten Entscheidungen ihres Lebens, erwerben die Grundlagen ihrer Bildung und Unterhaltung aus den Büchern, die sie dabei lesen, und gewinnen lebenslange Freunde und Feinde.

In dieser besonderen Schlange standen vor Sascha acht Personen um Pizza an einem weißen Lieferwagen an. Obwohl sich nur wenige eine Pizza leisten konnten, hatte diese italienische Spezialität die Sucht nach Burgern von McDonald in Moskau abgelöst.

Sascha fror an den Ohren. Eigentlich hatte er gar keine Lust, Pizza zu versuchen, obwohl Elena, die zwei Jahre Englisch und Englische Geschichte in Boston studiert hatte, behauptete, es sei eine »passable« Pizza, anders als in den staatlichen Läden, wo sie wie gebackene Schuhsohlen schmecke. Allerdings ließe sie sich nicht mit der Pizza aus der Pizza-Hütte gegenüber dem Intourist Hotel vergleichen. Aber, so behauptete sie, sie sei nicht schlecht.

Sascha kümmerte die Qualität der Pizza eigentlich wenig. Er konnte sich weder Pizza noch sonst etwas am Arbat-Platz leisten, seit die Preise durch Jelzins freie Marktpolitik in die Höhe geschnellt waren. Er hatte eine Frau, ein Kind, ein zweites war unterwegs, und eine Mutter. Elena mußte nur für sich sorgen, und sie lebte bei ihrer Tante, die zweifellos über eine fette Staatspension verfügte. Elena konnte sich Pizzas leisten.

Jetzt, da sie sich dem geöffneten Fenster des Pizzawagens näherten, stieg Sascha der Duft von Teig und Käse in die Nase. Es war der warme Geruch aus seiner Kindheit, und das machte ihn noch ärgerlicher. »Wir sollten längst im Nikolai sein«, bemerkte er gereizt, ohne seine neue Kollegin anzusehen.

Ein Restaurant und einen Rock-and-Roll-Club hatten sie bereits abgeklappert. In dem Lokal hatte sich niemand an das arabische Mädchen erinnert. Im Club war so früh am Morgen niemand gewesen. Das Café Nikolai schien ihre beste Chance zu sein, wollten sie noch irgend etwas erreichen.

Sascha trat von einem Bein auf das andere und kam zu der Erkenntnis, daß es eine Menge Gründe gab, schlecht gelaunt zu sein. Einmal wurde er in drei Tagen dreißig, und das gefiel ihm überhaupt nicht. Dasselbe galt für die Geburtstagsparty, die Rostnikow und seine Frau vorbereiteten. Er wollte nicht dreißig werden. Er sah nicht aus wie dreißig und fühlte sich auch nicht so. Er hatte sich in den vergangenen sechs oder sieben Jahren überhaupt nicht verändert, und die meisten Leute hielten ihn für höchstens dreiundzwanzig. Er war, das wußte er, ein durchaus gutaussehender Mann. Auch wenn er etwas zu mager war. Sein glattes blondes Haar fiel ihm häufig in die Augen, und er hatte die reizvolle Gewohnheit, den Kopf zurückzuwerfen, um sich freie Sicht zu verschaffen. Außerdem hatte er zwischen den vorderen oberen Schneidezähnen eine jungenhafte Lücke, die in fast allen Frauen den Mutterinstinkt weckte. Ein weiterer Grund für Saschas Übellaunigkeit war die Tatsache, daß die Frau, die neben ihm stand, seinem jungenhaften Charme gegenüber völlig immun zu sein schien und ihn in jeder Beziehung mit Gleichgültigkeit strafte. Sie war zwar ein oder zwei Jahre älter als er, die Erfahrung jedoch hatte er.

Man hatte schon auf ihn geschossen, und er hatte zurückgeschossen. Er hatte Verbrecher getötet. Er hatte Tod, Korruption und Elend gesehen. Und jetzt mit einer Mutter, einer Frau, einem Kind und einem zweiten Kind, das bald geboren wurde, schien die Zukunft nur finanzielle Katastrophen, einen weiteren Verlust an Privatleben und eine wachsende Last der Verantwortung bereitzuhalten. Und zu allem Überfluß mußte er mit dieser unerfahrenen Frau arbeiten, die so tat, als hätte sie das Sagen.

»Weil ich wütend bin«, entgegnete Sascha. »Wenn ich wütend bin, sieht man mir das an. Vorausgesetzt ich will, daß man es sieht.«

»Haben Sie Grund, wütend zu sein?«

»Ich habe einen guten Grund«, antwortete er und grub die Hände tief in die Taschen.

»Den Sie nicht verraten wollen.«

»Den ich nicht verraten will.«

»Versuchen Sie diesmal ein Stück«, sagte sie und sah über seine Schulter zu dem gutgekleideten Geschäftsmann, der vor Sascha stand und seine Einkaufstasche ständig von einer Hand in die andere nahm.

»Ich esse zwei Stück«, entschied Sascha beiläufig.

Elena zuckte mit den Schultern.

Sascha hatte nicht einmal Hunger. Er hatte etwas Brot und Kascha gegessen und Tee getrunken, bevor er von zu Hause fortgegangen war. Er hatte seiner schwangeren Frau Maja Frühstück gemacht. Saschas Mutter, Lydia, war im Wohnzimmer gewesen, dem einzigen anderen Zimmer der Wohnung, als Sascha seiner Frau den Tee ans Bett gebracht hatte. Der Arzt, Sarah Rostnikows Cousin, hatte darauf bestanden, daß Maja so viel wie möglich ruhte, bis die Wehen einsetzten oder die Fruchtblase platzte.

Ironie der Geschichte war, daß Sascha, Maja und ihre Tochter Pultscharia erst vor kurzem umgezogen waren, um endlich allein und ohne Lydia leben zu können. Sascha liebte Lydia, wie man eine Mutter lieben sollte. Trotzdem, so mußte er zugeben, war sie schwierig genug, um den friedlichsten Menschen in den Wahnsinn zu treiben. Lydia war fast taub, weigerte sich jedoch, etwas dagegen zu unternehmen. Was Kochen, Etikette, Kindererziehung und Hygiene betraf, machte sie keine Kompromisse. Maja hatte Sascha gedrängt, seine Stellung als Polizist zu nutzen, um einen Weg zu finden, die alte Wohnung in eine kleinere für sie und eine kleine für die Mutter einzutauschen. Das hatte er mit etwas Schuldbewußtsein auch getan. Jetzt, nur wenige Wochen nach der Trennung, war Lydia mit einer Befreiung von ihrem Regierungsposten wieder in ihrer Wohnung eingezogen, um sich um Maja und Pultscharia zu kümmern, die mittlerweile fast zwei Jahre alt war. Es gab kein Anzeichen dafür, daß seine Mutter auch nur ansatzweise daran dachte, wieder auszuziehen, sobald das Baby da war.

Maja mahnte ihn zur Geduld, und Sascha hatte sein Bestes versucht. An diesem Morgen hatte er Lydia gefragt, ob sie seine Pantoffeln gesehen habe, und sie hatte geantwortet: »Wie dein Vater. Er war dreißig, als er anfing, Unsinn zu reden.« Dann musterte sie ihren Sohn und sagte in einem Ton wie zu einem behinderten Kind: »Wieso suchst du jetzt Kartoffeln?«

»Ich suche keine Kartoffeln«, hatte Sascha gleichmütig erwidert, während Lydia Pultscharia hilfesuchend angesehen hatte.

Und um sein Unglück noch ärger zu machen, verbrachte er jetzt seine Tage mit Elena Timofejewa statt mit seinem eingespielten Partner Selatsch. Selatsch erholte sich von dem Verlust seines Auges, eine Verletzung, die er nie erlitten hätte, wäre Sascha seiner Pflicht nachgekommen, statt sich von einer Verdächtigen verführen zu lassen. Selatsch war freundlich, wenn auch aufreizend langsam, und ein Bär von einem Mann. Es bestand kein Zweifel, wer das Sagen hatte, wenn er und Selatsch zusammen einen Auftrag erledigten.

Sascha hätte am liebsten die Hände über die Ohren gehalten,

um sie zu wärmen, aber dann sah er Elena an, die keine Kopfbedeckung trug, und beschloß zu leiden.

»Ihnen ist kalt«, stellte sie fest. Ihr dreiviertellanger Tuchmantel war nicht zugeknöpft. »Später wird's wärmer.«

»Mir macht das nichts«, erklärte Sascha, obwohl er fürchtete, sich eine Erkältung einzuhandeln.

»Wenn Sie schon gehen wollen, dann warten Sie im Eingang der U-Bahnstation. Ich bringe die Pizzas«, schlug sie vor.

»Mir ist kein bißchen kalt«, sagte Sascha bestimmt.

Elena zuckte mit den Schultern und sah den Mann mit der Einkaufstasche an. Der Mann versuchte, ihren prüfenden Blick zu ignorieren, indem er intensives Interesse an einem Holztransporter vorschützte, der vor einem staatlichen Lebensmittelladen parkte.

»Sehen Sie den Mann vor uns?« flüsterte Sascha plötzlich so laut, daß man ihn mindestens einen Block weit verstehen konnte.

Der Mann wandte den Kopf unwillkürlich etwas in ihre Richtung. Elena musterte ihn mitleidig, was seine Nervosität noch zu steigern schien.

Während die Schlange vorrückte, kündete lautes Hupen von einem erbitterten Kampf um ein paar Meter Parkplatz am Kalinin-Prospekt.

Sascha sah Elena an. Sie war für seinen Geschmack etwas zu stämmig, aber er mußte zugeben, daß sie hübsche Züge, eine schöne Haut, leuchtendblaue Augen und Zähne hatte, die gleichmäßig und schöner waren als die der meisten Russinnen. Sie trug ihr dunkles halblanges Haar im Nacken mit einem Gummiband zusammengebunden. In diesem Moment unnötiger Peinlichkeit war Sascha froh, sie nicht besonders attraktiv zu finden. Er liebte seine Frau. Liebte ihre Stimme, ihr Lachen, ihr Gesicht, doch zu oft hatte ihm sein fleischliches Verlangen schon einen Streich gespielt.

»Was ist mit dem Mann?« fragte Elena.

»Das ist Semykin«, antwortete er. »Gregor Semykin. Der, den sie letztes Jahr mit Foljoskow verhaftet haben. Sie erinnern sich sicher. Der Bestechungsfall.«

Elena sah den Mann an, der mittlerweile den faszinierenden Hinterkopf der Frau vor ihm in der Schlange eingehend betrachtete. Die Schlange rückte vor. »Das ist nicht Semykin«, flüsterte Elena. »Er sieht Semykin nicht mal ähnlich. Semykin sitzt im Gefängnis. Und Semykin ist klein.«

»Vielleicht ist er der Bruder«, bemerkte Sascha. »Die Ähnlichkeit...«

Der Mann vor ihnen sah plötzlich auf die Uhr, tat so, als hätte er eine wichtige Verabredung vergessen, und trat hastig aus der Schlange.

Sascha und Elena rückten vor.

»Das war unnötig«, sagte sie.

»Wir haben's eilig. Sie haben doch gesagt, daß wir uns beeilen müssen. Außerdem hatte der Mann deutlich ein schlechtes Gewissen. Sonst wäre er nicht weggegangen.«

Die Wärme, die aus dem Pizzawagen drang, schuf plötzlich eine neue Atmosphäre. Nur noch zwei Kunden waren vor ihnen.

»Ein schlechtes Gewissen hat doch jeder«, sagte Elena. »Das macht...«

»Und es ist Ihre Aufgabe herauszufinden, warum«, fiel Sascha ihr achselzuckend ins Wort. »Und bald wird es neue Verbrechen geben. Verbrechen gegen die Rechte des einzelnen, gegen Frauen, die Menschenwürde. Das ist mir zu ernst, und ich habe Hunger.«

Sie standen vor dem Fenster des Pizzawagens. Hinter ihnen warteten ungefähr vierzig Menschen.

»Ausverkauft«, sagte der Mann hinter der Theke. »Pizza ist aus.«

Er war ein dicker Mann mit Bartstoppeln. Auf seinem widerspenstigen schwarzen Haar trug er eine Kappe. Sein Lächeln entblößte zwei Reihen sensationell schlechter Zähne.

»Wir sind von der Polizei«, sagte Sascha.

Der Mann schrie über ihre Köpfe hinweg: »Wir haben keinen Käse mehr. Ich bin kein Zauberer, der Käse herbeizaubern kann. Und Pizza ohne Käse backe ich nicht. Also keine Pizza mehr für heute.«

Die Schlange begann sich nach einer Minute lähmenden Schweigens unter Stöhnen, Drohungen und Flüchen aufzulösen. Der Mann mit der weißen Kappe packte zusammen.

»Wir sind von der Polizei«, wiederholte Sascha.

»Früher hat das mal was bedeutet«, erwiderte der Mann und beugte sich vor. »Aber lest die Zeitungen. Seht fern. Betrachtet euch die politischen Karikaturen, die an dieser Straße verkauft werden. Die Polizei kann niemandem mehr drohen. Boris Jelzin wird das nicht tolerieren. Wir werden eine Demokratie. Eine Demokratie ohne Käse. Wenn ihr Kühe wärt und mir Käse liefern würdet, könnten wir ins Gespräch kommen.«

»Soll das vielleicht witzig sein?« fragte Sascha Tkach und sah Elena an. Die Szene schien ihr nicht zu gefallen.

»Dann tun Sie mir den Gefallen und engagieren Sie mich nicht als Komiker.«

Sascha fühlte Elenas Hand auf seiner Schulter. Er wandte sich ab, um sie abzuschütteln und seinen Dialog mit dem Pizza-Mann fortzuführen, der eine der Türen mittlerweile fast geschlossen hatte. Elena stellte sich vor Sascha und schenkte dem Pizza-Mann ihr gewinnendstes Lächeln. Der Mann runzelte die Stirn.

»Kein Käse mehr. Ich sag's noch mal langsam zum Mitschreiben. Und dann verabschiede ich mich. Kein... Käse... mehr. Und jetzt können Sie mich verhaften, weil ich keinen Käse mehr habe.«

Saschas Hand griff an Elena vorbei und packte den zweiten Türflügel, als der Mann versuchte, ihn zu schließen.

»Tkach«, begann Elena. »Es hat keinen...«

»Sie wollten Pizza«, unterbrach er sie. »Und jetzt kriegen Sie Pizza. Ich will Pizza versuchen. Ich will Pizza essen und mir vorstellen, wie es ist, in Neapel oder Boston zu leben und Pizza zu essen.«

Sascha zog dem Mann die Tür aus der Hand. Sie schlug mit lautem Klappern gegen die Seite des Lieferwagens. Einige Leute in der Schlange, die sich noch nicht für ein alternatives Frühstück entschlossen hatten, sahen auf.

»Sind Sie verrückt?« fragte der Pizza-Mann, dem die Mütze vom Kopf gerutscht war. »Boris, hilf mir!«

Aus dem Wageninneren kam eine tiefe, dunkle Stimme: »Was machst du, Kornei? Schließ die verdammte Tür zu und laß uns abhauen!«

Als die Stimme von drinnen ertönte, packte Sascha den Pizza-Mann beim Ärmel und zog ihn zu sich. Der Mann schlug gegen die halb geschlossene Tür, so daß sie krachend auflog.

»Nein! Was machen Sie!« schrie der Pizza-Mann und griff nach dem Türflügel, um nicht auf die Straße zu fallen.

Sascha fühlte erneut einen Arm auf seiner Schulter, hörte eine Frauenstimme, aber es war zu spät. Es gab zu viele Schlangen, zu wenig Käse und Geld, zu viele Mütter, Kinder, Augen, Geburtstage, zu viele fordernde Menschen.

Über dem Hinterteil des Pizza-Mannes namens Kornei tauchte ein großes, rundes Gesicht mit einer platten Nase auf. Der zweite Pizza-Mann, Boris, hatte eine weiße Schürze umgebunden, auf der Käse- und Saucenflecke prangten. Er wirkte völlig verwirrt. »Ruf die Polizei!« schrie er Elena an und packte Kornei, um zu verhindern, daß er von Sascha auf die Straße gezerrt wurde.

»Sie sind von der Polizei«, schrie Kornei.

Daraufhin ließ der Mann im Wagen seinen Partner los, und Kornei rollte auf den Gehsteig.

»Tkach«, sagte Elena und drängte sich an ihm vorbei, um dem völlig verängstigten Pizza-Mann zu helfen, der sich die Schulter rieb, während er auf seinem Hinterteil rückwärts rutschte, bis er sich mit dem Rücken gegen den Lieferwagen lehnen konnte.

Sascha sah zu Boris auf, und der Blick in den Augen des jungen Mannes ließ Boris spontan sagen: »Wir haben eine Pizza für uns aufgehoben. Sie können sie haben. Lassen Sie ihn in Ruhe. Warten Sie. Warten Sie!«

»Hilfe!« schrie Kornei der wartenden Menge entgegen.

Der Hilferuf löste sofort eine laute Debatte aus.

»Helft ihm!« forderte eine Frau.

»Was?« sagte ein Mann. »Ich soll mich wegen einer Pizza mit der Polizei anlegen? Mir Prügel einhandeln?«

»Wenn die Polizei ihn so hart anfaßt, muß er was auf dem Kerbholz haben«, behauptete ein anderer. »Vielleicht verkauft er verseuchte Pizza.«

Einige in der Menge – Elena war sicher, daß es diejenigen waren, die Pizzas gegessen hatten, bevor der Aufruhr begann, und jetzt Angst hatten, etwas Schlechtes gegessen zu haben – näherten sich schimpfend dem Wagen.

Der bullige Mann erschien am Fenster mit einer Pizza mit Käse und Tomaten. »Hier«, sagte er und hielt sie Sascha hin.

Sascha nahm die Pizza und gab sie Elena. »Wieviel?« fragte er.

»Sie wollen bezahlen?« fragte Boris und beugte sich aus dem Fenster, um zu sehen, ob sein Partner noch lebte.

»Wir sind doch keine Diebe«, erwiderte Sascha.

»Zehn Rubel«, erklärte Boris.

Sascha öffnete seine Geldbörse, fand fünf Rubel, die Hälfte seiner Monatsmiete, und gab sie dem Mann.

»Kornei hat eine Frau und vier Kinder«, sagte Boris leise durchs Fenster.

»Ja«, pflichtete Kornei ihm bei. »Ich habe eine Frau und vier Kinder.«

»Wer vier Kinder hat, hat normalerweise auch eine Frau«, entgegnete Sascha wütend. »Wer keine Frau hat, weiß gewöhnlich nicht genau, wie viele Kinder er hat.«

Sascha nahm Elena die Pizza ab und ging davon. Während er sich durch die Menge drängte, reichte er ihr ein Stück.

»Und dabei sieht er aus wie ein kleiner Junge«, sagte eine Frau, deren Stimme geradezu beunruhigend der seiner Mutter ähnelte.

Sie gingen schnell die Arbat-Straße hinunter und aßen die beinahe kalte Pizza.

»Geht Ihnen eigentlich öfter der Gaul durch?« erkundigte sich Elena.

»Nein«, antwortete er. »Nicht oft genug.«

»Und wie fühlt man sich...«

»Bestens. Einfach bestens.« Sascha verschlang die Pizza. Sie war geschmacklos und hatte die Konsistenz eines Tennisschuhs.

Sie standen auf dem Sobatschaja Ploschtschad, dem Hunde-Platz.

»Wissen Sie, was hier vor zweihundert Jahren war?« fragte Sascha, blieb stehen, sah sich um und schwenkte ein wabbeliges Stück Pizza in der Hand.

Elena zuckte mit den Schultern.

»Hundezwinger. Die Zwinger des Zaren. Die Hunde wurden besser behandelt als Menschen«, erklärte er einer dicken kleinen Frau, die hastig vorüberwatschelte. »Ich finde diese Pizza eklig.«

Elena nahm sie ihm aus der Hand und kaute daran herum.

In diesem Moment entschloß sich Sascha, mit der Faust auf einen widerrechtlich geparkten weißen Lada zu schlagen.

»Ich wohne bei meiner Tante, wissen Sie«, sagte Elena. Sie waren jetzt in der Nähe der Buden, die Marioschkij-Puppen und Lackdosen verkauften. Ein Jahr zuvor war die Gorbatschow-Puppe die große, äußere Puppe gewesen, in der all die anderen steckten. Inzwischen war sie von Jelzin ersetzt worden, in die jetzt Gorbatschow prächtig paßte.

»Das ist unwichtig«, erklärte Sascha. »Ihre Tante interessiert mich nicht. Ich will wütend sein. Wenn Sie nicht auf dieser dämlichen Pizza bestanden hätten...«

»Kennen Sie meine Tante?« fragte Elena, noch immer Pizza kauend.

Sascha blieb mitten auf dem Gehsteig stehen. Er hatte die Hände tief in den Taschen vergraben. »Ja«, antwortete er. »Ich habe für den Generalstaatsanwalt gearbeitet, als sie Direktorin war.«

Er sah die Arbat-Straße hinunter, hoffte, jemand würde ihm Gelegenheit geben, sich irgendwie an ihm abzureagieren, doch es passierte nichts. Er sehnte sich nach ein paar jungen Männern mit amerikanischer Punkerkleidung und irren Frisuren und herausforderndem frechen Blick. Er hätte sich sogar mit einem Schwarzhändler zufriedengegeben, den er mit amerikanischen Dollars erwischen konnte.

»Wollen Sie noch was von der Pizza?« erkundigte sich Elena.
»Ich bin schon dick genug.«

»Sie sind nicht dick«, widersprach er und zog einen weiteren Angriff auf den unschuldigen Lada in Erwägung.

»Meine Tante hatte vier Herzanfälle«, bemerkte Elena. »Deshalb hat sie sich pensionieren lassen.«

»Ich weiß«, murmelte Sascha.

Später, so beschloß Sascha, wollte er nach Hause gehen, seine Mutter nur böse anstarren, seine Frau böse anstarren und Pultscharia anraunzen, falls sie noch wach sein sollte. Er wollte sich in eine Ecke setzen, sich die ganze Nacht amerikanische Musikvideos ansehen, kein Wort reden, und wenn sie es wagen sollten, ihn anzusprechen...

»Wir leben in einer kleinen Wohnung mit ihrer Katze Baku«, fuhr Elena fort.

Irgendwo aus der Richtung des Kalinin-Prospekts drang das Gehupe eines Lastwagens zu ihnen herüber. Dann ertönte das Quietschen von Reifen. Nur das Krachen blieb aus.

»Früher begegnete man einem Polizisten mit Respekt, sogar mit Angst. Früher konnte ein Polizist seine Arbeit tun. Früher...«

»...war ein Polizist immer ein Mann und keine Frau«, ergänzte Elena. »Jetzt wird es von uns immer mehr geben.«

»Ja«, sagte er trotzig und sah sie an. »Das ist mir klar.«

Sie nickte, rieb sich die Hände und schleckte etwas Tomatensauce von ihrem linken Daumen. Sascha überkam plötzlich das verrückte Verlangen, dicht vor sie hinzutreten und an ihrem Daumen zu lutschen.

»Wollen Sie jetzt vielleicht die vermißte Araberin suchen?« fragte Elena. »Oder wollen Sie noch mehr Autos mit den Fäusten bearbeiten und Leute verprügeln?«

»Ich hab' ihn nicht verprügelt«, sagte Sascha. Er spürte, daß sich seine Wut legte, und wehrte sich dagegen.

»Sie sollten sich ein Hobby zulegen«, riet Elena und ging die Straße in Richtung Kalinin-Prospekt davon.

»Dazu fehlt mir die Zeit«, entgegnete er. »Ich arbeite den ganzen Tag und die halbe Nacht. Die Zeit, die mir dann noch bleibt, verbringe ich mit meiner Tochter und versuche, nett zu meiner Frau und meiner Mutter zu sein.«

Elena war mittlerweile bereits gut zwanzig Meter vorausgegangen. Sie blieb stehen und drehte sich zu ihm um. »Das ist eine sehr rührselige Geschichte, Tkach«, bemerkte sie spöttisch. »Eines Tages erzähle ich Ihnen vielleicht meine Geschichte.«

Es war nicht lange her, da hatte jemand etwas Ähnliches zu Sascha gesagt. Er hatte das Gefühl, als sei es Elena an demselben Ort gewesen.

»Scheiße!« brüllte er.

»Was ist denn jetzt los?«

Passanten überquerten die Straße und taten so, als suchten sie intensiv nach einer Hausnummer, um die beiden Verrückten nicht beachten zu müssen.

Er ging auf Elena zu, die Hände noch immer tief in den Taschen. Sascha warf den Kopf zurück, um die Haare zurückzuschleudern.

Elena schwieg, als sie Seite an Seite weitergingen.

»In drei Tagen habe ich Geburtstag. Wollen Sie wissen, wie alt ich werde?«

»Dreißig«, antwortete sie.

»Sehe ich aus wie dreißig?«

»Sie sehen aus wie vierzehn«, antwortete sie. »Meine Tante und ich sind zu Ihrer Party eingeladen. Wenn Sie bis dahin wieder vernünftig geworden sind, kommen wir vielleicht.«

»Entschuldigung«, sagte er.

»Allerdings gefallen Sie mir wütend fast besser als zerknirscht«, entschied sie. »Oder noch besser, ein bißchen wütend und ein bißchen zerknirscht.«

»Ich werd' mir Mühe geben«, versprach er.

»Geht's Ihnen jetzt besser?«

»Ja.«

»Dann...«

»Araber-Mädchen, wir kommen!«

4

Bevor er die Petrowka verließ, rief Porfirij Petrowitsch Rostnikow seine Frau an. Er wußte, daß sie zu Hause war. Sarah erholte sich von der Operation eines Gehirntumors. Die Operation war gelungen, aber ihre Rekonvaleszenz dauerte länger als erwartet. Sie hatten Urlaub in Jalta gemacht, doch das war wenig erholsam gewesen. Zwar hatte er Besserung gebracht, aber Sarah litt noch immer unter Schwindelgefühlen, wenn sie weitere Strecken zu Fuß ging, und sie brauchte mindestens zehn Stunden Schlaf pro Nacht.

»Du bist zu Hause«, sagte er, als sie sich meldete.

»Ich wollte gerade aus der Tür gehen, als das Telefon klingelte«, erwiderte Sarah. »Ich trainiere für die Zirkusvorstellung in einer Stunde.«

»Trapezakt?«

»Hochseil. Nur die Amerikaner und die Brasilianer arbeiten noch am Trapez. Schlechte Nachrichten?«

Er kritzelte gedankenlos auf seinen Block und versuchte herauszufinden... »Ich muß heute noch nach Arkusch. Fraglich, ob ich am Abend wieder da bin. Ein Pope ist ermordet worden. Pater Merhum.«

Am anderen Ende blieb es einen Moment lang still. Dann war ein Seufzer zu hören. »Josefs Theaterstück«, sagte Sarah.

Ihr gemeinsamer Sohn war mittlerweile seit einem halben Jahr aus der Armee entlassen. Das Theaterstück, das er über seine Erlebnisse in Afghanistan geschrieben hatte, sollte an diesem Abend uraufgeführt werden.

»Ich will versuchen, zurück zu sein«, versprach er.

»Pater Merhum«, wiederholte Sarah. »Ist das nicht der...«

»Genau der.«

»Wer sollte...?«

»Deshalb fahre ich ja.«

Sie lachte. Ihr Lachen war unverändert, und es brach ihm stets das Herz. Er kannte sie seit ihrer frühesten Jugend, und plötzlich tauchten ein paar Filmsequenzen eines jungen, blassen Mädchens mit langem roten Haar, das lachend im Park stand, vor ihm auf. Es war ein Lachen voller Melancholie.

»Versuch bitte, zur Aufführung zurück zu sein«, sagte sie.

»Mit dir alles in Ordnung?«

»Meine Cousine Gittel kommt heute nachmittag.«

»Gut«, murmelte er. »Sarah, erinnerst du dich an die Wohnung meiner Familie am Arbat-Platz?«

»Ich bin nur zweimal dort gewesen.«

»Gab's dort zwei oder drei Stühle?«

»Keine Ahnung, Porfirij. Ist es wichtig?«

»Vielleicht«, antwortete er. »Wenn es irgendwie geht, bin ich heute abend wieder zurück. Wenn nicht, rufe ich Josef an und sage ihm, daß ich mir die Vorstellung morgen ansehe.«

»Sie bringen noch immer Priester um«, bemerkte Sarah. »Die Kosaken sind wieder los.«

Sarahs Onkel, der Bruder ihres Vaters Lew, war Rabbi gewesen. Im Winter 1940, kurz vor der Andacht am Freitagnachmittag, als Rostnikow seine Frau noch nicht gekannt hatte, war ihr Onkel von der Polizei geholt worden und nie wieder zurückgekehrt. Als Sarah einen Polizeibeamten geheiratet hatte, einen freundlichen Polizisten, hatten die meisten ihrer Familie kein Wort mehr mit ihr geredet.

Rostnikow brach schließlich das Schweigen. »Ich muß jetzt los.«

»Ich glaube, es waren zwei Stühle«, sagte Sarah. »Und ein Sofa.«

»Ja, vielleicht. Ruh dich aus.«

Sie legte auf.

Rostnikow stand am Telefon und massierte in der Abgeschiedenheit seines kleinen, unerträglich überheizten, fensterlosen Büros sein Bein. Er überlegte, was er für seine kleine Reise brauchte: seine Aktentasche, ein sauberes Hemd, Zahnbürste, ein Buch und Unterwäsche zum Wechseln. Er holte die Aktentasche unter dem Schreibtisch vor und ging ins Nebenzimmer, wo Emil Karpo gerade den Telefonhörer auflegte.

Rostnikow fragte sich, ob Karpo mit Mathilde Verson telefoniert haben mochte. Mathilde war eine Prostituierte, die Karpo jeden Donnerstagabend besuchte. Heute war Donnerstag. Und obwohl sie eine Prostituierte war, war sie auch eine Freundin. Karpo hatte vier Jahre in der Illusion gelebt, niemand wisse von seiner Beziehung zu Mathilde Verson. Karpo, der emotionslose, niemals lächelnde Vampir in Schwarz, der nur seine Arbeit und die Partei kannte, wollte nicht, daß man von seinen menschlichen Bedürfnissen erfuhr.

Rostnikow jedoch war hinter sein Geheimnis gekommen, und Karpo hatte gelernt, diese Bloßstellung zu akzeptieren, wie er gelernt hatte, jenes Bedürfnis zu akzeptieren. Zuerst war das Verhältnis zu Mathilde Schwäche für ihn gewesen. Im Lauf des vergangenen Jahres jedoch hatte er allmählich begriffen, daß seine Abhängigkeit von ihr über die animalischen Bedürfnisse seines Körpers hinausging.

Mathilde war eine große, vierzigjährige Frau mit hübschem Gesicht und vollem roten Haar. Tagsüber arbeitete sie als Telefonistin, nachts und an den Wochenenden als Prostituierte. Alter und die zunehmende Konkurrenz junger Mädchen, die einfach nur überleben wollten, hatten ihren Kundenstamm erheblich dezimiert, so daß sie ernsthaft daran dachte, sich aus dem Gewerbe zurückzuziehen.

»Fertig?«

»Ich bin fertig, ja«, sagte Karpo und griff nach einer schwarzen Plastik-Aktentasche.

»Gut. Dann sehen wir uns den Medizinmann mal an«, meinte Rostnikow.

»Er war Priester«, verbesserte Karpo ihn. Sie gingen den Mittelgang zwischen den Schreibtischen hindurch, an denen Ermittlungsbeamte telefonierten oder sich miteinander unterhielten. Irgendwo weiter hinten im Komplex Petrowka 38 schlugen Zwingerhunde an.

»Ich habe einen Auftrag für Sie, Emil Karpo«, begann Rostnikow. Auf dem Weg zum Lift kamen sie an drei uniformierten Polizisten vorbei, die einen kleinen, übel zugerichteten Mann mit mürrischer Miene mit sich führten. Der kleine Mann sah zu Karpo auf, wurde leichenblaß und sah weg. Er wirkte plötzlich längst nicht mehr so mürrisch. »Lernen Sie einen Witz und erzählen Sie ihn mir.«

»Einen Witz?«

»Etwas, das die Menschen zum Lachen bringt«, antwortete Rostnikow.

»Weshalb sollte ich lernen, Ihnen Witze zu erzählen?« fragte Karpo, als der Lift im sechsten Stock hielt, die Tür aufging und ein Kriminalbeamter in Zivil und eine Gruppe Zivilisten ausstiegen, die in Richtung der drei Uniformierten und des kleinen mürrischen Mannes davoneilten.

»Um Ihre Gefühlsebene zu erweitern. Um Sie auf Zugfahrten wie der bevorstehenden zu einem besseren Gesellschafter zu machen«, erklärte Rostnikow und trat in den Aufzug.

»Das wäre Zeitverschwendung«, entgegnete Karpo. »Jede Minute, die ich damit verbringe, einen sinnlosen Witz zu lernen, geht der Aufklärung eines Verbrechens verloren. Und jede verlorene Minute könnte die erfolgreiche Schlußfolgerung eines Ermittlers verhindern oder die Pläne eines Verbrechers fördern, der vielleicht nur diese Minute braucht, um zu fliehen oder seine Spuren zu verwischen.«

»Klingt einleuchtend«, stimmte Rostnikow ihm zu. »Aber wenn Sie einen gewissen Sinn für Humor entwickeln könnten, hätten Sie tieferen Einblick in das Wesen der Menschen. Das erhöht das Verständnis für sie – ob unschuldig oder kriminell.«

Sie hatten das Parterre erreicht, und die Lifttüren gingen auf.

»Die tiefere Einsicht und das Verständnis überlasse ich Ihnen, Inspektor. Ich ziehe Taten vor. Ohne jede Ablenkung. Verständnis bringt mich nur aus dem Konzept.«

Die sechs uniformierten, bewaffneten jungen Männer in der Lobby starrten auf die vertrauten Gestalten des Bärs und des Vampirs und wandten den Blick ab, um die Gesichter der Hereinkommenden zu prüfen.

Vor dem Ausgang an der Petrowka-Straße erwartete sie ein Wagen der Marke Moskowitsch. Seit der triumphalen Rettung des entführten Präsidenten Gorbatschow und der Solidarität des Sonderdezernats mit der neuen Regierung hatten die Männer des Grauen Wolfs, in Maßen versteht sich, Zugriff auf den Wagenpark und die Chauffeure des Amtes. Rostnikow hatte zwar noch nie einen der BMWs erhalten, über die die Polizei seit neuestem verfügte, aber ein enger Moskowitsch war besser als gar nichts. Die Zuweisung eines Wagens mit Chauffeur bedeutete jedoch oft wenig Zeitersparnis, da die Untergrundbahn wesentlich schneller war als ein Auto, trotz der der Polizei vorbehaltenen Mittelspuren auf den großen Durchgangs- und Ausfallstraßen. Aber der Graue Wolf bestand darauf, daß seine Leute so oft wie möglich Autos benutzten.

Dabei gab es noch ein Problem. Es war wohlbekannt, daß in der Vergangenheit viele Chauffeure Informanten des KGB innerhalb des MWD waren, die sämtliche Gespräche, die in der vermeintlichen Abgeschiedenheit des Wagens geführt worden waren, weitergeleitet hatten. Das hatte lange, schweigsame und langweilige Autofahrten oder mühsame Gespräche mit dem Chauffeur über Allgemeinplätze zur Folge gehabt. Rostnikow war nicht sicher, ob sich diese Situation geändert hatte, und zog es daher vor, vorsichtig zu bleiben.

»Augenblick«, sagte Rostnikow und ging am Wagen vorbei zu einem Straßenverkäufer mit Kwas, einer Art Limonade aus getrocknetem Schwarzbrot mit Hefe und Rosinen. Vor dem Karren stand keine Schlange, und wie die meisten Moskauer konnte Profirij Petrowitsch Rostnikow der Versuchung nicht widerstehen, etwas zu kaufen, wenn er nicht anstehen mußte.

»Eine kleine Portion«, sagte er der alten Frau in Mantel, Handschuhen und Kopftuch, die neben dem Karren auf einem wackligen hölzernen Klapphocker saß. »Auch was, Emil?«

»Nein.«

»Und der Fahrer.«

Karpo ging zum Wagen, beugte sich zum Fenster hinab, sprach mit dem Fahrer und rief noch einmal: »Nein!«

Die alte Frau füllte eine Plastiktasse mit der dunklen Flüssigkeit und reichte sie Rostnikow, der sie in aller Ruhe leerte, während Karpo geduldig an seiner Seite ausharrte.

»Das hat gutgetan!« Rostnikow warf die leere Tasse in die Blechdose auf dem Karren.

Die alte Frau mit dem runden, roten Gesicht reagierte mit dem Anflug eines Lächelns.

Als sie im Fond des Wagens saßen, sagte Rostnikow: »Für meinen Vater war Kwas wie Medizin. Die Mischung aus Schwarzbrot und Hefe stimuliert die Körperfunktionen.«

»Schon möglich«, bemerkte Karpo.

»In der Innenstadt werden die Karren der Kwas-Verkäufer immer seltener«, stellte Rostnikow fest und seufzte. »Erinnern Sie sich noch an die Wohnung, in der Sie als Kind gelebt haben?«

»Ja«, erwiderte Karpo.

»In allen Einzelheiten? Auch wo die Stühle, Betten, Tische und Fenster waren?«

»Ja.«

»Was die Sache mit dem Witz betrifft, Karpo. Vergessen Sie es. War nur Spaß.«

»Verstehe.« Karpo sah unverwandt geradeaus. Das war das Zeichen, daß er um sich herum überhaupt nichts mehr wahrnahm.

Es gab nur zwei Menschen, denen Emil Karpo vertraute: Porfirij Petrowitsch Rostnikow und Mathilde Verson. Zwar verstand er gelegentlich weder den einen noch die andere, war jedoch inzwischen überzeugt, daß nicht nur auf beide Verlaß war, sondern daß sie ihn aufrichtig mochten. Und Karpo, der sich wohl bewußt war, daß er weder über Humor noch Herzenswärme verfügte, waren ihre Gefühle verwunderlich und daher bedeutungsvoll.

Seit über vierzig Jahren seines Lebens waren der sowjetische Staat und die Revolution alles gewesen, wofür er existiert hatte. Emil Karpo hatte seine Funktion darin gesehen, seinen Vorgesetzten zu gehorchen, Verbrecher und Feinde der Revolution zu jagen und ihrer gerechten Strafe zuzuführen.

Die Sowjetunion gab es nicht mehr. Die sozialistischen Sowjetrepubliken waren zu einer lockeren Gemeinschaft souveräner Staaten geworden. Leningrad war wieder St. Petersburg. Sogar Hammer und Sichel waren als Symbole verschwunden, und man hatte eine Flagge geschaffen, die eigentlich keine Flagge war. Es fehlte nur noch, daß sie sich wieder auf den zweiköpfigen Adler des Zarenreichs besannen, überlegte er. Die Partei siechte im Untergrund ihrem Tod entgegen. Die Revolution war nicht mehr existent, und die Zukunft zeichnete sich im Licht einer tristen Imitation westlicher Demokratien ab.

An das bißchen Daseins-Sinn, der geblieben war, klammerte sich Emil Karpo. Sein Glaube und seine Loyalität waren erschüttert, und es gab Augenblicke, in denen Panik ihn zu überwältigen drohte. Augenblicke, die mit jedemmal länger und stets von Migräneanfällen begleitet wurden; jenen Migräneanfällen, die ihm willkommen waren wie eh und je, weil er sie seit seiner Jugend als Prüfung angesehen hatte. Die Kopfschmerzen also waren geblieben, und er konnte sie nehmen wie immer. Auch Verbrecher starben nicht aus. Die Jagd nach ihnen ging weiter. Karpo fragte sich, ob auch Porfirij Petrowitsch diese Momente der Selbstzweifel kannte.

Rostnikow sah aus dem Fenster und gab Laute von sich, die sowohl ein Summen als auch nur Geräusche sein konnten. »Hatten Sie religiöse Großeltern, Emil Karpo? Haben Ihre Großeltern an einen Gott geglaubt?«

»Sie waren Mitglieder der Orthodoxen Kirche«, sagte Karpo. »Sie starben lange vor meiner Geburt.«

Die restliche Fahrt zum Bahnhof verlief schweigend.

Oberst Wladimir Lunatscharskij sah durch einen schmalen Vorhangschlitz aus dem Fenster auf den Platz, der noch vor kurzem der Dzershinskijplatz gewesen war. Auf ihm hatte sich eine Gruppe Touristen zu einer Führung durch die Lubjanka versammelt. Und die Lubjanka war das ehemalige Hauptquartier des Komitees für Staatssicherheit, kurz der KGB. Der Touristenführer deutete auf den leeren Betonsockel in der Mitte des Platzes, auf dem noch bis vor kurzem die Statue von Felix Dzershinskij, dem Begründer der russischen Geheimpolizei, gestanden hatte. Eine aufgebrachte Menschenmenge hatte das Denkmal gestürzt. Mittlerweile gab es Gerüchte, daß auch die Lubjanka entweder niedergerissen oder zu Regierungsbüros umfunktioniert werden sollte.

Im Laufe des Vormittags würden die Touristen auch an Lunatscharskijs Bürotür vorbeikommen, sich in fremden Sprachen Greuelgeschichten zuflüstern und alles mit atemlosem Staunen in sich aufnehmen.

Der Autoverkehr in Richtung Innenstadt brandete um den Platz. Vor dem Spielzeugladen auf der anderen Seite hatte sich eine kleine Gruppe von Käufern versammelt.

Der Oberst unterdrückte einen Seufzer. Seine Sympathien für die Veränderungen, für das neue Rußland, das ihnen Horden von Amerikanern und lauten Deutschen bescherte, die an seinem Büro vorbeitrampelten, hielten sich stark in Grenzen. Die neue Freiheit hatte ihm die Einbuße von Rang und Autorität gebracht. Aber natürlich hatte man es ihm unter einem anderen Etikett verkauft.

Das Fünfte Büro, verantwortlich für die Überwachung von Dissidenten, dem Wladimir Iwanowitsch Lunatscharskij seit dreißig Jahren diente, war schon vor dem Zusammenbruch der Sowjetunion reorganisiert worden. Seine Bezeichnung wurde zunächst in Büro Z abgeändert. Inzwischen jedoch hieß es seit gut einem Jahr Büro zur Sicherung der Verfassung. Diese Neuordnung und die Rundgänge durch die Lubjanka nahmen ihren Anfang, nachdem die Kontrolle des KGB vom Politbüro auf den Obersten Sowjet übertragen worden war, was eine bessere Überwachung der Aktivitäten des KGB gewährleisten sollte. Aber auch das war anders geworden, und es gab praktisch täglich neue Gesetze und neue Anweisungen. Lunatscharskij wußte heute nicht, für welche Organisation er morgen arbeitete.

Der KGB hatte seit seiner Gründung im Dienst der Kommunistischen Partei gestanden, aber jetzt befanden sich alle Sicherheitskräfte in Rußland unter der unmittelbaren Kontrolle des eigenmächtigen Jelzin und seiner jungen Idealisten.

General Karsnikow hatte Lunatscharskij jedoch versichert,

daß das höchste Entscheidungsgremium des KGB stark und mächtig bleiben würde, daß die Nation das Vertrauen und die Macht des Sicherheitsapparates brauchte, gleichgültig unter welcher Bezeichnung sich dieser verbarg. Davon war General Karsnikow felsenfest überzeugt. General Karsnikow hatte Oberst Lunatscharskij vor knapp einem Monat in sein Büro im ersten Stock gerufen, um ihm die Lage zu schildern. Das großzügig und modern möblierte Büro mit klobigen Stühlen und einem runden Konferenztisch hatte sich in zwanzig Jahren nicht verändert. Die große Lenin-Fotografie hing noch immer an der Wand neben der Tür.

Andere hatten ihre Leninfotos und -gemälde ersatzlos verschwinden lassen, doch General Karsnikow beließ sein Leninbild am alten Platz – ein Zeichen dafür, daß für ihn der Wechsel nicht ganz reibungslos vonstatten ging, daß zu viele Menschenleben in die Institution investiert worden waren, um sie kampflos aufzugeben.

»Es müssen Veränderungen vorgenommen werden«, sagte der General.

Er war ein korpulenter Mann, der gern Uniform trug – eine Vorliebe, die er eine Woche vor dem Austritt Rußlands aus der Union aufgegeben hatte. Oberst Lunatscharskij hatte es ihm gleichgetan.

Oberst Lunatscharskij war fünfzig. Das Körpergewicht, das er bei seinem Eintritt in den Geheimdienst mit einundzwanzig gehabt hatte, konnte er mit Hilfe kompromißlosen Trainings und strenger Diät halten. Er war Sohn eines Helden der Revolution und des Krieges gegen die Nazis. Lunatscharskij hielt sich stets gerade und trug sein noch immer dunkles Haar militärisch kurz geschnitten. Lunatscharskijs einziger Kummer war seine Körpergröße von nicht ganz einem Meter siebzig. Er war jedoch fest entschlossen, daß dieser Mangel nie ein Hinderungsgrund dafür werden sollte, in die höchsten Ränge aufzusteigen. Niemand sollte je sagen dürfen, daß dieser Mann mit dem Gesicht eines Bauern die Staatssicherheit auf höchster Ebene nicht repräsentieren könne.

»Es wird also einige kosmetische Veränderungen geben, Kleinigkeiten von vorübergehender Natur«, fügte der General hinzu. »Und wenige tiefer greifende. Die Wahrheit ist, daß der KGB unter der Perestroika mächtiger und nicht schwächer geworden ist. Wir haben den Angriffen im Innern getrotzt, den Versuchen, unsere Finanzquellen zu beschneiden. Wir unterhalten weiterhin eine über hundertzwanzig Mann starke Grenztruppe und eine Freiwilligenmiliz von achtzigtausend Mann. Einige der besten Armee-Einheiten einschließlich zwei Fallschirmspringer-Divisionen, wurden vom KGB zugeteilt. Wir hatten unsere eigenen Flugzeuge und Schiffe, unsere Armee, und wissen Sie, was wir vor allem bewahren konnten?«

»Stabilität«, antwortete Oberst Lunatscharskij. Er wußte, daß man ihn darauf vorbereitete, Opfer zu bringen.

»Stabilität«, stimmte der General zu. »Wir sind es nämlich, die diese Föderation von Kampfhähnen zusammenhalten werden, wir sind diejenigen, die Hoffnung geben, wir sind es, an die sie sich wenden, wenn sie Angst vor ihren ukrainischen und georgischen Nachbarn haben. Lunatscharskij, die neuen Führer sind nicht anders als die alten. Aber es fehlt ihnen die Maske des Kommunismus, hinter der sie sich verstecken können. Sie werden das Gesicht dieser Maske ändern. Sie werden es Demokratie nennen. Und sie brauchen uns. Trotzdem sind einige oberflächliche Änderungen nötig – vorübergehend. Es wird Machtkämpfe geben. Dämliche Zivilisten werden denken, sie könnten uns Befehle geben. Wir lassen sie natürlich in dem Glauben. Es gibt unter uns Personen, die es nicht zulassen, daß Rußland ins neunzehnte Jahrhundert zurückfällt.«

An diesem Punkt wurde dem Oberst erklärt, daß er Chef des Büros für Innere Angelegenheiten in Moskau werden würde. Das bedeutete, daß er die Ermittlungen von Oberst Alexander Snitkonois Sonderdezernat überwachen und wenn nötig manipulieren mußte. Sollte das Dezernat versagen, würde General Karsnikow in Aktion treten und Lunatscharskij würde, vorausgesetzt alles ging glatt, die Abteilung übernehmen. Der General hatte keinen Zweifel daran gelassen, daß Lunatscharskijs Auftrag inoffizieller Natur war. Ein solch subversiver Auftrag durfte offiziell überhaupt nicht existieren.

Die Besprechung mit dem General hatte vier Monate zuvor stattgefunden, und seither hatte Lunatscharskij eine Menge entdeckt. Seine Abteilung bestand aus zwölf Männern und zwei Frauen. Bei seinem letzten Kommando hatte er über dreihundert Männer und Frauen verfügt. Er konnte bei anderen Abteilungen wenn nötig Verstärkung anfordern. In diesem Fall mußte er allerdings seine Informationen mit anderen ehrgeizigen Offizieren teilen. Und das war in diesen gefährlichen Zeiten eine mehr als unerwünschte Situation. Aber Befehl war Befehl. Er würde sich fügen. Er würde achtzehn Stunden täglich arbeiten, wie er es immer getan hatte. Vielleicht gelang es ihm sogar, die Degradierung in eine unerwartete Chance umzumünzen. Für den Aufstieg war es nie zu spät, wenn man Erfolge verzeichnen konnte. Vielleicht war gerade das neue Rußland seine größte Chance.

Mit diesem Gedanken wandte sich Wladimir Lunatscharskij vom Fenster ab und ging zum Schreibtisch seines kleinen spartanisch eingerichteten Büros.

Er nahm Platz, setzte seine Brille auf, schlug die bereitliegende Akte auf, die er schon einmal studiert hatte, und begann zu lesen, wobei er jede Zeile mit dem Finger präzise nachfuhr. Dann nahm er die Brille ab und fixierte den Mann, der seit einer Viertelstunde geduldig wartete.

Lunatscharskijs Besucher trug einen dunklen Anzug mit passender Krawatte, war mittelgroß und häßlich. Die Lippen waren wulstig, der Mund war groß wie auch die Augen. Seine Haut hatte dunkle Flecken. Er hieß Ilja Klamkin und war seit seiner Kindheit als der ›Frosch‹ bekannt.

»Fahren Sie morgen früh nach Arkusch«, sagte Oberst Lunatscharskij.

Klamkin nickte.

»Benutzen Sie unsere Quellen vor Ort, um den Ermittlungen des Grauen Wolfs auf der Spur zu bleiben«, fuhr er fort. »Halten Sie mich auf dem laufenden. Wenn wir agieren müssen, will ich soviel Zeit wie möglich, um alles gründlich zu überdenken. Haben Sie verstanden?«

Klamkin nickte erneut. »Dieser Rostnikow«, sagte der Oberst und pochte mit seiner Brille auf den Aktendeckel, »hat dem KGB schon viel Sorgen gemacht.«

Da diese Feststellung keiner verbalen Bestätigung bedurfte, nickte Klamkin zum dritten Mal.

»Lesen Sie die Akte. Dann beobachten Sie, hören Sie zu und berichten Sie, Leutnant«, erklärte der Oberst. »Wenn das Glück der anderen schwindet, sind wir im Aufwind. In einer hungrigen Nation gibt es viele Knochen zum Nagen.«

Klamkin stand schweigend auf und nickte. Der Oberst blieb sitzen, als der Leutnant den Raum verließ.

Als Klamkin gegangen war, zog der Oberst eine zweite Akte aus seinem Schreibtisch. In diesem Schriftstück ging es unter anderem um ein vermißtes Mädchen. Es handelte sich um eine junge Araberin, die Tochter des syrischen Ölministers. Wie die Ermittlungen im Fall von Vater Merhum war auch diese Angelegenheit dem Sonderdezernat von Snitkonoi übertragen worden. Bei einem Mißerfolg traf die Schelte ebenfalls diese Abteilung. Sollte sich allerdings ein Erfolg abzeichnen, war es Lunatscharskijs Aufgabe, sich einzuschalten, einen eigenen Bericht abzugeben und die Lorbeeren einzukassieren.

Noch vierzehn weitere Akten laufender Fälle lagen in der Schreibtischschublade, und Oberst Lunatscharskij wußte, daß er jede einzelne noch vor Tagesende durchgearbeitet haben und zu jedem einen Bericht erhalten haben würde; und zwar entweder persönlich, was er vorzog, oder telefonisch. Dann wollte er sämtliche Informationen und jeden schriftlichen Bericht überarbeiten. Der Tag versprach lang zu werden. Er gönnte sich lediglich eine einstündige Pause für sein Training in der Sporthalle und ein leichtes Mittagessen.

Über seinem Kopf trampelten Schritte. Sein Büro lag im obersten Stockwerk der Lubjanka, und auf dem Dach über ihm hatten noch bis vor einigen Monaten die Gefangenen zweimal täglich ihren Rundgang gemacht. Jetzt signalisierte das Getrappel einen erneuten Überfall der Touristen. Der Oberst schüttelte den Kopf und wandte sich seiner Arbeit zu.

Es gab keine weiteren Unterbrechungen. Seine Frau würde ihn kaum vermissen. Sie hatte sich schon vor Jahren damit abgefunden, praktisch allein leben zu müssen, wenn sie sich auch mit ihrem Mann eine Wohnung teilte. Die beiden erwachsenen Kinder hatten den frühestmöglichen Zeitpunkt gewählt, um zu heiraten und weit von Moskau fortzuziehen. Marina Lunatscharskij war es gewohnt, ihren Mann tage- ja sogar oft wochenlang nicht zu sehen, aber das kam beiden durchaus entgegen.

Das Getrappel über ihm war ohrenbetäubend geworden, und der Oberst konnte die Tatsache kaum ignorieren, daß man ihm das unangenehmste Büro im ganzen Gebäude zugewiesen hatte.

5

»Eine Araberin?« fragte die Frau hinter der Theke, während sie Gläser trocknete.

Sie waren im Café Nikolai in der Gorkistraße, die offiziell nicht mehr die Gorkistraße war. Die Stadtväter hatten den Namen einer der belebtesten Straßen in Moskau in den vorrevolutionären Namen Tewerskaja-Straße umbenannt, was soviel bedeutete wie die Straße, die zur Stadt Tewer führte. Die Beamten hatten zwar nichts gegen Gorki, aber Gorki war Stalins Lieblingsautor gewesen.

Die Entscheidung, den Namen zu ändern, war zwei Jahre zuvor gefallen, aber nur wenige Straßenschilder spiegelten die Änderung wider, und es war schwierig, einen Moskauer zu finden, der die Straße nicht als die Gorkistraße bezeichnete.

Die Frau hatte die Fragen der Polizistin mit Gegenfragen beantwortet, während der gutaussehende junge Polizist vom Apparat in der Ecke aus telefoniert hatte.

»Wie viele arabische Mädchen kommen hierher?« fragte Elena Timofejewa.

Tatjana, die Frau hinter der Theke, war in den Vierzigern, trug eine grellgelbe Bluse mit Puffärmeln und einen viel zu jugendlichen blauen Rock. Ihr gebleichtes blondes Haar war glatt und ihre schlaffe Haut zu dick geschminkt. Ihr geiler Blick wurde vom gedämpften Licht noch verstärkt. Sie hatte Sascha vom ersten Augenblick an interessiert gemustert, doch Sascha hatte keinen Hehl daraus gemacht, daß er mit den Gedanken weit fort war.

»Viele Araberinnen kommen hierher. Es ist ein Mekka für Araber«, sagte Tatjana und lächelte über den eigenen Witz.

»Wir suchen diese hier«, fuhr Elena fort. Sie reichte der Frau ein Foto. Tatjana unterbrach ihre Arbeit gerade lange genug, um einen flüchtigen Blick darauf zu werfen.

»Hübsches Kind«, bemerkte sie. »Aber so sehen viele aus, die hierherkommen. Was hat sie angestellt?«

»Nichts«, sagte Elena. »Sie ist verschwunden.«

»Araber gehen auch noch in andere Lokale«, erklärte die Frau. »Zum Beispiel ins Mahal am Kalinin-Prospekt und auf der anderen Flußseite...«

»Sie verkehrte hier«, sagte Sascha Tkach, der sein Telefongespräch beendet hatte.

»Sie hat etlichen Leuten erzählt, daß sie gern hierherkommt«, pflichtete Elena bei. »Die anderen Lokale hat sie nie erwähnt. Trotzdem überprüfen wir das.«

Tatjana zuckte mit den Schultern. »Ich kann Ihnen nicht weiterhelfen.«

»Ihr Name ist übrigens Amira Durahaman«, sagte Elena. »Ihre Familie macht sich große Sorgen.«

»Ist die Familie wohlhabend und einflußreich?«

»Wie kommen Sie darauf, daß...«, begann Elena, doch Sascha fiel ihr hastig ins Wort.

»Die Polizei sucht gewöhnlich nicht nach Dienstmädchen.«

»Ist eine Belohnung ausgesetzt?« erkundigte sich Tatjana.

»Keine Ahnung«, erwiderte Elena.

»Es gibt eine Belohnung«, sagte Sascha. »Tausend Rubel.«

»Nur tausend? Damit kann man nicht mal zwei Hühnchen kaufen. Das hier ist eine Bar für harte Devisen. Araber kommen hierher und geben an einem Abend hundert Dollar aus.«

»Vielleicht können wir tausend Dollar aushandeln«, bemerkte Sascha. »Vorausgesetzt, wir finden das Mädchen.«

»Ich horche mich um«, versprach Tatjana. »Aber garantieren kann ich nichts. Na, Sie wissen schon. Wie kann ich Sie erreichen?«

Elena zog ihr Notizbuch aus der Tasche, schrieb einen Namen und die Telefonnummer der Petrowka auf ihren Block und riß das Blatt heraus. Tatjana trocknete die Hände an einem Tuch ab, bevor sie den Zettel entgegennahm.

»Sascha Tkach«, las sie laut. »Das ist kein Name für einen Polizisten. Eher für einen Ballettänzer.«

»Das ist nicht sein richtiger Name«, sagte Elena. »Er heißt eigentlich Sascha Schewardnadze.«

»Sie meinen...«

»Ich meine gar nichts«, flüsterte Elena. »Wenn Sie das Mädchen finden, wird Sascha Tkach sehr erfreut sein. Verstehen Sie?«

»Ich bin ja nicht blöd«, erwiderte Tatjana.

Draußen auf der Straße stießen Elena und Sascha beinahe mit einem großen, breitschultrigen Mann zusammen, der in jeder Hand eine schwarze Plastiktüte trug.

Als sie an dem Mann vorbeigegangen waren, wandte sich Elena an Sascha. »Tausend US-Dollar? Wir können ihr nicht mal tausend Kopeken geben.«

Sascha ging weiter. »Der Vater des Mädchens bezahlt«, antwortete er.

»Und wenn nicht? Wenn man uns untersagt, ihn darum zu bitten?«

»Dann haben wir gelogen.«

»Sie haben gelogen, Tkach«, verbesserte Elena ihn wütend.

»Ich habe gelogen«, bestätigte Tkach. »Wenn wir sie finden...«

»Falls wir sie finden...«

»Falls wir sie finden«, korrigierte er sich, »können Sie in Ihrem Bericht darauf hinweisen, daß es uns gelungen ist, weil ich eine Barbesitzerin belogen habe, die vermutlich auch als Prostituierte arbeitet.«

»Eine Prostituierte? Sie sind ein...« begann Elena.

»...Sohn von Schewardnadze«, ergänzte er. »Wir kommen heute abend wieder her. Vielleicht finden wir jemanden, der sie kennt. Gehen wir.«

»Gehen? Wohin?«

»In die Wohnung von Grischa Zalinksij in der Nähe der Universität«, erklärte er und wandte sich in Richtung Puschkin-Platz.

»Warum? Machen Sie langsamer, Tkach.«

»Sind Sie müde?«

»Nein«, wehrte sie ab. »Ich bin vermutlich auf jeder Distanz schneller als Sie, aber ich kann Sie nicht verstehen, wenn Sie mir den Rücken zuwenden.«

Tkach hielt abrupt an und drehte sich zu ihr um. Sie wäre beinahe mit ihm zusammengestoßen. »Grischa Zalinskij war der Freund der Araberin«, klärte er sie auf.

»War? Sind die beiden nicht mehr befreundet?«

»Grischa Zalinskij gibt's nicht mehr.«

»Und woher wissen Sie das?«

»Als ich vor fünf Minuten mit der Petrowka telefoniert habe, wurde mir gesagt, daß man ihn heute morgen erschlagen in seiner Wohnung aufgefunden hat. Im Zimmer lagen Briefe von ihr. Der Ermittlungsbeamte hat sich daran erinnert, daß ihr Name auf der Liste der gesuchten Personen steht.«

»Sie sind kein angenehmer Zeitgenosse, Sascha Tkach«, bemerkte Elena.

»Ich mache eine besonders schwierige Phase durch«, sagte Sascha.

»Sie mögen mich nicht, was?«

Tkach dachte ernsthaft darüber nach. »Das kann man so nicht sagen. Aber heute kann ich niemanden leiden, am wenigsten mich selbst.«

Er ging in Richtung Untergrundstation davon.

Der Mann mit den beiden schwarzen Plastiktüten hieß Leonid Downik. Er hatte Sascha und Elena beim Betreten der Bar gesehen und sofort gewußt, daß es sich um Polizeibeamte handelte. Das war nicht schwer zu erkennen. Er hatte geduldig in sicherer Entfernung gewartet, bis sie wieder aufgetaucht waren.

Leonid wußte zwar nicht, weshalb die beiden Polizisten der Bar einen Besuch abgestattet hatten, aber er war sicher, daß die beiden beim Verlassen des Lokals über den jungen Mann geredet hatten, den er wenige Stunden zuvor totgeschlagen hatte.

Es war nicht schwierig gewesen, den jungen Juden ausfindig zu machen. Er hatte sich nur das Foto von Zalinskij und der Araberin angesehen, das man ihm gegeben hatte, und vor der Universität gewartet, an der der junge Mann studierte. Nach zwei Tagen hatte er ihn an diesem Morgen gesehen und war ihm nach Hause gefolgt.

Nach dem Mord ging Leonid in die Gorkistraße, passierte drei staatliche Lebensmittelläden, ohne auch nur hineinzusehen, denn nirgends gab es Warteschlangen. Keine Warteschlangen bedeuteten keine Lebensmittel.

Schließlich blieb er vor dem Gastronom I stehen, dem vierten staatlichen Lebensmittelladen. Drinnen drängten sich die Kunden, und es herrschten selbst an diesem kalten Morgen schweißtreibende Temperaturen. Vierzig oder fünfzig Menschen warteten vor der Wursttheke darauf, Kielbasa kaufen zu können.

Leonid ging zur Theke mit den Milchprodukten. Kaum zehn Minuten später hatte er die Schlange an der Kasse hinter sich gelassen und kehrte zurück, um Käse und Milch zu kaufen. Menschen schubsten, drängten, fluchten. Angesichts von Leonids Größe und Muskelpaketen vermieden alle nach Möglichkeit jeden Körperkontakt mit ihm. Seit der jüngsten Lebensmittelknappheit und Teuerungswelle, beides feste Bestandteile der sogenannten neuen Freiheit, waren die Menschen im Umgang miteinander noch brutaler geworden. Leonid jedoch war nie barsch oder unhöflich. Er verdiente seinen Lebensunterhalt mit brutaler Gewalt, wobei er allerdings auch dabei versuchte, eine gewisse Höflichkeit zu bewahren. Töten war der Job, der ihm genug einbrachte, um gut essen und angenehm leben zu können. Und da er absolut kein Moralempfinden kannte, war es ein Beruf, der ihm durchaus gefiel. Er konnte es sich leisten, höflich zu sein.

Da Leonid keine Einkaufstasche bei sich hatte, erwarb er an einem Kiosk in der Gorkistraße zwei schwarze Plastiktüten mit dem Konterfrei von Elvis Presley. Kaum eine Stunde später waren seine Tüten prall gefüllt. Sie enthielten unter anderem Brot, das er für einen US-Dollar von einem Schwarzhändler gekauft hatte. Leonid war mit seinen Einkäufen zufrieden.

Erst kurz vor dem Eingang des Cafés Nikolai entdeckte er die junge Polizistin mit ihrem Kollegen und wartete geduldig zehn Minuten, bis das Paar in einen Streit vertieft wieder herauskam. Leonid beobachtete die beiden aufmerksam, aber sie schenkten ihm keine Beachtung. Als der Name Grischa Zalinskij in ihrem Disput fiel, war Leonid völlig perplex. Es gab praktisch keinen Hinweis, der ihn mit dem Mord in Verbindung hätte bringen können. Vor allem nicht nach nur wenigen Stunden.

Leonid wartete, bis die Polizeibeamten in der Menge der morgendlichen Passanten untertauchten, bevor er das Nikolai betrat. Er hatte seinen Auftrag ausgeführt. Auf Komplikationen konnte er verzichten. Er wollte nichts weiter als seinen Lohn kassieren, nach Hause gehen, etwas essen und fernsehen.

Instinktiv befiel Leonid das Gefühl, daß diese unerwartete Wendung, das Erscheinen der beiden Polizisten auf der Szene, nur bedeuten konnte, daß er einen weiteren Mord würde begehen müssen, und das bald. Er hoffte, daß das Opfer nicht die hübsche Araberin sein würde. Nur lag das nicht in seiner Macht. Aber Tatjana würde Rat wissen.

Etwas mehr als fünfzig Kilometer nordwestlich des Cafés Nikolai im Dorf Arkusch las ein anderer Mörder die Zeitung.

Dieser Mörder besaß im Gegensatz zu Leonid Downik durchaus ein starkes Moralempfinden. Der Mord an dem Priester war schrecklich, aber notwendig gewesen. Mit der Tat war ein Kapitel definitiv abgeschlossen. Die Hände des Mörders hatten gezittert, während er im Unterholz gewartet hatte. Er hatte befürchtet, seine Beine würden ihm den Dienst versagen, doch er hatte sich unterschätzt. Er hatte getan, was getan werden mußte. Jetzt, einen Tag danach, zitterte er wieder.

Seine Mutter glaubte nicht an Rache. Oleg meinte, daß Rache keine Befriedigung bringen würde, und er hatte es geglaubt und den Gedanken verworfen. Dann hatte Pater Merhum ihm den Grund geliefert.

Nach der Tat war der Mörder ruhig nach Hause gegangen, hatte die Axt gesäubert und weggestellt, sich auf einen Stuhl gesetzt und auf seine Atemzüge gehorcht. Eigentlich wollte er einen normalen Arbeitstag verbringen, doch die Kunde von Pater Merhums Tod hatte sich wie ein Lauffeuer im Dorf verbreitet und ihn zwangsläufig in die Diskussionen und das Wehklagen miteinbezogen.

Er sah so oft wie möglich fern und wartete darauf, daß die Nachricht von seiner Tat im TSN durchgegeben wurde. Aber die erwartete Sondersendung kam nicht. »Wremja«, das Nachrichtenmagazin um neun Uhr, erwähnte den Mord mit keinem Wort. Das beunruhigte ihn. Er wünschte sich, daß es die ganze Welt erfuhr. Es kam ihm darauf an, daß die Nachricht von diesem Mord auch den entlegensten Winkel dieser dämlichen neuen Staatenföderation erreichte.

Am Vormittag nahm er am Gottesdienst für den toten Märtyrer teil. Die Kirche mit den vier Zwiebeltürmen war brechend voll, und vor der Tür standen Menschentrauben. Die Leute waren sogar von Moskau hergekommen und weinten oder waren wütend.

Der Mörder stahl sich so unauffällig wie möglich weg, um mit den anderen am Bahnhof zu sein, wenn der Zug mit den Polizisten aus Moskau eintraf. Er wollte sehen, wen sie schickten, und es interessierte ihn natürlich, was sie vorhatten. Er fürchtete nicht, entdeckt zu werden – wenigstens nicht sehr –, aber er war neugierig. Jetzt stand er mit den anderen am Bahnsteig und beobachtete, wie der Zug einfuhr.

Reisende stiegen aus. Es waren mehr Leute als üblich, neugierige, traurige, dumme Menschen, die dem toten Priester nie persönlich begegnet waren. Und dann kamen die, auf die sie warteten: eine große, bleiche Gestalt mit maskenhaften Gesichtszügen in Schwarz und ein vierschrötiger Mann, der wie ein kleiner Eisschrank aussah und ein Bein nachzog.

Er trat mit den anderen vor, um die Männer zu begrüßen. Der Hinkende sah einen Moment in die Augen des Mörders und schien etwas gemerkt zu haben. Der Mörder blieb ruhig. Er sagte sich, daß Polizisten von berufswegen einen forschenden Blick hatten, daß der Kriminalbeamte auch den anderen für einen Moment in die Augen gesehen und wohl bei jedem einen Schimmer von Schuld entdeckt hatte.

Er lächelte melancholisch und nahm an, daß die anderen um ihn herum ebenfalls traurig aussahen. Er bemühte sich, seine Angst vor den Männern zu verbergen, die gekommen waren, ihn eines Verbrechens zu überführen. Eines Verbrechens, das noch schrecklicher war, als sie es sich vorstellen konnten.

6

Die vier Männer, die Rostnikow und Karpo auf dem Bahnsteig des Bahnhofs Arkusch erwarteten, waren ein düsteres Empfangskomitee. Der kleine Mann an der Spitze stellte sich als Dimitrij Dimitrowitsch, Bürgermeister von Arkusch, vor. Wie Rostnikow bald feststellen sollte, war das gequälte Lächeln des Mannes die einzige Mimik, deren er fähig war. Er hatte einen Mittelscheitel und trug einen altmodischen Anzug aus schwerem dunkelgrauen Wollstoff, der ihm mindestens eine Nummer zu groß war. Als Rostnikow die ausgestreckte Hand ergriff, spürte er ein Zittern, das entweder das erste Anzeichen eines Schüttelfrostes oder die Reaktion auf die Ereignisse der vergangenen zwei Tage war.

Als nächstes stellte sich Mischa Gonsk vor, der örtliche Chef des MWD. Er war ein dicker Mann Ende Vierzig in brauner Uniform, der krampfhaft seinen Bauch einzuziehen versuchte. In seiner Unentschlossenheit, ob er vor den Neuankömmlingen militärisch salutieren oder ihnen einfach nur die Hand schütteln sollte, nahm er schließlich Haltung an. Dabei schloß er für einen Augenblick die Augen und neigte vor den beiden Besuchern leicht den Kopf.

Als die beiden anderen Männer vortraten, um vorgestellt zu werden, begann Emil Karpo Eintragungen in sein schwarzes Buch zu machen, was den Bürgermeister sichtlich beunruhigte.

»Warum – es geht mich zwar nichts an –, aber warum notieren Sie sich unsere Namen? Wir sind nicht... das ist...«

Als Karpo unbeirrt weiterschrieb, zuckte der Bürgermeister mit den Schultern, griff mit der Hand an den Scheitel, um sich zu vergewissern, daß sein Haar noch in Ordnung war, und sah die übrigen Mitglieder der Delegation an. Einer von ihnen, ein großgewachsener ungefähr fünfzig Jahre alter Mann, hatte die muskulösen Arme und den gebeugten Rücken des Bauern.

»Ich bin Petrow, Vadim Petrow. Ich war der Parteisekretär der Kommunistischen Partei von Arkusch. Jetzt... na, wer weiß.« Er sah den Kriminalbeamten gerade in die Augen. Sein Händedruck war kräftig. Rostnikow war beeindruckt. »Unser Bürgermeister ist verständlicherweise nervös«, sagte Petrow. »Verbrechen sind in unserer Gemeinde praktisch unbekannt.«

»Nicht gerade unbekannt, Petrow«, verbesserte ihn der Polizist Gonsk. »In den zwanzig Jahren, die ich in Arkusch Dienst tue, hat es viele Verbrechen gegeben. Und wir haben immer umgehend ermittelt und Berichte nach Moskau geschickt. Erst vergangene Woche – unser Bürgermeister kann das bestätigen – sind mitten auf dem Marktplatz Tomaten gestohlen worden, und letzten Montag sind aus dem Parteihaus zwei Klobrillen verschwunden. Zwei Brillen!«

»Schwerwiegende Vergehen«, sagte Petrow sarkastisch. »Aber jetzt haben wir's mit einem Mord zu tun. Darf ich Ihnen noch unser letztes Delegationsmitglied vorstellen? Ich schlage vor, wir trinken dann erst mal Tee. Das hier ist Pjotor Merhum. Pater Merhums Sohn.«

Pjotor Merhum, ein kräftig gebauter gutaussehender junger Mann mit blondem Haar und heller Haut, wirkte mürrisch und verschlossen. Er machte keine Anstalten, die Neuankömmlinge mit Handschlag zu begrüßen, und brachte kaum ein Nicken zustande.

Petrow, der angesichts der Unsicherheit des Bürgermeisters sichtlich die Führungsrolle in der kleinen Delegation übernommen hatte, führte die Gruppe am Ziegelhäuschen mit dem Fahrkartenschalter vorbei zur Straße. »Wir brauchen keinen Wagen«, sagte er. »Arkusch ist klein. Im Haus der Partei ist zum Tee gedeckt.«

»Das ist das Haus, aus dem infamerweise die nicht unerheblichen Klobrillen entwendet worden sind«, fügte Pjotor Merhum hinzu. »Vielleicht könnten die Herren aus Moskau in ihrer Freizeit dem Hüter des Gesetzes in unserer Stadt« – sein Blick wanderte zu Mischa Gonsk – »etwas zur Hand gehen, um den Bösewicht zu finden.«

»Pjotor ist unser Stadtkomiker«, bemerkte Petrow.

»Der Tod seines Vaters hat ihn tief getroffen«, begann der Bürgermeister, aber Pjotor Merhum unterbrach ihn sofort.

»Ich bin nicht tief getroffen. Vater Wassilij Merhum war für jeden ein Vater, nur nicht für seinen leiblichen Sohn. Es ist kein Geheimnis, daß ich meine Pflichten als Sohn sträflich vernachlässigt habe. Warum sollten wir der Polizei eine Lüge auftischen? Sie würde sich sowieso in Luft auflösen, sobald die Herren sich in Arkusch umgehört haben.«

Mit Rücksicht auf Rostnikows Gehbehinderung kam die kleine Gruppe nur langsam vorwärts. Pjotor ging einige Schritte voraus, dann kam der beleibte Gonsk, der sich an Rostnikows Seite hielt. Karpo fiel etwas zurück, um alle im Blickfeld zu haben. Die übrigen Reisenden, die in Arkusch ausgestiegen waren, hatten bereits einen großen Vorsprung.

»Sie wollen zur Kirche«, erklärte der Bürgermeister. »Die Totenmesse für Vater Merhum findet heute nachmittag statt. Ein Bischof ist da, um die Totenmesse zu lesen. Ein Bischof!«

Sie liefen die gepflasterte Straße an den kleinen, alten Häusern aus Holz und Stein vorbei. Rostnikow kam es vor, als mache er eine Reise in die Vergangenheit. Die Straße führte in einer leichten Rechtskurve direkt auf den Hauptplatz der Stadt. Sämtliche Gebäude waren höchstens zwei Stockwerke hoch. Hinter den Häusern zu seiner Rechten erstreckte sich ein kleines Wäldchen. Durch die grün-braunen Baumwipfel schimmerten die vier goldenen Zwiebeltürme der Kirche.

In der Mitte des Platzes stand ein Betonsockel. Er war leer.

»Lenin«, bemerkte Vadim Petrow, der Parteisekretär. »Vandalen haben ihn in den ersten Tagen dieser chaotischen Zeit gestürzt.«

»Ein Verbrechen, das der Hüter unserer Klobrillen zu erwähnen vergaß«, warf Pjotor Merhum spöttisch ein.

»Das hätte ich schon noch getan. Es steht übrigens auch in meinem Bericht«, versicherte Mischa Gonsk hastig und drehte sich zu Karpo um, um nachzusehen, ob dieser seine Unterlassungssünde bereits notiert hatte.

»Unser Mischa ist verunsichert. Er weiß noch nicht, wo unsere Politik im Augenblick hingeht«, fuhr Pjotor Merhum fort. »Er ist Überlebenskünstler. Er feuchtet ständig sämtliche zehn Finger an und hält sie in die Luft, um festzustellen, aus welcher Richtung der Wind bläst.«

»Wir sind eine eingefleischte Gemeinschaft«, bemerkte Petrow. »Eine große Familie, wie Sie sehen.«

Pjotor zuckte mit den Schultern.

»Wie alt sind Sie, Pjotor Merhum?« fragte Rostnikow.

Rostnikow, der bisher hartnäckig geschwiegen hatte, zog plötzlich alles auf sich. Die vier Männer aus Arkusch versuchten, an seinem Gesicht die Bedeutung dieser Frage abzulesen.

»Das ist doch völlig...«, begann Pjotor, sah Petrow an und zuckte mit den Achseln. »Einunddreißig«, fuhr er schließlich fort. »Warum? Was macht das für einen Unterschied?«

»In Gegenwart ihrer Väter oder des Schattens ihrer Väter bleiben viele Männer ewig Kinder«, bemerkte Rostnikow.

»Soll das eine Beleidigung sein?« erkundigte sich Pjotor.

Sie waren vor einem verwitterten, dreistöckigen Holzhaus stehengeblieben. Es war offenbar das Parteigebäude.

»Eine Feststellung«, antwortete Rostnikow. »Noch eine gefällig?«

»Nein«, sagte Pjotor.

»Fahren Sie ruhig fort, Inspektor«, forderte Petrow, der Bauer, Rostnikow auf, ohne den Blick von Pjotor Merhum zu wenden.

»Ich habe es oft erlebt, daß sich Trauer in Schuldbewußtsein und Wut äußert. Und ich habe die Erfahrung gemacht, daß man das zur Kenntnis nehmen, anerkennen und tolerieren sollte, soweit es nicht das Leben beeinträchtigt, das schließlich irgendwie weitergehen muß.«

»Er meint, daß du aufhören sollst, dich wie ein dummer Junge zu benehmen, Pjotor«, erklärte Petrow.

»Das habe ich verstanden. Ich bin ja nicht blöd«, erwiderte Pjotor Merhum scharf.

»Aber meine Herren«, sagte der Bürgermeister nervös. »Wir sind hier nicht allein. Die Leute können uns... Gehen wir hinein, bitte.«

Sie traten durch die erste Tür in einen überheizten Raum, in dem ein Tisch und sieben Stühle standen. Anblick und Geruch des Raumes erinnerten Rostnikow an die Versammlungssäle der Kommunistischen Partei von Jalta bis Sibirien.

Alle außer Emil Karpo legten ihre Mäntel ab und hängten sie an die Garderobe hinter der Tür. Auf dem ausziehbaren Tisch mit schwarz gestrichenen Beinen standen Tassen und ein Teller mit großen Keksen. Sie setzten sich, und eine alte Frau und ein Junge, die sie von einem anderen Zimmer aus beobachtet haben mußten, eilten mit dampfenden Teekannen herein.

Der Weg vom Bahnhof war nicht besonders lang gewesen, doch nach der Zugfahrt, während der Rostnikow sich wenig bewegt hatte, hatte der Fußmarsch seinen Tribut gefordert. Rostnikows Bein schmerzte. Er widerstand dem Drang, es zu massieren.

Rostnikow sah den blonden Jungen an, der den Tee servierte.

Normalerweise starrten Kinder und Erwachsene Emil Karpo geradezu zwanghaft an. Der Junge jedoch beobachtete nur Pjotor Merhum mit einer Mischung aus widersprüchlichen Gefühlen, die Rostnikow kaum deuten konnte. Merhum sah nicht auf.

»Wir haben Ihnen hier in der Parteizentrale Zimmer herrichten lassen«, begann Petrow. »Sie werden sich wohl fühlen. Ein Hotel haben wir hier nämlich nicht. Angeblich hat Trotzki zwei Nächte hier verbracht.«

»Ein tröstlicher Gedanke«, bemerkte Rostnikow und nahm sich einen Keks von dem Teller, den Mischa Gonsk ihm hinhielt. Gonsk griff sich anschließend gleich drei Kekse.

»Angesichts der Wirren unserer Zeit«, begann Petrow, »kann es gut sein, daß man Trotzki bald wieder als Held der frühen Revolutionsjahre anerkennt und seine Bilder aufhängt. Wir brauchen neue Götter, nachdem die alten gestürzt worden sind.«

»Ich habe den ganzen Tag noch nichts gegessen«, meldete sich Gonsk zu Wort. »Ich hatte viel zuviel zu tun. Ich bringe Sie zum Schauplatz des Verbrechens – alles, was Sie wünschen.«

Die Kekse waren ausgezeichnet, und Rostnikow nahm zwei weitere. Die Unterhaltung verstummte einige Minuten. Schließlich nahm Rostnikow das Gespräch wieder auf.

»Ich möchte gern mit einigen anderen Personen sprechen. Gibt es hier noch einen Priester?«

»Nicht ständig«, fiel Mischa Gonsk hastig ein. »Aber da Vater Merhum sehr bekannt war, kamen von Zeit zu Zeit viele Geistliche, besonders junge Männer. Zur Beerdigung sind etliche hier. Und der Bischof. Haben wir den Bischof schon erwähnt?«

»Ich habe den Bischof erwähnt«, antwortete der Bürgermeister gereizt.

»Richtig«, sagte Rostnikow.

»Und Zeitungsreporter sind hier. Sogar von der *Prawda*«, fuhr Gonsk fort.

»Und auch ein Kamerateam vom Fernseh-Nachrichtenmagazin *Wremja*«, fügte der Bürgermeister stolz hinzu.

Karpo, der weder Kekse noch Tee zu sich genommen hatte, machte Notizen.

»Die Reporter sparen wir uns für später auf. Und die Nonne, Schwester...?«

»Nina«, antwortete der Bürgermeister, der begonnen hatte, sich zu bekreuzigen, jedoch mit der Hand auf dem Herzen innehielt. Er ließ die Hand sinken.

»Ich möchte mit ihr sprechen. Und jeden in der Stadt, der Oleg heißt.«

»Ja«, sagte Gonsk, der aus seiner Starre erwachte. »Damit habe ich gerechnet. Wir haben sieben Olegs. Der eine ist vier Monate alt, der andere sechs. Sein Vater, aber das ist nicht wichtig. Damit bleiben fünf, einschließlich Oleg Boschisi, der vermutlich der älteste, nein der zweitälteste Bürger unserer Stadt ist. Oleg ist einundneunzig. Die anderen drei sind Oleg Brotsch, der Bäcker. Er hat die Kekse gemacht...«

»Sehr schmackhaft«, lobte Rostnikow.

»Tja und dann«, fuhr Gonsk fort und betrachtete aus zusammengekniffenen Augen ein zerknittertes Stück Papier, das er aus der Tasche gezogen hatte. Es sah aus wie eine herausgerissene Ecke von einer Zeitung. »Warten Sie...«

»Oleg Brotschs Sohn, der auch Oleg heißt. Er ist fünfzehn«, fiel Petrow ihm ins Wort und verschränkte die Hände auf dem Tisch.

»Sechzehn«, verbesserte Gonsk ihn.

»Sechzehn«, wiederholte Petrow. »Richtig. Er ist sechzehn und schwachsinnig. Er kann nicht mal ohne mütterliche Hilfe furzen.«

»Oleg Grogaiganow ist so was wie ein Geschäftsmann. Er ist viel auf Reisen.«

»Ist er momentan in Arkusch?«

»Ja.«

»Und der letzte Oleg?« wollte Rostnikow wissen.

»Oleg Pninow«, antwortete Mischa Gonsk und steckte den Zettel wieder in die Tasche.

»Pninow ist das letzte Glied einer stolzen Familie«, bemerkte Pjotor Merhum. »Sie stellt seit Generationen die stadtbekannten Trunkenbolde. Wir haben einige Säufer und ein Trio von Dorfdeppen, obwohl das eigentlich nicht alle sind, auf die die Bezeichnung zutrifft. Daran ist die Inzucht schuld.«

»Wir reden mit allen«, versprach Rostnikow, ohne Pjotor Merhum anzusehen.

»Auch mit dem Baby und dem Kind?« fragte Gonsk.

»Mit den Eltern.«

»Der Vater des Babys ist in Sibirien. Er ist ein Ingenieur, der bei…«, sagte Gonsk.

»Benutzen Sie Ihren gesunden Menschenverstand, Genosse«, unterbrach Rostnikow ihn. »Und noch eine Bitte. Stellen Sie die Heizung in diesem Raum kleiner. Wenn wir mit dieser Willkommenserfrischung fertig sind, würde ich gern ein paar Minuten allein mit Inspektor Karpo sprechen.«

Der Mörder erhob sich mit den anderen, sah Rostnikow an und wandte sich dem Ausgang zu. Es war alles einigermaßen glatt gegangen. Er konnte sich nicht vorstellen, einen Fehler gemacht zu haben, der ihn verraten hätte. Er spielte seine Rolle mit der Routine vieler Jahre.

Er würde aufpassen, zuhören und darauf vorbereitet sein, erneut zuzuschlagen, falls die beiden aus Moskau der Wahrheit zu nahe kamen. Zwar wußte er noch nicht, wie er vorgehen würde, aber er hatte schon einmal getötet. Das zweite Mal mußte es leichter sein.

In Moskau ist Betteln verboten. Trotzdem begegnet man in den Untergrundbahnhöfen häufig zerlumpten Zigeunerkindern mit geschorenen Köpfen, die einem fordernd ihre Hände entgegenstrecken. Sie mimen Schmerz und Verzweiflung, ein leicht durchschaubares Theater, das die erzwungene Dreistigkeit überdeckt, unter der schließlich die wahren, durchaus schmerzlichen Gefühle verborgen liegen.

Die Zigeunerkinder, die häufig noch kleinere Geschwister dabei hatten, verunsicherten Sascha Tkach. Die meisten Moskauer ignorierten sie. Nur gelegentlich wurden sie von einem alten Mann oder einer alten Frau beschimpft. Sascha schwankte zwischen Freizügigkeit und Nichtachtung. Alles hing von seiner Stimmung ab. An diesem Tag herrschte Chaos in seinem Gefühlsleben. Er gab schließlich einem kleinen Mädchen zehn Kopeken und verbarg dann die Hände tief in die Taschen.

»Wir nehmen die lila Linie zum Dzershinskijplatz und dann die rote Linie zur Universität«, erklärte er.

»Die grüne Linie zum Marx-Prospekt ist schneller«, entgegnete Elena. »Direktor.«

»Es wird gemacht, was ich sage«, entgegnete er, während die Leute an ihnen vorbeiströmten. »Ich habe das Kommando. Ich bin der dienstältere Beamte.« Er klopfte sich an die Brust und sah ihr gerade in die Augen.

»Die grüne Linie ist schneller«, beharrte Elena. »Aber machen Sie ruhig, was Sie wollen.«

Sascha betrachtete die Passanten, zwei Matrosen, Leute mit halbvollen Einkaufstaschen, eine Mutter mit Kind, beide eine Gurke in der Hand. »Also gut. Nehmen wir die grüne Linie«, gab er leise nach. »Das ist eine Bagatelle. Wenn es um wichtige Dinge geht, machen wir, was ich sage.«

Elena schüttelte den Kopf. Es war ihr fünfter Tag mit diesem Irren. Sie war nicht sicher, ob sie es noch einen Tag ertragen konnte. Aber sie hatte keine andere Wahl. Sollte sie sich schon nach einer Woche über ihren Partner beklagen? Als eine der wenigen Frauen bei der Kripo hatte sie es schon schwer genug. Sie würde diesen Sexisten ertragen müssen.

Es war Nachmittag, als sie das fünfzehnstöckige Wohnhaus am Lomonossow-Prospekt hinter der staatlichen Moskauer Universität erreichten. Vor dem Eingang parkte ein Streifenwagen der Polizei mit Blaulicht. Das Fahrzeug war leer, weit und breit waren keine Schaulustigen zu sehen, obwohl Passanten gelegentlich einen Blick auf den Eingang und das unbesetzte Polizeiauto warfen.

Sascha Tkach kannte sich in der Gegend aus. Er war bereits dreimal in die Rolle eines Studenten geschlüpft, um Schwarzhändler und einen Mörder zu finden. Er fragte sich automatisch, ob er noch einmal mit dieser Maskerade durchkommen würde. Schließlich war er dreißig, verheiratet und hatte bald zwei Kinder.

Das Gebäude war in verhältnismäßig gutem Zustand, was bedeutete, daß die Wände keine größeren Löcher aufwiesen und die Treppe – ein Lift war nicht vorhanden – noch zwei bis drei Jahre halten würde. Graffitis an den Wänden waren teilweise abgewaschen worden. Der Slogan ›Bitten wir Albanien um Militärhilfe‹ würde nur mit Farbe zu löschen sein.

»Welcher Stock?« erkundigte sich Elena auf dem ersten Treppenabsatz.

»Keine Ahnung«, antwortete Sascha. »Hat man mir nicht gesagt.«

Schritte polterten durchs Treppenhaus, und Stimmen von Frauen oder jungen Mädchen hallten von den Wänden wider. Sascha und Elena blieben stehen, als die beiden jungen Frauen auf der Treppe über ihnen auftauchten. Eine der Frauen war dunkelhaarig, hatte grellrot geschminkte Lippen und trug einen kleinen blauen Hut. Die andere war groß, hager und flachbrüstig. Die Frauen trugen identische dunkelblaue Mäntel. Beide hatten Bücher unter dem Arm und musterten Sascha mit unverhohlenem Interesse.

»Wo wohnt Grischa Zalinskij?« fragte Elena prompt.

»Das ist der Jude im achten Stock«, antwortete das große Mädchen. »Der, der immer Parties veranstaltet.«

»Welche Wohnung im achten?« bohrte Elena weiter.

»Das weiß ich nicht...«, sagte die Dunkelhaarige.

»810 oder 812«, fiel ihr ihre Freundin ins Wort. »Sind Sie auch von der Polizei? Ist die wegen Zalinskij hier?«

»Ja«, antwortete Elena und ging hastig an den Mädchen vorbei und die Treppe hinauf. Sascha folgte ihr.

»Was hat er denn verbrochen?« rief die Dunkelhaarige ihnen nach. »Schwarzmarktgeschäfte? Drogen? Ich wette, Drogen. In diesem Haus wird mit Drogen gehandelt.«

Weder Sascha noch Elena antworteten, während sie weiter die Stufen hinaufstiegen und schließlich aus dem Blickfeld der beiden Studentinnen verschwanden.

»Hübscher Junge, der Polizist«, bemerkte eines der Mädchen leise einen Stock tiefer.

»Verheiratet«, entgegnete die andere.

»Woher willst du das wissen?«

»Sieht man ihm doch an.«

Die Mädchen lachten und liefen die Treppe hinunter.

Ich sehe verheiratet aus, dachte Sascha.

Elena war das Attribut ›hübsch‹ im Zusammenhang mit Sascha nie eingefallen. Jetzt wurde ihr klar, daß es eher zutraf als ›gutaussehend‹.

Sie fanden die Wohnung ohne Schwierigkeiten. Die Tür stand offen. Elena trat zur Seite, um Sascha den Vortritt zu lassen.

Sie kamen in einen kalten Raum, in dem zwei Polizeibeamte in

Uniform saßen und rauchten. Der Leichnam von Grischa Zalinskij lag zu ihren Füßen auf dem Boden. Überall waren Bücher verstreut.

»Was wollen Sie?« fragte einer der Uniformierten. »Hier ist ein Verbrechen passiert. Sind Sie Freunde des Opfers?«

»Ich bin Sascha Tkach von der Kripo. Das ist meine Kollegin Timofejewa. Und Sie verqualmen hier eine Mordszene.«

Die beiden Männer standen auf. Der eine zögerlicher als der andere.

»Machen Sie Ihre Zigaretten aus!« ordnete Sascha an. »Und stecken Sie die Kippen ein. Haben Sie das Fenster geöffnet?«

»Ja«, antwortete der eine und sah zum Fenster. »Der Geruch…«

»Man macht keine Fenster auf. Man raucht nicht. Und man rührt nichts an«, belehrte Sascha sie.

Elena kniete neben dem Toten nieder. Das Gesicht des jungen Mannes war übel zugerichtet und blutverschmiert. Die Nase war eine formlose Masse. Die Beine waren unnatürlich verrenkt unter seinem Körper begraben.

Die beiden Uniformierten schwiegen.

»Warum ist noch keine Ambulanz hier?« wollte Sascha wissen.

»Keine Ahnung«, erwiderte einer der Uniformierten mißmutig. »Wir haben angerufen. Sie haben versprochen, jemanden zu schicken. Wir sind schon eine Stunde da. Deshalb haben wir auch das Fenster aufgemacht.«

»Haben Sie von diesem Apparat aus telefoniert?«

»Ja.«

»Wo haben Sie sonst noch Fingerabdrücke hinterlassen?«

Die beiden Männer sahen sich an.

»Nirgends«, behaupteten beide. Sascha erkannte die Lüge sofort.

»Wer hat den Mord gemeldet?«

»Ein Nachbar«, antwortete der eine Uniformierte. »Er hat heute morgen gegen sechs Uhr Geräusche gehört und dem Hausmeister Bescheid gesagt. Der wiederum hat in der Wohnung nachgesehen und ihn gefunden.«

»Horchen Sie sich im Haus um«, befahl Sascha. »Klopfen Sie an sämtliche Türen, und fragen Sie, wer was gesehen oder gehört hat. Stellen Sie fest, ob jemand Namen nennen oder Besucher von Zalinskij beschreiben kann.«

Die beiden Uniformierten eilten aus dem Zimmer. Sascha war pessimistisch. Von Moskauern durfte man freiwillig keine Informationen erwarten, die sie einige Zeit bei der Polizei festhalten oder, noch schlimmer, sie zwingen würden, vor Gericht auszusagen. Aber gelegentlich...

»Ist das Ihre erste Leiche?« fragte Sascha.

Elena sah auf. »Nein. Ich kenne Leichen aus der Pathologie. Und ein Unfallopfer als ich ungefähr zwölf war – mein Vater. Der junge Mann hier ist sogar noch brutal geschlagen worden, nachdem er längst tot war. Die Blutergüsse in der Magengegend... Mehrere Rippen sind gebrochen.«

Sie stand auf. »Ich sehe mich mal um.«

Das Telefon stand neben einem der Stühle, auf dem der Uniformierte gesessen hatte. Ein Telefon in einer Studentenwohnung war ungewöhnlich. Sascha fragte sich, wie Grischa Zalinskij zu diesem Luxus gekommen sein mochte.

Da die beiden Uniformierten den Apparat bereits benutzt hatten, sah Sascha keine Veranlassung, übertriebene Vorsicht walten zu lassen. Er wählte die Nummer der polizeiärztlichen Abteilung. Die Vermittlung meldete sich.

»Hier spricht Tkach von der Kriminalpolizei. Ich bin in der Wohnung des Mordopfers Zalinskij am Lomonossow-Prospekt. Wann kommt der Arzt?«

»Lomonossow? Hier ist kein Anruf vom Lomonossow-Prospekt eingegangen«, erwiderte die Frau am anderen Ende.

Das war nichts Ungewöhnliches. Fünf von sechs Anrufen wurden nicht weitergegeben. Sascha kannte diese Probleme zur Genüge. Die beiden Uniformierten hatten in diesen Dingen offenbar keine Erfahrung. Wären Sascha und Elena nicht gekommen, hätten die beiden vermutlich bis zum Ende ihrer Zwölf-Stunden-Schicht in der Wohnung gesessen.

Sascha nannte der Telefonistin Adresse und Wohnungsnummer und sagte ihr, wann die Leiche entdeckt worden war. Die Telefonistin versprach, bald einen Polizeiarzt zu schicken.

Sascha legte auf und sah sich im Zimmer um. Die Möbel waren moderne Stahlrohrmöbel mit Plastikbezügen. Sascha hatte für diese Art der Einrichtung nichts übrig. Er zog tiefe braune Sofas und Sessel vor. Sascha liebte es weich und bequem.

Eine Wand der Ein-Zimmer-Wohnung war mit einem großen Bücherregal verstellt. Nur wenige Bücher standen noch in den Fächern. Die meisten lagen auf dem Fußboden. Zwei Bände ruhten auf der Brust des Toten. Die Titel bewiesen ein umfassendes Interesse von Geschichte bis Mathematik. Romane konnte Sascha nicht entdecken.

Zu seiner Rechten stand eine schwarze Kommode. Ihre Schubladen waren geschlossen. Daneben befand sich ein weißer Schreibtisch, dessen einzige Schublade herausgezogen worden war und umgekippt auf dem Fußboden lag. Elena sah sorgfältig sämtliche Papiere, Kleidungsstücke und Schubladen durch.

»Was gefunden?« erkundigte sich Sascha.

»Vor kurzem ist eine Frau hier gewesen. Die Schubladen riechen nach Parfüm. Ein paar Kleidungsstücke sind auch noch da. Die Frau trägt teure Garderobe. Hier, sehen Sie!«

Elena hob einen schwarzen Slip hoch. »Paris«, bemerkte sie. »Und es ist keine billige Imitation.«

Elena ließ den Slip wieder in die Schublade fallen und ging zum ausgekippten Inhalt des Schreibtisches. Sascha betrachtete die Leiche. Grischa Zalinskij konnte kaum älter als fünfundzwanzig gewesen sein.

»Ein Foto«, meldete Elena und hielt ihm ein Bild hin, das sie aus dem Durcheinander gezogen hatte.

Sascha trat einen Schritt auf sie zu, um es sich genauer anzusehen.

»Unsere Prinzessin«, bemerkte Elena und hielt das Foto von Amira Durahaman und einem gutaussehenden Jungen mit lockigem Haar hoch. »Zalinskij?«

Sie starrten beide auf den übel zugerichteten Toten.

»Wahrscheinlich«, entschied Sascha und tippte mit dem Finger auf das Foto. »Kommt Ihnen sonst noch was bekannt vor?«

»Es wurde im Café Nikolai aufgenommen«, antwortete Elena.

»Ja, im Nikolai«, wiederholte Sascha. »Hat der Mörder wohl gefunden, wonach er gesucht hat?«

Elena sah ihn lächelnd an. »Ja.«

»Woher wollen Sie das wissen?«

»Wegen der Kommode«, antwortete sie. »Er hat die Bücher auf den Fußboden geworfen und die Schreibtischschublade ausgeleert. Die Kommode hat er nicht angerührt. Er hat gefunden, wonach er suchte, und brauchte sich die Kommode nicht mehr vorzunehmen.«

»Oder jemand will den Eindruck erwecken, daß nach was gesucht worden sei.«

»Gehen wir noch mal ins Nikolai?«

»Heute abend«, antwortete Sascha. »Wohin, meinen Sie, sollten wir jetzt gehen?«

»Zum Vater des Mädchens. Vorausgesetzt, wir kriegen die Erlaubnis. Und zwar mit dem Foto von Zalinskij und seiner Tochter.«

»Wenn wir darum bitten, einen ausländischen Diplomaten vernehmen zu dürfen, bekommen wir die Erlaubnis vermutlich nie. Ich schlage vor, wir gehen naiverweise davon aus, daß wir das Recht haben, mit dem Mann zu reden, weil er über den Gang unserer Ermittlungen informiert sein muß. Möglich, daß noch eine andere Person nach ihr sucht – jemand, der schon einen Mord begangen hat.«

»Möglich. Und was ist realistisch?« fragte Elena.

»Was glauben Sie?«

»Er ist Syrer«, erklärte sie. »Ein arabischer Diplomat, der sich um seine Tochter sorgt, die mit einem Juden durchgebrannt sein könnte. Der Syrer ist ein Mordverdächtiger.«

»Genau wie die Tochter«, fügte Sascha hinzu.

»Genau wie die Tochter«, stimmte Elena zu.

Für nur eine Woche Berufserfahrung ist sie gar nicht so schlecht, mußte Sascha sich eingestehen.

7

In seinem Büro in der Lubjanka wechselte Oberst Lunatscharskij den Telefonhörer vom rechten ans linke Ohr. Das rechte Ohr war feucht. Eigentlich hätte er wieder seinen alten Telefonapparat gebrauchen sollen, bei dem man einfach zurückgelehnt auf dem Stuhl oder beim Aktenstudium in einen schwarzen Kasten hatte sprechen können. Die Unbequemlichkeit, die der klebrige Plastikhörer darstellte, erinnerte ihn an die Durststrecke, die er zurücklegen mußte, um wieder zu Rang und Würden zu gelangen.

Am Nachmittag kam der erste Anruf aus Arkusch. Der Bericht war umfassend. Oberst Lunatscharskij machte sich Notizen.

»Sie sind kurz nach zwei Uhr angekommen, haben in der Parteizentrale Tee getrunken und eine Liste derer aufgestellt, die sie vernehmen wollen«, berichtete Klamkin. »Soll ich die Liste am Telefon durchgeben?«

»Ja.«

Sie gingen die Liste Namen für Namen, Detail für Detail durch.

»Ich will von jedem ein Persönlichkeitsbild«, sagte Lunatscharskij.

»Wie detailliert soll das sein?«

»Fangen Sie bei der Geburt, wenn möglich sogar früher, an. Was gibt's sonst noch?«

»Rostnikow kehrt abends nach Moskau zurück«, fuhr der KGB-Mann fort. »Der andere, Karpo, bleibt über Nacht.«

»Wo will Rostnikow die Leute vernehmen?«

»In der Parteizentrale.«

»Haben Sie Abhörvorrichtungen?«

»Eines von den neueren Geräten wäre sehr hilfreich.«

»Können wir nicht kriegen«, erwiderte der Oberst und unterdrückte seine Bitterkeit. In seiner früheren Position im Fünften Büro hätte Lunatscharskij lediglich eine Anordnung unterschreiben müssen, um über sämtliche technische Geräte verfügen zu können, die gebraucht wurden. Jetzt... »Benutzen Sie die Standardgeräte. Das muß genügen.«

»Ist gut«, antwortete Klamkin.

»Dann kommen Sie zurück und erstatten Bericht. Egal um welche Zeit. Ich bin in meinem Büro.«

Bis sechs Uhr abends lagen dem Oberst zwei weitere Berichte vor. Der Oberst konnte Schreibpersonal beanspruchen, doch wie jeder gute Offizier mißtraute er fremden Stenotypistinnen. Der Assistent, der ihm zugewiesen worden war, konnte Schreibmaschine schreiben. Aber Lunatscharskij traute auch ihm nicht.

Er hatte seinen eigenen Assistenten aus dem Fünften Büro angefordert, aber die Bitte war ihm kommentarlos abgeschlagen worden.

Der Oberst war daher entschlossen, die Berichte für General Karsnikow so lange selbst zu verfassen, bis er eine loyale und vertrauenswürdige Person in seinem Stab ausgemacht hatte. Klamkin war gut, aber zwischen gut und loyal bestand ein Unterschied.

»Tkach und die Timofejewa sind in der syrischen Botschaft«, berichtete der Agent. »Sie sind von Zalinskijs Wohnung aus direkt dorthin gefahren.«

Der Anrufer wartete auf eine Reaktion des Oberst, doch am anderen Ende blieb es still. Der Oberst ergötzte sich an dem stummen Vergnügen, daß Tkach und die Timofejewa mit dem Besuch in der syrischen Botschaft definitiv ihre Befugnisse überschritten hatten.

»Setzen Sie die Überwachung der beiden fort«, befahl er dem Agenten. »Informieren Sie mich, sobald die beiden Dienstschluß gemacht haben. Ich bin hier ständig zu erreichen.«

Es war kurz vor elf Uhr abends, als Oberst Lunatscharskij beschloß, seine Frau anzurufen. »Ich komme heute nicht nach Hause«, sagte er.

»In Ordnung«, erwiderte sie.

»Ich komme morgen sehr früh kurz vorbei, um zu duschen, mich zu rasieren und umzuziehen. Vermutlich muß ich auch morgen nacht hierbleiben.«

»Wann willst du schlafen?«

»Wenn sich die Gelegenheit ergibt. Hier auf der Couch.«

»Dann gute Nacht«, wünschte sie.

»Gute Nacht«, erwiderte er und legte auf.

Er hatte gewußt, daß sie noch aufsein würde, daß sie in der vergangenen Stunde aus der Wohnung ihres Liebhabers zurückgekehrt war, einem Mitglied der staatlichen Handelskommission. Lunatscharskij ließ den Mann durch einen Agenten überwachen, dem er gesagt hatte, er sei ein Sicherheitsrisiko.

Lunatscharskij war weder rachsüchtig noch eifersüchtig. Er war eigentlich froh, daß der Mann seine Frau ablenkte und davon abhielt, ihn in ermüdende häusliche Grabenkämpfe zu verstricken. Die Arbeit erforderte Lunatscharskijs volle Aufmerksamkeit, und dieser Arbeit wandte er sich jetzt wieder zu.

Als Leonid Downik an jenem Vormittag das Café Nikolai betrat, legte Tatjana gerade den Telefonhörer auf.

»Und?« fragte sie.

»Alles klar«, erwiderte er und stellte seine Einkäufe auf die Theke. »Er ist tot.«

Früher wäre Tatjana erschaudert oder hätte zumindest mit den Schultern gezuckt. Sie hatte den jungen Grischa Zalinskij gekannt, hatte ihn häufig im Nikolai gesehen, ihn lachen gehört, ihn dabei beobachtet, wie er die Araberin zärtlich berührt hatte, und sich unwillkürlich daran erinnert, welches Gefühl es war, von einem Mann so angefaßt zu werden.

Leonid zog ein zerknittertes Bündel Briefe aus der Tasche. Er reichte es ihr. Sie ging hinter die Theke.

»Die habe ich zwischen seinen Socken gefunden«, erklärte er.

Leonid sah zu, wie sie ein Feuerzeug herausholte, sich eine Zigarette anzündete und den ersten Brief aus dem Bündel zog.

Sie las ihn langsam und sah dann Leonid an. »Ich frage mich, wer mehr für diese Liebesbriefe von einer Araberin an einen Juden bezahlt – der Vater oder die Tochter? Wenn sie alle so detailliert sind wie der erste... Hast du sie gelesen?«

»Nein.«

»Du mußt sie finden«, sagte Tatjana und öffnete den zweiten Brief. »Bring sie auf keinen Fall hierher. Sie darf nicht wissen, daß wir sie gefunden haben. Es reicht, wenn wir wissen, wo sie ist.«

Leonid ging kommentarlos zur Tür. Das war einer der Gründe, weshalb Tatjana ihn gern engagierte. Er kannte keine Neugier. Er aß, trank, liebte Geld, obwohl er nicht viel davon auszugeben schien, und hatte offenbar keinerlei sexuelle Bedürfnisse. Tatjana hatte zweimal versucht, ihn auf der Couch im Lagerraum zu verführen. Das erste Mal hatte sie gerade von einer Kundin einen Korb erhalten. Die Frau war eigentlich nichts Besonderes gewesen, hatte sie jedoch ihre Verachtung deutlich spüren lassen. Mehr aus Wut als aus Begierde hatte sie sich Leonid Downik an den Hals geworfen. Der allerdings hatte ihr klipp und klar gesagt, daß er an solchen Dingen nicht interessiert sei.

Das zweite Mal hatte mehr Kalkül dahintergesteckt. Damals hatte Leonid bereits einige Jobs für sie erledigt, und sie glaubte, ihn durch Sex stärker an sich binden zu können. Aber sie handelte sich erneut einen Korb bei ihm ein.

»Ist nicht mein Ding«, hatte er gesagt.

Sie hatte sich nicht die Mühe gemacht, ihn zu fragen, warum er Sex ablehnte, aber sie wußte, daß er diesmal die Wahrheit sagte. Er hatte sie nicht abgewiesen, er interessierte sich überhaupt nicht für Frauen. Sie fragte ihn vorsichtig – immerhin hatte er mindestens sieben Menschen ohne Gewissensbisse getötet –, ob er Männer vorziehen würde.

»Du meinst, ob ich homosexuell bin? Nein!«

Damit war die Sache für sie erledigt. Seit jenem zweiten Versuch beschränkte sich ihr Verhältnis aufs Geschäftliche. Er verbrachte die meiste Zeit an einem Tisch im rückwärtigen Teil des Cafés und trank Bier. Tatjana gelang es mühelos, ihn zu ignorieren, bis er gebraucht wurde, um einen Betrunkenen hinauszukomplementieren oder einen Auftrag auszuführen, für den ein Vorzugskunde in harten Devisen bezahlte.

»Ich habe gerade gesehen, daß hier ein Mann und eine Frau rausgekommen sind«, sagte er. »Sie haben gestritten.«

»Polizei«, erwiderte Tatjana und überlegte, ob sie sich einen Drink genehmigen sollte. Vorteil und Nachteil ihrer Stellung als Barbesitzerin waren es, jederzeit trinken zu können. Leonid Downik trank ausschließlich Bier, er war Nichtraucher, er mochte keine Frauen und auch keine Männer, er tat noch nicht einmal das gern, was er am besten konnte: töten. »Willst du wissen, weshalb sie hier waren?«

Leonid sah sie ausdruckslos an.

»Sie suchen das Mädchen«, fuhr sie fort und beugte sich zu ihm über die Theke.

»Wir suchen das Mädchen«, verbesserte er sie.

»Und der Vater bezahlt uns gut, wenn wir sie zuerst finden«, ergänzte sie.

»Es wäre leichter, wenn ich sie einfach umbringe«, sagte er. Er sah in seine Tüte, um sich zu vergewissern, daß noch alles vorhanden war, was er gekauft hatte. Er hatte Lust auf Fleisch. Ein Eintopf oder eine Fleischpastete schwebten ihm vor. Aber Fleisch hatte er nicht bekommen.

»Wir sind nur an Geld interessiert«, erklärte Tatjana und zündete sich die nächste Zigarette an, um besser denken zu können. Sie beugte sich vor, stützte die Ellbogen auf den Tresen und nahm den Kopf in beide Hände. »Du tust gar nichts, wenn du sie findest. Hörst du? Und sagst mir nur sofort Bescheid.«

Die Tür des Cafés ging auf, und Juri, der Putzmann, schlurfte herein. Er sah kurz von Leonid zu Tatjana und hastete dann weiter in den Lagerraum, um den Putzeimer mit Wasser zu füllen.

»Vielleicht schaffen wir es, daß sie gegeneinander bieten und den Preis in die Höhe treiben – ich meine, die Leute, die sie finden und die sie nicht finden wollen«, überlegte Tatjana. »Aber zuerst müssen wir die Araberin irgendwo auftreiben.«

Leonid stand auf. »Kannst du meine Einkäufe in deinen Eisschrank tun?«

»Ja«, sagte sie. »Natürlich.«

Die syrische Botschaft in Moskau liegt in der Mansurowskij-Straße 4. Sprechzeiten sind von neun Uhr bis vierzehn Uhr, Montag bis Freitag. Verglichen mit anderen Botschaften, wie zum Beispiel den diplomatischen Vertretungen von Thailand oder Australien, sind die Syrer sehr beschäftigt. Das rührt daher, daß die Interessen der Staaten der Föderation und Syriens ähnlich genug sind, um häufige Konsultationen lohnend erscheinen zu lassen. Das Öl rangiert an oberster Stelle dieses Interessenkatalogs. Und es wird um so wichtiger, seit die Lieferungen aus dem Irak ausbleiben und der Rubel so dramatisch an Wert verloren hat. Die Ölproduktion in Sibirien war bereits vor dem Zerfall der Sowjetunion ständig gesunken, und dieser Trend soll sich mindestens bis Ende des Jahrhunderts fortsetzen.

Während die beiden Kriminalbeamten im kleinen Wartezimmer der Botschaft saßen, waren sich Sascha Tkach und Elena Timofejewa der Wichtigkeit der Beziehungen zwischen ihrem Land und Syrien nicht bewußt. Klar war ihnen nur, daß ein arabischer Ölminister mit Samthandschuhen angefaßt werden mußte.

Abgesehen von einer großen Fotografie von Syriens Staatspräsident Assad waren die Wände des Wartezimmers schmucklos. Assad hatte auf dem Bild den Kopf leicht nach rechts gewandt und blickte ungefähr in Richtung Polen.

Im Zimmer war es unerträglich heiß. Sowohl Sascha als auch Elena hatten ihre Mäntel ausgezogen und hielten sie auf dem Schoß. Sie warteten auf die Rückkehr des Mannes mit der dichten Haarmähne und dem buschigen Schnauzbart, der sie in den Warteraum geführt hatte.

»Wie fühlen Sie sich?« fragte Elena.

Sascha starrte auf den syrischen Staatspräsidenten.

»Wie fühlen Sie sich?« wiederholte Elena.

»Ich kriege wieder schlechte Laune«, antwortete Sascha.

»Habe ich Ihnen schon gesagt, daß Sie ein schwieriger Kollege sind?« bemerkte Elena.

»Ja. Aber das bin ich nicht immer.«

»Nach meiner Erfahrung sogar zu hundert Prozent.«

»Sie müssen zugeben, daß diese Erfahrung sehr begrenzt ist.«

»Wenn Sie...« begann Elena und hielt abrupt inne, als Sascha den Finger an die Lippen legte und mit dem Daumen über die Schulter nach rückwärts deutete.

Zuerst spürte sie den Mann eher, als daß sie ihn sah. Tkach hatte nicht einmal andeutungsweise in die Richtung gesehen, jedoch gewußt, daß er das Zimmer betreten hatte.

Elena sah Sascha fragend an. Ihr Mund öffnete sich leicht. Sascha lächelte undurchsichtig, stand auf und drehte sich um. Elena tat es ihm gleich.

»Ich bin Hassam Durahaman«, verkündete der Neuankömmling mit tiefer Stimme in akzentfreiem Russisch.

Der syrische Ölminister war groß und sportlich und trug einen faltenlosen blauen Anzug. Sein Teint war dunkel und stand in scharfem Kontrast zu seinem schlohweißen Haar und dem dünnen weißen Oberlippenbart. Durahaman nickte und machte andeutungsweise eine Verbeugung in Elenas Richtung.

»Kaffee?« fragte er, wandte ihnen den Rücken zu und machte ein Zeichen, ihm zu folgen. Der Mann, der sie empfangen hatte, trat ebenfalls ein.

»Danke ja«, sagte Tkach.

Der syrische Botschaftsangehörige nahm den beiden Polizisten ihre Mäntel ab. Der Ölminister sagte etwas auf Arabisch. Der Mann verbeugte sich und verschwand, als sie einen großen

Büroraum mit einem massiven Schreibtisch betraten. Zu ihrer Linken standen vier Sessel. Sie waren mit einem rostroten Seidenstoff bezogen. In ihrer Mitte stand ein schwarz-weißer Mosaiktisch. Den Fußboden bedeckte ein großer Orientteppich mit buntem orientalischen Muster, in dem die Farbe Rot auf fahlgelbem Grund vorherrschte.

Durahaman trat an den Tisch, bedeutete Tkach, Platz zu nehmen, und rückte einen Sessel für Elena zurecht.

»Danke«, murmelte sie.

Als sie saßen, zog der Syrer seine Hose an den Bügelfalten hoch, um zu verhindern, daß sie knitterte, legte die Arme auf die Lehnen und sah die beiden Russen an. »Sie wollen mich über Ihre Bemühungen informieren, meine Tochter zu finden«, begann er. »Ich sehe Ihren Gesichtern an, daß Sie noch keinen Erfolg hatten. Ist das richtig?«

Elena wartete, daß Sascha antwortete, doch Sascha schwieg. »Richtig«, erwiderte sie. »Aber wir haben gewisse Vermutungen. Wir wissen, wo sie häufig gewesen ist und mit wem sie ihre Zeit verbracht hat. Wir möchten gern fragen, ob Sie einen Verdacht haben, wo sie sich aufhalten könnte. Und natürlich interessieren uns die Freunde, mit denen sie zusammen war.«

Tkach zog das Foto von Amira und Grischa Zalinskij aus der Tasche und hielt es dem Ölminister hin.

Durahaman warf kaum einen Blick darauf. »Ah, der Jude, den man heute morgen ermordet aufgefunden hat«, bemerkte er. Die Tür ging auf. »Unser Kaffee.«

Der dunkelhaarige Mann stellte ein Silbertablett auf den Mosaiktisch. Auf dem Tablett stand eine Messingkanne mit verziertem Henkel. Die Kaffeetassen waren ebenfalls aus Messing und hatten identische Henkel.

»Woher wissen Sie das mit Zalinskij?« wollte Elena wissen.

»Zucker?« fragte Durahaman.

»Zwei Stück bitte«, sagte Elena.

»Danke, nein«, wehrte Sascha ab, obwohl er normalerweise mindestens drei Stück nahm, wenn es Zucker gab.

Durahaman schenkte Kaffee ein und wartete, während Sascha die Hand nach der Tasse ausstreckte. Der Messinghenkel war glühend heiß. Er stellte die Tasse ohne Hast ab und sagte: »Ich nehme doch lieber Zucker. Drei Stück bitte.«

Durahaman nickte, ließ drei Zuckerstücke in Saschas Tasse gleiten und reichte Sascha einen Löffel.

Elena griff nach ihrer Tasse, nahm sie und schaffte es kaum, sie wieder abzusetzen. Sie verschüttete einige Tropfen auf den Tisch. »Entschuldigung«, murmelte sie und nahm ihre Serviette, um den Kaffee aufzuwischen.

Durahaman hob seine dampfende Tasse mit einem nachsichtigen Lächeln an die Lippen und schlürfte den Kaffee.

»Dieser Tisch hat schon zwei Revolutionen überdauert«, bemerkte er. »Ein Mann ist auf diesem Tisch gestorben. Ein Ägypter. Das ist viele Jahre her. Ich brauchte vier Tage, um das Blut aus den schmalen Rillen zwischen den Mosaiksteinchen zu wischen.«

»Mit Geduld und Spucke«, zitierte Sascha Tkach.

Elena machte den zweiten Versuch, ihre Tasse hochzunehmen. Der Henkel war noch immer zu heiß. Sascha hatte seine Tasse bereits in der Hand und trank. Elena fluchte. Das Spiel war zu albern. Sie rührte die Tasse vorerst nicht mehr an.

»Beachten Sie den Teppich zu Ihren Füßen«, sagte Durahaman in diesem Augenblick. »Er ist handgeknüpft und dreihundert Jahre alt. Man hat mir gesagt, daß es ein Jahr gedauert hat, bis er fertig war. Der Künstler hat mit endloser Geduld über zehn Stunden täglich daran gearbeitet. Dieser Teppich ist unbezahlbar. Und trotzdem hat er erst einen Wert, wenn er gesehen und bewundert wird.«

»Wie Ihre Tochter?« fragte Tkach.

Der Minister antwortete nicht.

»Wie haben Sie von Grischa Zalinskijs Tod erfahren?« fragte Elena erneut.

»Ein dankbarer Freund bei der Polizei hat mich informiert«, erwiderte er. »Trinken Sie nicht? Ist der Kaffee zu stark?«

»Zu heiß«, entgegnete sie.

»Ist er Ihnen auch zu heiß, Inspektor?« wandte er sich an Tkach.

»Nein«, wehrte Tkach ab. »Außerdem bin ich nur Vize-Inspektor.«

»Ah, ja«, sagte Durahaman. »Sie sind beide noch jung. Erfahrungen mit Kaffee und dem Leben sind sehr hilfreich, wenn man sich die Finger nicht verbrennen und am Leben bleiben will.«

»Ihre Tochter wird noch immer vermißt«, begann Tkach erneut. »Aber wir finden sie.«

»Das zu sagen, gehört zu Ihrem Job, Vize-Inspektor«, erwiderte Durahaman und griff nach der Kaffeekanne. »Noch etwas Kaffee? Er ist doch nicht zu stark, oder?«

Tkach nahm den Kaffee an, ohne die Tasse wieder auf den Unterteller zu stellen. Hassam Durahaman lächelte Elena zu. Er hatte blendendweiße Zähne. Sie fand ihn sehr charmant.

»Ich habe meine wenigen Mitarbeiter auf die Suche nach Amira geschickt«, erklärte er. »Ich habe einige bescheidene Quellen.«

»Wie Ihren Freund bei der Polizei?« erkundigte sich Tkach.

»Ja. In meinem Land werden junge Männer dazu angehalten, zu Personen von Rang, Namen und Macht stets höflich zu sein.«

»Kann ich mir denken«, murmelte Tkach, stellte seine Tasse ab und stand auf. »Unsere Vorgesetzten und Ihre Freunde werden Sie sicher über unsere Bemühungen, Ihre Tochter zu finden, auf dem laufenden halten. Wir müssen jetzt wieder an die Arbeit.«

»Die junge Dame hat ihren Kaffee noch nicht getrunken«, erinnerte Durahaman gelassen. »Und ich habe Ihnen noch etwas zu sagen.«

Tkach trat verlegen von einem Bein auf das andere. Er hatte sich die Finger verbrannt. Vermutlich bekam er Brandblasen. Er sah Elena an und setzte sich wieder. Er legte die Arme auf die Sessellehnen, wie es sein Gastgeber getan hatte. Elena testete den Henkel der Tasse. Er war noch immer heiß, aber man konnte ihn anfassen. Sie führte die Tasse an den Mund.

»Vor einigen Stunden hat mich eine Frau angerufen«, begann Durahaman. »Sie behauptete, meine Tochter finden zu können. Sie wollte die Höhe der Belohnung bestätigt haben, die ich nach Aussage der Polizei angeblich zahlen würde. Ich wollte wissen, wer das behauptet habe. Sie hat mir einen gutaussehenden jungen Polizisten und seine hübsche Kollegin beschrieben.«

Durahaman lächelte erneut und prostete Elena mit seiner Tasse zu. »Ich habe die Belohnung bestätigt«, fuhr er fort und sah Tkach an. »Das heißt, ich habe die Belohnung noch erhöht und gesagt, sie würde in Devisen ausbezahlt werden – in französischen Francs, nicht in US-Dollar. Kennen Sie diese Frau?«

»Ja«, antwortete Elena.

»Ich mag es nicht, wenn Leute auf meine Kosten und ohne meine Zustimmung Angebote machen«, erklärte Durahaman. »Ich lasse mich nicht erpressen. Mein Land und mein Volk haben von unseren Feinden viel gelernt.«

»Den Israelis«, stellte Tkach fest.

»Richtig«, sagte Durahaman. »Wenn diese Frau Amira findet, werde ich nicht zahlen. Ich erwarte jedoch, daß Sie, wenn nötig, noch einmal zu ihr gehen und ihr sagen, daß sie eine Belohnung bekommt, falls sie meine Tochter findet.«

»Sie verlangen von uns, daß wir lügen«, bemerkte Elena.

»Was Sie ohnehin schon getan haben«, erinnerte er sie. »Meine

Ehre steht nicht auf dem Spiel, sondern Ihre. Es ist spät geworden.«

Damit stand der Syrer langsam auf. Elena trank hastig ihren Kaffee aus. »Und auf Sie wartet Arbeit«, fuhr er fort.

»Ein Mord ist geschehen«, meldete sich Tkach zu Wort. Er stand mit Elena auf. »Der Mord an einem jungen Mann, der mit Ihrer Tochter befreundet war. Vielleicht ist sie in Gefahr. Vielleicht ist sie tot.«

»Ich kann nur hoffen, daß niemand so dumm ist, ihr ein Haar zu krümmen«, entgegnete Durahaman und streckte die Hand aus, um sie zur Tür zu führen. Die Unterredung war für ihn offenbar beendet.

»Wir finden den Mörder«, sagte Tkach, als sie hinausgingen.

»Der Mörder des Juden interessiert mich nicht«, erklärte Durahaman leise.

»Interessiert Sie nicht?« fragte Tkach. »Der Jude war der Freund Ihrer Tochter, und Sie sind...«

»...nicht interessiert«, ergänzte Durahaman. »Verstehen Sie mich richtig, ich verachte die Juden nicht als Rasse, ich verachte Israel. Ich bin Semite wie die Juden. Mein Kampf und der Kampf meines Landes ist rein politischer Natur, er hat kein rassistisches Motiv. Vielleicht sprechen wir uns bald wieder.«

Der Mann, der ihnen Kaffee serviert hatte, stand vor der Bürotür, als Durahaman sie öffnete. Er reichte den Kriminalbeamten ihre Mäntel. Durahaman zog sich in sein Büro zurück und schloß wortlos die Tür.

Tkachs verbrannte Finger prickelten vor Schmerzen, als er seinen Mantel anzog. Der dunkelhaarige Mann half Elena in den Mantel, dann führte er sie zum Ausgang.

»Ist Ihr Ölminister ein Adeliger?« fragte Elena.

»Hassam Durahaman wurde als fünfter Sohn eines Straßenkehrers in Damaskus geboren«, antwortete der Syrer. »Er konnte bis zu seinem dreiundzwanzigsten Lebensjahr weder lesen noch schreiben. Er hat oft und in vielen Ländern gekämpft, ist fünfmal schwer verwundet worden und hat nur noch einen Lungenflügel.«

»Faszinierend«, bemerkte Sascha Tkach sarkastisch.

»Er und sein einziger noch lebender Bruder sind dafür bekannt, daß sie drei Verräter an der syrischen Freiheitsbewegung persönlich hingerichtet haben«, fuhr der Mann fort und öffnete ihnen die Tür. »Er ist ein hochgeachteter Mann in meinem Land, ein Mann, der für seine Entschlossenheit und seinen Erfolg geschätzt wird.«

»Und«, sagte Elena und trat auf den Bürgersteig hinaus, »was würde er sagen, wenn er erfährt, daß Sie uns das alles erzählt haben?«

»Er hat mir aufgetragen, es Ihnen zu erzählen«, erwiderte der Mann. »Und er hat mir aufgetragen, Ihnen zu sagen, daß er es mir aufgetragen hat.« Damit schloß der Syrer das Portal der Botschaft.

»Er hat gelogen«, murmelte Tkach.

»Wobei?«

»In bezug auf seine Tochter und ihren Liebhaber, den Juden«, erwiderte er. »Es interessiert ihn doch.«

»Und was machen wir jetzt?« fragte Elena und seufzte. »Zurück ins Nikolai?«

»Zuerst gehe ich zum Essen nach Hause. Wir treffen uns um zehn vor dem Nikolai.«

»Glauben Sie, daß sie tot ist?« wollte Elena wissen.

»Tot, gekidnappt oder auf dem Weg nach Australien... möglich ist alles.« Tkach rieb sich die Augen. »Wir tun, was wir tun müssen. Wir suchen.«

»Wenn sie noch in Moskau ist und lebt, wär's am besten für sie, wenn wir sie als erste finden.«

Der Abend war kalt. Sascha fröstelte. Elena schien die Kälte nichts auszumachen.

»Fahren Sie nach Hause. Wir sehen uns um zehn«, sagte Sascha und hatte nur den Wunsch, seine schmerzenden Finger zu verarzten. Er wandte sich abrupt ab, steckte die Hände tief in die Taschen und ging davon.

8

Alexander hatte Angst, als ihn der Polizist mit dem schlimmen Fuß aufforderte, sich zu setzen. »Ich muß in die Kirche, zur Beerdigung von meinem Großvater«, sagte der Junge. »Ich muß dem neuen Popen helfen.«

»Hast du schon von diesen Keksen gegessen?«

Der Junge schüttelte den Kopf.

»Möchtest du denn einen?«

Der Junge nickte. Rostnikow gab ihm einen Keks. Der Junge nahm ihn vorsichtig in die Hand.

»Du kannst jetzt gehen«, erklärte Rostnikow.

Der Junge stand auf und ging in Richtung Küchentür. Plötzlich blieb er stehen und drehte sich zu Rostnikow um.

»Was gibt's?« fragte Rostnikow. Er zog den Mantel an, den Alexander ihm gebracht hatte.

»Haben Sie je bei McDonalds einen Hamburger gegessen?«

»Ja«, erwiderte Rostnikow. »Ich habe mit meiner Frau vier Stunden Schlange gestanden, als der Laden eröffnet wurde. Jetzt sind die Schlangen kürzer geworden, weil sich nur noch die Amerikaner und die Japaner das Essen leisten können. Wir aßen Cheeseburger, die man Big Macs nennt, und Pommes frites.«

»War das gut?«

»Sehr gut«, antwortete Rostnikow.

»Hat es viel Geld gekostet?«

»Neun Rubel«, erwiderte Rostnikow und ging hinkend zur Tür. »Gerade ist mir eingefallen, was ich dich noch fragen wollte.«

»Was denn?«

»Hast du deinen Großvater liebgehabt?«

Zu seiner eigenen Überraschung war Alexander nahe daran, nein zu sagen. Niemand hatte ihm je diese Frage gestellt, und er hatte nie darüber nachgedacht. Sein Großvater war sein Großvater Vater Merhum gewesen. Der Vater hatte ihn nicht gerade ermutigt, den Priester zu lieben, aber die Leute, mit denen er täglich zu tun hatte, achteten ihn als den Enkel des Popen Merhum.

»Ja«, erwiderte Alexander und stellte erstaunt fest, daß das die Wahrheit war.

»Noch was. Hat dein Großvater je von jemandem namens Oleg gesprochen?«

»Meinen Sie Oleg, den Bäcker, der...«

»Einen ganz besonderen Oleg«, unterbrach Rostnikow ihn.

»Nein«, sagte der Junge. »Ich komme zu spät.«

»Hast du je darüber nachgedacht, was du werden willst, wenn du mal groß bist, Alexander?«

»Nein.«

»Nein? Mein Sohn war Soldat, und jetzt schreibt er Theaterstücke über Soldaten. Er will Polizist sein wie ich.«

»Ich möchte...«, begann der Junge. »Ich möchte Pilot werden.«

»Wenn du alt genug bist, um Pilot zu werden, gibt's vielleicht kein Benzin mehr für Flugzeuge«, bemerkte Rostnikow. »Ich muß zum Zug. Du mußt zur Beerdigung deines Großvaters. Wir sprechen uns ein andermal, Alexander. Ich erzähle dir, wie's bei

McDonalds aussieht. Vielleicht bringe ich dir ein Foto davon mit.«

»Sie sagen doch niemandem, daß ich Pilot werden will?«

»Polizisten und Priester müssen Geheimnisse für sich behalten können«, erklärte Rostnikow und knöpfte seinen Mantel zu. »Hast du noch ein Geheimnis, das ich für mich behalten sollte?«

»Es gibt noch einen Oleg.«

»Noch einen Oleg«, wiederholte Rostnikow.

»Ich habe gehört, wie Großvater über einen Oleg mit Schwester Nina gesprochen hat«, berichtete der Junge.

»Und du bist sicher, daß kein Oleg aus Arkusch gemeint war?«

»Ganz sicher. Sie... es hat sich angehört, als redeten sie über jemanden, der... Ich weiß nicht, vielleicht über einen Toten.«

»Danke, Alexander«, sagte der Polizist.

Alexander nickte und lief wie ein Blitz durch die Küchentür hinaus. Er rannte an der alten Frau vorbei und hatte plötzlich wieder Angst – Angst, daß der Polizist herausbekommen würde, daß er nicht aus dem Mund seines Großvaters oder Schwester Ninas von diesem Oleg erfahren hatte.

»Staub seid ihr, und zu Staub sollt ihr wieder werden, bis der Tag der Auferstehung kommt.«

Diese Worte wurden von einem kleinen Chor während der Totenmesse für Vater Merhum in der überfüllten Kirche von Arkusch gesungen.

Sie hatten entschieden, daß Emil Karpo allein am Gottesdienst teilnehmen sollte. »Beobachten Sie, hören Sie zu, berichten Sie«, hatte Rostnikow gesagt. »Ich fahre nach Moskau zurück, sobald ich mit dem Jungen gesprochen habe.«

»Mit dem Jungen?«

»Seine Augen, Emil Karpo. Sehen Sie sich die Augen des Jungen an. Er hütet ein Geheimnis, und das bedrückt ihn. Ich komme morgen zurück.«

Karpo verstand, warum Rostnikow nicht an der Beerdigung teilnehmen konnte. Während des zweistündigen Gottesdienstes durfte die Gemeinde nur stehen. Und Rostnikows Bein konnte sein Gewicht so lange nicht tragen. Als Fremder hätte er um einen Stuhl bitten können, aber die Gemeinde, die Leute, mit denen er und Karpo es zu tun hatten, würden den Moskauer Polizisten abseits sitzen sehen und ihn als Außenseiter abstempeln.

Also war es besser, sie verließen sich nur auf Karpos Augen und Ohren.

»Achten Sie auf die, die zuviel weinen«, trug er Karpo auf. »Und achten Sie auf die, die nicht weinen, und die, die nur so tun, als weinten sie.«

Karpo nickte und verließ die Parteizentrale. Jetzt stand er unter den Weinenden und Stummen in der Kirche. Die weiter entfernt Stehenden gaben sich Mühe, die gespenstische Gestalt in ihrer Mitte zu ignorieren. Den Leuten in seiner nächsten Nähe jedoch wollte das nicht recht gelingen. Unter den Trauernden waren auch mehrere Kinder. Eines der Kinder, ein vierjähriges Mädchen mit weizenblondem Haar, wandte sich immer wieder vom Sarg ab und sah den Polizisten an.

Im Sarg lag Vater Merhum in festlich weißem Ornat aufgebahrt. Ein Leichentuch aus Baumwolle war über den Leichnam gedeckt. Der Chor sang von Auferstehung. Karpos Blick wanderte zur dritten Ikonenreihe auf der Ikonostasis hinter dem Popen. Jede Ikone zeigte eine Szene aus dem Leben Jesu. Karpo entdeckte die Ikone mit der Auferstehung.

Rechts vom Sarg standen Pjotor und Alexander Merhum zusammen mit einer molligen Frau mit hübschem Gesicht und einer sehr alten Nonne, deren Blick unverwandt auf den Sarg gerichtet war. In den vordersten Reihen der Gemeinde entdeckte

Karpo zwei weitere Männer der Delegation, die ihn und Rostnikow am Bahnhof empfangen hatten. Vadim Petrow, der feiste Bauer, stand an der Seite des Bürgermeisters, der versuchte, sich den Anschein von Gelassenheit zu geben. Eine Frau, die eine Zwillingsschwester des Bürgermeisters hätte sein können, vermutlich jedoch seine Frau war, stieß ihm ständig den Ellbogen in die Seite, um ihn zu ermahnen, sich geradezuhalten.

Der hagere, bärtige Pope, der die Messe zelebrierte, war höchstens vierzig. Er schwenkte den Weihrauchkessel über dem Toten, sang Gebete und steckte eine Papierkerze in die Hände des Verstorbenen. Dann küßte die Familie von Vater Merhum, einschließlich des Jungen und der alten Nonne, unter lautem Weinen und Klagen die Hände und die Stirn des Toten.

Pjotor Merhum vergoß als einziger keine Träne. Er lächelte weder, noch schützte er Trauer vor. Seine Miene war ernst. Er erweckte den Eindruck, mit seinen Gedanken weit weg zu sein.

Nachdem sich die Familie von Vater Merhum verabschiedet hatte, nahm die Gemeinde Aufstellung vor dem Sarg, um den Toten zu küssen. Mit Karpo war während der Messe eine seltsame Veränderung vorgegangen. Vermutlich war die Hitze im kleinen Kirchenrund daran schuld. Jedenfalls hatte Karpo während der rhythmischen Gebete der Gemeinde plötzlich das dringende Bedürfnis verspürt, zu weinen und in den Sprechgesang einzustimmen. Obwohl dieser Zustand nur wenige Augenblicke angedauert hatte, vermochte Karpo die Erinnerung daran nicht zu verdrängen. Ähnliches hatte er nie zuvor erlebt.

Kaum hatte er den Gedanken gehabt, mußte er ihn revidieren. Es war ihm klargeworden, daß er Ähnliches sehr wohl schon einmal empfunden hatte. Aber wann war das gewesen?

»Sie versuchen, sich an etwas zu erinnern«, sagte die Nonne, als sie auf die Straße traten und in Richtung Wäldchen gingen.

Karpo schwieg. Sie kamen an kleinen Häusern und einigen

Geschäften vorbei, die anläßlich der Beerdigung geschlossen hatten.

»Sie fragen sich sicher, woher ich das weiß«, fuhr sie fort. »Sie sind es nicht gewohnt, daß die Menschen Sie verstehen. Es macht Sie unsicher.«

»Unsicher? Nein, eher neugierig.«

»Kommen Sie hier entlang.« Sie bog in einen gepflasterten Weg ein, der zwischen zwei Häusern hindurchführte, die weiter auseinanderlagen als die übrigen. »Das Haus ist dort drüben. Hinter den Bäumen.«

Als sie den Weg entlangmarschierten, raschelte ein Tier im Gebüsch.

»Ich habe ein Leben damit zugebracht, Menschen während des Gottesdienstes zu beobachten. Fast alle Nonnen haben das zweite Gesicht. Sie allerdings sind sehr schwer zu ergründen.«

Karpo folgte der alten Frau schweigend. Sie gingen ungefähr eine halbe Stunde durch den Wald, bis sie ein altes Haus erreichten.

»Hier ist es«, sagte sie.

Er trat hinter ihr durchs Gatter.

»Genau hier ist er in meinen Armen gestorben«, erklärte sie und deutete auf eine Stelle auf dem Weg hinter dem Gartentor.

Karpo betrachtete das Pflaster, konnte jedoch nichts entdecken. Er folgte ihr durch die unverschlossene Tür ins Haus.

»Ich koche uns Tee. Warten Sie hier, bitte.« Schwester Nina verschwand im Nebenraum.

Die Wände des Zimmers, in dem Karpo stand, waren mit Ikonen bedeckt. Eine zeigte einen Mann in gestreifter KZ-Kleidung. Er war bleich und hager – noch bleicher als Karpo, sah ihm jedoch so ähnlich, daß er sein Bruder hätte sein können.

»Das ist die Ikone des Heiligen Maximilian Kolbe«, rief die Nonne aus dem Nebenzimmer. »Jeder, der hierherkommt, fühlt sich unwillkürlich von ihm angezogen. Der Papst in Rom hat ihn vor vier Jahren heiliggesprochen.«

Ihre Stimme kam näher. Karpo drehte sich um. Die Nonne erschien im Türrahmen und deutete auf einen der fünf schlichten Holzstühle mit steilen Lehnen, die an einem Holztisch in der Zimmermitte standen.

Die strenge Schlichtheit des Zimmers war ganz nach Karpos Geschmack. Er fühlte sich automatisch wohl. Die alte Nonne setzte sich ihm gegenüber.

»Der Tee ist gleich fertig«, sagte sie.

»Maximilian Kolbe«, murmelte Karpo.

»Ah«, seufzte die Nonne lächelnd. »Einer von Vater Merhums Lieblingen. Er war ein katholischer Priester aus Polen, der während des Krieges den Platz mit einem jüdischen Häftling in Auschwitz getauscht hat. Der Gefangene entkam als Priester verkleidet. Pater Kolbe wurde hingerichtet.«

Schwester Nina lächelte, und Karpo fiel plötzlich ein, wann er die Gefühle, die er in der Kirche zuvor gehabt hatte, schon einmal erlebt hatte. Als zehnjähriger Junge hatte er zum ersten Mal an einer Parteiversammlung in der Sporthalle nahe seinem Elternhaus teilgenommen. Riesige Flaggen mit rotem Stern, Hammer und Sichel schmückten die Wand hinter der provisorischen Bühne zusammen mit überdimensionalen Gemälden von Lenin und Stalin. Der Saal war bis auf den letzten Platz besetzt. Sein Vater war aufgeregt und stolz zugleich. Die Leute rauchten und unterhielten sich, bis die drei Redner unter frenetischem Beifall auf die Bühne kamen.

Dann traten die drei Redner in Aktion. Sie sprachen mit Überzeugung und Enthusiasmus von der Revolution, der neuen Welt, von Opfern und Disziplin. Emil Karpo verstand nicht alles, war jedoch fasziniert. Die Jubelrufe, die tiefen Stimmen, die Gemälde, die Flaggen. Das alles hatte seinem Leben einen Sinn verliehen, der ihm in den letzten Monaten wieder entrissen worden war.

»Sie haben sich erinnert«, bemerkte die Nonne.

»Ja, ich habe mich erinnert«, gestand Karpo.

In der Küche pfiff der Wasserkessel, und die alte Frau stand auf. »Einen Augenblick.«

Sosehr sich Karpo auch gegen die Erinnerung wehrte, sie ließ sich nicht auslöschen. Lebhaft sah er das Bild seines Vaters in abgetragenen Hosen vor sich. Neben ihm stand ein Mann, die Zigarette im fast zahnlosen Mund, die abgewetzte Mütze auf dem Kopf. Karpos Hände waren feucht, weil er fühlte, daß alle im Saal nur ein Wunsch beseelte, nämlich der, daß sie eine große Familie waren, die der Kommunismus einte.

Die alte Nonne erschien mit zwei Bechern und reichte einen Karpo. Die Becher waren einfach, braun und hoch. Die Nonne setzte sich ihm gegenüber.

»Ich möchte Ihnen ein paar Fragen stellen«, begann er.

»Was wollen Sie wissen?«

»Wer hätte Grund gehabt, Vater Merhum umzubringen? Wer ist Oleg?«

»Ja«, murmelte sie. »Das waren seine letzten Worte. Aber es war keiner der Olegs gemeint, die in Arkusch wohnen.«

»Sind Sie sicher?«

»Ganz sicher«, sagte sie.

»Woher wollen Sie das wissen?«

»Der Oleg, den Vater Merhum mit seinem letzten Atemzug um Verzeihung gebeten hat, ist längst bei Gott. Mehr kann ich nicht sagen.«

Karpo trank einen Schluck des starken, heißen Tees und stellte Becher und Untertasse auf den Fußboden. »Wie lange haben Sie für Vater Merhum gearbeitet?«

»Ich habe ihm und unserem Herrn fünfzehn Jahre gedient«,

erwiderte die Nonne. Sie hatte noch keinen Schluck Tee getrunken, warf jedoch immer wieder einen Blick auf den Becher und fühlte mit der Fingerspitze am Rand die Temperatur.

»Und bevor Sie zu ihm kamen?«

»Vater Merhums Leben ist untrennbar mit der Geschichte unserer Kirche verbunden. Haben Sie Zeit?«

»Ich habe Zeit«, sagte er.

»1917 war ich zwei Jahre alt«, begann sie wie eine Zigeunerin, die versuchte, aus dem dampfenden Becher, den sie in ihren Händen hielt, die Zukunft zu lesen. »Vor eurer Revolution gab es in Rußland über tausend Männer- und Frauenklöster. Außerdem existierten über achtzigtausend Kirchen. Heute sind es siebentausendfünfhundert.

Im Herbst des folgenden Jahres haben Sonderkommissionen damit begonnen, Kirchen zu beseitigen. Und zwar nach einem ganz einfachen Verfahren. Die GPU, die bald von NKWD und schließlich vom KGB ersetzt wurde, verhaftete einen Priester wegen ›konterrevolutionären Umtrieben‹, erschoß ihn oder schickte ihn nach Sibirien. Seine Kirche wurde niedergerissen oder in Büros der Regierung umgewandelt. Vor eurer Revolution arbeiteten eine halbe Million Menschen in der Kirche – genauso viele wie in eurer Bolschewistischen Partei.

Und viele im Volk glaubten, daß die Kirche mit den Faschisten kooperierte. Noch vor Ende des Krieges mit den Deutschen war die Kirche in Rußland zerschlagen. Es gab nicht einmal hundertfünfzig praktizierende Gemeinden. Die wenigen überlebenden Priester waren gebrochene Menschen, völlig verängstigt und lebten im Untergrund. Tausende von Priestern waren ermordet worden. Die Wahrheit über die Greueltaten liegt verschlossen hinter den Toren der Lubjanka in Moskau. Kurz vor Kriegsbeginn kam Vater Merhum, der ältere Vater Merhum, mit Frau und Sohn aus dem Westen nach Arkusch. Sie kamen zu Fuß. Während des Krieges, und trotz der Pogrome der Regierung gegen unsere heilige Kirche, riefen der Patriarch Sergeij und die Orthodoxe Kirche die Menschen auf, gegen die Nazis zu kämpfen. Und die Kirche gab Millionen von Rubeln für den Kampf.«

Schwester Nina hob den Blick von ihrer Tasse, als sei der Bann plötzlich gebrochen. »Und es gäbe noch unendlich viel zu erzählen«, fuhr sie fort. »Aber alles, was Sie wissen müssen, ist, daß es Menschen gab, die ihren Glauben nie verloren haben. Sie haben nie aufgehört, Priester wie Vater Merhum zu unterstützen. Es gibt Millionen von uns. Der Glaube an unsere Priester ist unerschütterlich. Ihr Tee wird ja kalt.«

Karpo griff nach dem Becher. Er trank und beobachtete die alte Nonne über den Becherrand hinweg. Sie lächelte voller Wärme. Er war es nicht gewohnt, daß man ihn anlächelte.

»Was amüsiert Sie?« fragte er.

»Ich bin einfach froh«, sagte sie. »Ein Priester stirbt, und ein Bekehrter kommt. Eine Geburt folgt auf den Tod. Das ist die Gnade Gottes.«

Karpo stand auf und stellte den Becher neben den Kerzenleuchter auf den Tisch. »Sie mißdeuten mich«, widersprach er und sah auf sie herab.

»Sie sind ein Bekehrter«, antwortete sie. »Ein wahrhaft Gläubiger braucht einen Grund zu glauben, sonst geht er zugrunde. Wir wissen aus dem Leben der Heiligen, daß denjenigen besondere Gnade zuteil wird, die in den Armen des Teufels lagen, bevor sie zu Gott fanden. Ich sehe es in Ihren Augen. Während der Messe für Vater Merhum hat die Mutter Maria Sie gefunden.«

»Haben Sie eine Idee, wer Vater Merhum ermordet haben könnte?« fragte Karpo ungerührt.

»Sie wechseln das Thema«, entgegnete sie.

»Ich kann nicht an Ihre Religion glauben, nur weil die Revolution gescheitert ist.«

»Das erwarte ich auch nicht von Ihnen«, erwiderte sie. »Aber es wird kommen. Es hat schon begonnen.«

»Können Sie sich denken, wer Vater Merhum getötet hat?« wiederholte Karpo.

»Er wurde am Morgen des Tages umgebracht, an dem er bereit war, diejenigen bloßzustellen, für die der Tag der Vergeltung gekommen war«, bemerkte sie.

»Parteimitglieder«, schloß Karpo daraus.

»Vater Merhums Liste enthielt nicht nur Namen aus der Politik. Unsere Kirchenführer haben ihn nicht geliebt.« Sie stellte ihren Becher neben dem Karpos auf den Tisch. »Es gibt hochrangige Würdenträger der Orthodoxen Kirche, die die Regierung unterstützt haben. Die Kirche hat dem sowjetischen Friedenskomitee Millionen vermacht. Alle religiösen Aktivitäten waren durch den Rat für Religionsangelegenheiten geregelt.«

»Sie glauben, die Kirche hat Vater Merhum ermorden lassen, weil...«

»...er die Kirche bloßstellen wollte«, ergänzte sie. »Es gibt einige, die das glauben. Es gibt einige wenige in unserer Kirche, die keine echten Christen sind. Und sie sind aufgestiegen, wie Tyrannen aufsteigen.«

»Sie sind eine Revolutionärin«, sagte Karpo.

»Und Sie brauchen eine neue Revolution.«

»Ich muß gehen«, seufzte Karpo.

»Vielleicht unterhalten wir uns mal wieder.« Die alte Nonne brachte ihn zur Tür. Auf dem Weg blieben sie stehen, um die Ikone des bleichen Heiligen in Häftlingskleidung zu betrachten.

»Bei unserer nächsten Unterhaltung sagen Sie mir vielleicht, wer Oleg ist«, bemerkte Karpo.

»Sie glauben mir nicht?« fragte Schwester Nina.

»Nein.«

»Es gibt Dinge, an die rührt man lieber nicht«, erwiderte sie.

»Wie an die Akten über Priestermord in der Lubjanka?« erkundigte sich Karpo.

»Vater Merhum glaubte, daß es diese Akten längst nicht mehr gibt«, erklärte sie.

»Aber Sie glauben an die Auferstehung.«

»Sie sind klug, und ich bin eine alte Frau«, seufzte sie. »Aber mein Glaube ist stark, Ihrer ist schwach. Wollen Sie mich verhaften, weil ich Ihre Fragen nicht beantworte?«

Karpo öffnete die Haustür. Eine leichte Brise blies durch die Bäume, und plötzlich roch die graue Winterluft nach eisigem Regen. Er trat hinaus. Die Nonne hielt die Tür auf. »Nein.«

»Gut«, sagte sie in den Wind. »Ich bin zu alt für Drohungen. Wir reden ein andermal weiter. Gott sei mit Ihnen.«

Karpo stand noch einen Augenblick vor der geschlossenen Tür. Der Nachmittag war anders verlaufen als erwartet. Er glaubte, die ersten Anzeichen einer Migräne zu spüren, allerdings fehlten die üblichen Begleiterscheinungen. Die seltsamen Gerüche, die unerwünschten sexuellen Begierden meldeten sich nicht. Während er zur Stadt zurückging, mußte er sich eingestehen, daß ihn die Nonne und die Totenmesse für den ermordeten Priester tief beeindruckt hatten. Mit der Erinnerung an jenen Tag in seiner Kindheit allein ließ sich das nicht erklären, was Schwester Nina gemeint hatte.

Vater Merhums Mörder stand hinter Bäumen verborgen im Wald und beobachtete, wie der hochgewachsene, bleiche Polizist mit langsamen Schritten den Weg nach Arkusch zurückging.

Noch wenige Augenblicke zuvor hatte er am Fenster des kleinen Hauses gelauscht und gehört, wie Schwester Nina der Frage nach Oleg ausgewichen war. Und der Polizist hatte gesagt, daß er ihr nicht glaube.

Der Mörder war sehr beunruhigt. Er sah keinen anderen Ausweg. Er wünschte sehnlichst, es gäbe eine Alternative, aber es gab keine. Schwester Nina wußte Bescheid. Er mußte damit rechnen, daß sie sich eines Tages vielleicht dem Polizisten, einem anderen Priester oder einer anderen Nonne offenbarte. Mit der Angst davor konnte er nicht leben. Nicht nur er würde leiden, auch das Leben anderer Menschen wäre ruiniert.

Schwester Nina war alt, und sie glaubte an ein Leben nach dem Tod. Falls es ein Leben nach dem Tod gab, würde er in Verdammnis enden. Falls es kein Leben nach dem Tod gab, hatte die Nonne ihr Leben einer Lüge gewidmet.

Der Wind frischte erneut auf, als der Polizist zwischen den Bäumen verschwand. Der Mörder ließ es zu, daß ihn der nächste Windstoß unweigerlich zum Haus trieb.

Tränen schwammen in seinen Augen, als er die Tür des Häuschens erreichte. Er durfte jetzt nur nicht nachdenken. Wenn er sich die Zeit zum Nachdenken nahm, überlegte er es sich vermutlich anders und gab damit Schwester Nina Gelegenheit, sich dem Polizisten anzuvertrauen.

In Arkusch war keine Haustür verschlossen; schon gar nicht bei einer Nonne. Der Mörder trat ein. Die alte Frau stand in der Küche und wusch Teegeschirr ab. Sie hörte seine Schritte und sah über die Schulter.

Er zitterte. Seine Arme hingen kraftlos an den Schultern, und doch war er zu allem entschlossen. Schwester Nina trocknete die Hände an einem sauberen Tuch ab. Sie bekreuzigte sich und drehte sich zu ihm um.

»Das ist nicht der richtige Weg«, sagte sie leise.

»Mir fällt kein anderer ein!« Das klang wie ein Aufschrei. »Gott vergib mir! Ich weiß keinen anderen Ausweg. Ich bin ein Monster geworden.«

»Dann«, begann sie, »dann leiden wir beide. Ich für einen kurzen Augenblick, und du in Ewigkeit.«

9

Elena Timofejewa und ihre Tante Anna lebten zusammen mit der Katze Baku in einer kleinen Wohnung in der Nähe der Moskwa. Der Wohnblock war ein altmodisches einstöckiges, kubisches Gebäude aus Mörtel und Holz mit einem betonierten Hof und Betonbänken. Es gehörte zu den Wohnanlagen, die als Notunterkünfte nach dem Zweiten Weltkrieg erstellt worden waren. Eigentlich waren sie dazu bestimmt gewesen, nach wenigen Jahren zugunsten soliderer Bauten abgerissen zu werden, aber inzwischen waren vierzig Jahre vergangen. Bis zu Elenas Einzug drei Monate zuvor hatte Anna seit gut der Hälfte ihrer zweiundfünfzig Jahre die Wohnung allein bewohnt.

Elena schlief im Schlafzimmer. Anna bewohnte die Wohnküche. Es war kaum eine Luxus-Wohnung, aber Elena hatte keine andere Wahl gehabt. Als Neuankömmling in Moskau hatte sie sich glücklich schätzen können, eine Tante zu haben, die sie nicht nur bei sich aufnahm, sondern ihr auch noch die Stelle beim Sonderdezernat verschaffte.

Anna war stellvertretende Staatsanwältin gewesen und besaß noch immer Einfluß. Während ihrer zweiten zehnjährigen Amtszeit hatte sie ihren dritten und schwersten Herzinfarkt erlitten und sich daraufhin pensionieren lassen. Das war drei Jahre her.

Anna hatte ein Leben lang sechseinhalb Tage in der Woche gearbeitet – zuerst als Assistentin eines Kommissars in Leningrad, der für Schiffs- und Produktionsquoten zuständig gewesen war, später, aufgrund ihrer Tüchtigkeit und ihrer Fähigkeiten, als stellvertretende Staatsanwältin in Leningrad und Moskau. Da sie aus einer Bauernfamilie stammte, hatte sie nie auf ihre Gesundheit geachtet. Das rächte sich bitter. Rostnikow, ihr damaliger

Chefinspektor, hatte den Cousin seiner Frau, Alex, einen Arzt, überredet, sie zu untersuchen, nachdem ihr die Ärzte des staatlichen Gesundheitsdienstes erklärt hatten, sie solle sich ins Bett legen und aufs Sterben vorbereiten.

Alex hatte ihren dicken, eiförmigen Körper untersucht und ihr geraten, eifrig spazierenzugehen. Allmählich hatte sie diese Spaziergänge auf sechs Kilometer täglich ausgedehnt, weigerte sich jedoch noch immer, den tschechischen Jogginganzug zu tragen, den ihr ihre Schwester, Elenas Mutter, aus Odessa geschickt hatte.

Anna besaß noch immer den Respekt der anderen Bewohner des Hauses, zumindest bei denen, die länger als drei Jahre hier wohnten. Einige titulierten sie unverändert mit Genossin Staatsanwalt.

Nach der Rückkehr von ihrem Nachmittagsspaziergang hatte sich Anna an den Tisch am Fenster gesetzt, von dem aus man den kleinen, öden Hof überblicken konnte. Dort wachten vier Großmütter im Schein weniger Hoflampen und der erleuchteten Fenster des Blocks über ihre Enkelkinder. Zwei Stunden später saß Anna noch immer an diesem Platz. Sie hielt ein Buch dicht vor die Augen, und Baku lag wie ein struppiger orangeroter Ball in ihrem Schoß, als Elena eintrat. Anna nahm ihre Brille ab und sah auf.

»Der Mann ist komplett verrückt«, erklärte Elena und knallte ihre Tasche auf den Tisch neben der Tür.

»Möchtest du was essen?« fragte Anna. Sie legte ihr Buch aufs Fensterbrett und setzte Baku auf den Fußboden.

Elena schleuderte die Schuhe von sich und ließ sich in den zweiten Stuhl am Fenster fallen. »Nein... Ja, doch. Was gibt's denn?«

Anna ging in die Kochnische. »Zwei Eier«, erklärte sie. »Brot und eine Tomate.«

»Eine Tomate?«

Anna griff in den Schrank und holte eine überreife Tomate heraus. »Außerdem«, fügte sie hinzu, »habe ich Lauchsuppe gekocht.«

»Laß mich das machen«, schlug Elena vor.

Elena hatte sich angewöhnt, die Essensvorbereitungen nach Möglichkeit selbst in die Hand zu nehmen. Zum Kochen fehlte Anna jedes Interesse und Geschick. Ihre Passion waren Verbrechen und ihre Katze.

»Wer ist verrückt?« erkundigte sich Anna, als Elena die Kochplatte anstellte, die auf einem Tisch in der Küchenecke stand.

Baku rieb sich an Elenas Bein. Sie machte ihm ein Zeichen. Die Katze sprang aus dem Stand mit einem Satz in ihre Arme. Elena streichelte ihren Kopf. Dann stieg ihr der Geruch von Lauchsuppe in die Nase, und sie stellte den Topf auf die Platte.

»Tkach«, antwortete Elena. »Er ist ein Verrückter. Du hast mich auf Verrückte in den Straßen vorbereitet, aber nicht auf geisteskranke Kollegen.«

»Er hat den falschen Beruf gewählt«, seufzte Anna Timofejewa.

Elena setzte Baku auf den Boden und schnitt die weiche Tomate sorgfältig in dünne Scheiben.

»Er ist nicht verrückt«, fuhr Anna fort.

»Er tobt, er droht.« Elena räusperte sich. »Heute hat er beinahe einen Pizza-Verkäufer umgebracht.«

Unter dem Fenster zog eine der Großmütter ihre Handschuhe aus und versohlte ein Kind mit der bloßen Hand. Die anderen Großmütter sahen schweigend zu. Das Schreien des Kindes drang durchs geschlossene Fenster.

»Wenn ich mal Kinder habe, lasse ich nicht zu, daß man sie schlägt«, erklärte Elena und schnitt das Brot mit einem stumpfen Messer.

»Ja, vielleicht«, bemerkte Anna. »Tkach hat schon ein Kind. Das zweite ist unterwegs. Glaubst du, daß er sein Kind schlägt?«

»Was er mit seinem Kind macht, ist mir egal«, erklärte Elena und wandte sich vom Fenster ab und ihrer Tante zu.

»Er ist jung«, murmelte Anna.

»Nur zwei Jahre jünger als ich«, konterte Elena. Sie betrachtete die schiefe Brotscheibe, die sie eben geschnitten hatte.

»An Jahren«, bemerkte Anna. »Aber er hat mehr Erfahrung. Auf emotionaler Ebene ist er ein Kind. Ich kenne ihn seit seinem dreiundzwanzigsten Lebensjahr. Er weiß nicht, was er will. Er bemitleidet sich nur selbst. Aber er ist ein guter Polizist. Ich habe ihm von den alten Frauen ein Halstuch gekauft. Wir schenken es ihm zum Geburtstag.«

»Gut«, sagte Elena.

Die Katze eroberte den Stuhl am Fenster und rollte sich vor Annas Buch zusammen.

»Diese Araberin...?« fragte Anna.

»Amira Durahaman.«

»Ihr habt sie nicht gefunden.«

»Nein. Wir suchen heute abend weiter. Ihr Freund, ein junger Jude, ist heute morgen ermordet worden.«

Anna sah zu, wie ihre Nichte zum Fenster ging, hinaussah, sich zu Baku hinunterbeugte und seinen Kopf kraulte, bevor sie das Buch nahm.

»Was liest du gerade?« wollte Elena wissen.

»Gedanken«, sagte Anna Timofejewa. »Heute lese ich Gedanken, deine Gedanken. Er ist ein gutaussehender junger Mann.«

»Wer?« fragte Elena und betrachtete das Buch genauer.

»Wer wohl? Der große Vorsitzende Mao. Du weißt schon, wer«, entgegnete Anna. Sie ging zum Tisch und versuchte die Tasse Dickmilch mit dem Teller Brot und Tomaten dekorativer zu arrangieren. »Essen wir.«

Elena legte das Buch beiseite, strich Baku ein letztes Mal über den Kopf und setzte sich auf ihren Platz an dem Tisch. Anna schöpfte die Suppe in den Teller. Sie aßen einige Minuten schweigend.

»Ich kann mit ihm nicht arbeiten«, behauptete Elena.

»Er ist ein guter Kriminalbeamter«, entgegnete Anna. »Schlau. Aber zu emotional.«

»Das hast du schon mal gesagt.«

»Gelegentlich setzt mein Kurzzeitgedächtnis aus. Außerdem habe ich oft das Gefühl, daß ihr jungen Leute einem gar nicht zuhört.«

Anna Timofejewa wußte, daß über Sascha Tkachs Indiskretionen an höchster Stelle eine Akte existierte – eine Akte, von der Tkach nichts ahnte. Es gab Tausende dieser Akten über die Mitglieder des MWD, über Regierungsbeamte... Unterlagen, zu denen Anna Timofejewa früher Zugang gehabt und noch immer hatte. Falls sie es wünschte, könnte sie sie jederzeit einsehen. Anna Timofejewa fragte sich, was die Fanatiker der Wende wohl mit diesen Informationen anstellen würden.

»Ich glaube nicht, daß er es je schafft, sein ungestümes Temperament zu zügeln«, bemerkte Anna. »Und deshalb glaube ich nicht, daß er als Polizist Karriere machen sollte.«

»Noch vor einer Minute hast du behauptet, er sei ein guter Polizist«, erinnerte Elena die Tante. »Wie du siehst, höre ich zu.«

»Es gibt hervorragende Metzger, die kein Blut sehen können«, entgegnete Anna.

»Wenn er kein Blut sehen kann, würde er kein Metzger werden«, sagte Elena.

»Das Schicksal gibt uns oft ein Schwert in die Hand, das uns viel zu schwer ist.«

»Du sprichst in Rätseln.« Elena seufzte und brach ein Stück Brot ab. »Du liest zuviel Freud.«

»Ich habe zuviel Gogol gelesen«, korrigierte Anna. »Also gut. Sagen wir's deutlicher. Es wäre besser für dich, wenn Tkach häßlich wäre. Schmeckt es dir?«

»Gut, danke.«

»Alles ist matschig. Die Tomate. Das Brot«, klagte Anna. Sie stellte ihren zur Hälfte leer gegessenen Teller auf den Fußboden. Baku sprang vom Stuhl, um zu fressen. »Und die Suppe besteht aus heißem Wasser mit drei Lauchzwiebeln.«

»Wenn er so weitermacht, stehen meine Gesundheit und mein Leben auf dem Spiel«, erklärte Elena.

»Hoffen wir, daß du wenigstens deine zweite Woche überlebst. Deine Mutter würde mir nie verzeihen.«

»Ich muß wieder arbeiten.«

»Vertraue seinem Instinkt und seiner Erfahrung. Mißtraue seinem Temperament.« Anna griff nach Baku, die den Kopf tief über die Tasse Dickmilch gebeugt hatte.

»Darf ich dich was fragen?« begann Elena und rollte ein Brotbällchen zwischen den Fingern.

Anna trug den Teller der Nichte zum Spülbecken in der Ecke. »Das deutet auf eine peinliche Frage hin. Aber schieß los. Ich bin neugierig.«

»Bist du verbittert?«

»Verbittert? Worüber?«

»Darüber, daß es das System, für das du gearbeitet hast, nicht mehr gibt. Die Sowjetunion gehört der Vergangenheit an. Die Erinnerung an Lenin verblaßt. Das Gesetz...«

»...bleibt das Gesetz«, sagte Anna und wandte sich ihrer Nichte zu. »Das Problem war, daß es ständig gebeugt wurde.«

»Du hast heute deinen philosophischen Tag«, bemerkte Elena.

»Philosophie ist das beste Training für eine Frau, der außer Spaziergängen nichts mehr im Leben geblieben ist.«

Elena setzte sich auf den Stuhl am Fenster und zog die Schuhe an. Dann ging sie zum ramponierten Kleiderschrank, machte ihn auf, wählte eine saubere Bluse aus und stellte sich im Badezimmer vor den Spiegel. »Ich werde fett«, stellte sie fest.

»Das ist deine Erblast«, erklärte Anna. »Du hast es geerbt, genau wie Intelligenz und Entschlußkraft. Deine Mutter ist mollig. Ich bin dick. Aber du bist hübsch. Und richtig dick wirst du vermutlich erst in zehn Jahren sein ... oder in zwanzig, wenn du aufpaßt.«

»Danke«, seufzte Elena, als sie aus dem Badezimmer kam und die Bluse zuknöpfte. »Das ist ja beruhigend.«

»Ich bin praktisch«, sagte Anna. »Was willst du hören? Lügen? Dann lies die *Iswestija*.«

»Aber es bleibt die Wahrheit. Schönfärberei liegt mir nicht.« Anna bückte sich nach Bakus Teller. Er war leer. »Das ist eine Kunst, die ich, genau wie das Kochen, nie gelernt habe.«

»Ich weiß nicht, wann ich zurück sein werde«, sagte Elena.

»Baku, Freud, Gogol und ich erwarten dich in jedem Fall«, versprach Anna Timofejewa. »Vielleicht können wir noch fernsehen. Wer weiß? Es ist noch früh am Abend.«

»Tante Anna.«

»Du siehst gut aus«, sagte die Tante. »Du siehst modisch, tüchtig, hübsch und entschlossen aus. Falls ich hier mit geschlossenen Augen sitze, wenn du zurückkommst, vergewissere dich, daß ich noch lebe, und dann laß mich schlafen.«

Elena gab der Tante einen Kuß auf die Stirn und ging.

Anna Timofejewa faltete die Hände über dem Buch auf ihrem Schoß und starrte auf den dunklen Hof hinunter. Die Großmütter und die Kinder waren verschwunden. Bis auf die erleuchteten Fenster war alles dunkel.

»Also, Baku, was soll es sein? Gogol? Freud?«

Baku sah zu ihr auf und blinzelte.

»Also?« sagte Lydia und stellte ihrem Sohn eine Schale mit Borschtsch hin.

»Also was?« wiederholte Sascha Tkach und starrte auf die dunkelrote Flüssigkeit voller Rüben und weißlichen Schlieren, die saure Sahne sein konnten.

Lydia Tkach war eine stolze Frau von sechsundsechzig Jahren und beinahe taub, was sie jedoch nicht zugab. Sie arbeitete seit über vierzig Jahren in der Registratur des Informationsministeriums und erzählte jedem, der bereit war, ihr zuzuhören, daß ihr Sohn ein hochrangiger Regierungsbeamter und wichtiger Berater des Innenministeriums sei.

Sascha wußte, daß seine Mutter im Informationsministerium genausowenig beliebt war wie zu Hause. Die meisten machten einen großen Bogen um sie, weil sie mit ihrer lauten Art überall Anstoß und Aufmerksamkeit erregte. Das wiederum machte sie noch einsamer und kauziger im Umgang mit denen, die sie nicht meiden konnten – besonders mit ihrem Sohn und ihrer Schwiegertochter.

Maja hatte darauf bestanden, aufzustehen und sich zu ihrem Mann an den Tisch zu setzen, während dieser hastig aß. Pultscharia saß auf dem Schoß des Vaters. Maja war hochschwanger. Pultscharia fand kaum noch Platz auf ihrem Schoß.

»Also?« richtete Lydia erneut das Wort an ihren Sohn.

Sascha sah seine Frau an. Maja lächelte mitfühlend. Majas Bauch war kugelrund, und das Kind hatte sich bereits gesenkt. Ihr sonst sehr schönes Gesicht war bleich und hager, was Sascha wütend machte. Wut war einfacher zu handhaben als Angst. Er wollte sie nicht krank sehen. Er wollte sie vital, gutgelaunt, herzlich und hilfsbereit.

Pultscharia steckte den Finger in die Suppenschale ihres Vaters.

Sascha brauchte keine Angst zu haben, daß sich seine fast

zweijährige Tochter die Finger verbrannte. Er aß seit dreißig Jahren die Suppen seiner Mutter, und Lydias Suppen waren stets lauwarm. Dasselbe galt für Fleisch- und Geflügelgerichte. Im Augenblick beunruhigte Sascha eher der seltsame Gegenstand, der in seiner Suppe schwamm. Er sah wie eine Tierpfote aus.

»Was ist das?« fragte er und fischte das Stück heraus. Es war tatsächlich eine Pfote.

»Lenke nicht vom Thema ab!« brüllte Lydia und setzte sich. »Du machst dem Kind angst.«

»Warum sollte Pultscharia das angst machen... Was ist das?«

Lydia warf einen Blick auf seinen Löffel. »Fleisch«, sagte sie. »Es gibt der Suppe Aroma.«

»Es sieht wie die Pfote von...«

»...von einem Karnickel aus«, fiel Maja ihm ins Wort.

Ihre Stimme mit dem ukrainischen Akzent hatte normalerweise eine beruhigende Wirkung auf Sascha. Jetzt machte sie ihn wütend. Den ganzen Tag hatte er diese undefinierbare Wut in sich gespürt, und er war mit der Absicht nach Hause gekommen, sie zu unterdrücken. »Ja, wie die Pfote eines Kaninchens.«

Pultscharia griff nach Saschas Löffel. Sascha schob ihn außer Reichweite.

»Die Zeiten sind hart«, bemerkte Lydia laut und nahm sich Suppe. »Die Schlangen werden immer länger.«

»Du kannst die Karnickelpfote haben«, erklärte Sascha und beugte sich über den Tisch, um sie in die Suppenschale seiner Mutter gleiten zu lassen. »Für die Amerikaner ist das ein Glücksbringer.«

Maja sah ihren Mann vorwurfsvoll an. Er ignorierte sie.

»Also?« beharrte Lydia weiter und sah auf die rote Flüssigkeit herab, in der die Karnickelpfote verschwunden war.

»Du ißt ja gar nichts«, sagte Sascha zu seiner Frau.

»Ich habe keinen Hunger«, erwiderte Maja leise.

»Das Baby in dir ist hungrig«, entgegnete er.

»Beantworte meine Frage!« drängte Lydia. Sie griff über den Tisch, um Pultscharia ein Stück Brot zu geben. »Und zwar ohne Karnickel-Tricks.«

»›Also‹ ist keine Frage, die ich beantworten kann«, erklärte Sascha und strich sich eine widerspenstige Haarsträhne aus der Stirn. Er konnte den Borschtsch nicht essen. Ihm blieb noch eine Stunde Zeit, bis er Elena Timofejewa treffen mußte, aber es war ihm längst klar, daß er es keine Minute länger zu Hause aushalten würde. Obwohl sie Geldsorgen hatten, wollte Sascha sich auf dem Weg etwas zu essen kaufen – vielleicht sogar eine Fleischpastete ohne Fleisch, falls diese zu bekommen war. Vor zwei Tagen hatte eine Frau mit weißer Schürze einen Stand im Gebäude der Journalisten-Gewerkschaft aufgebaut. Vielleicht war sie wieder dort.

Er hatte zwei Pasteten gekauft und die Frau gefragt, welches Fleisch sie verwendete. Angesichts ihres gequälten Lächelns hatte er seine Frage sofort bereut. Trotzdem hatte die Pastete nicht schlecht geschmeckt.

»Iß und antworte!« fuhr Lydia fort.

Sascha nahm ein Stück Brot und tat so, als tunke er es in die Suppe. Pultscharia tunkte ebenfalls ihr Brot in die Suppe. Als sie es zum Mund führte, tropfte die Flüssigkeit auf Saschas Hose und ihr Kleid.

»Sie hat dich schmutzig gemacht«, seufzte Maja und reichte ihrem Mann eine Stoffserviette.

»Halb so schlimm. Ich muß jetzt sowieso gehen.«

Er setzte Pultscharia auf einen Stuhl und stand auf.

»Also?« fragte Lydia zum x-ten Mal. »Wie ist sie? Ich meine das junge ahnungslose Hühnchen, das Rostnikow dir aufs Auge gedrückt hat, während er ins Theaterstück seines Sohnes geht.«

Sascha blickte auf seine beste Hose hinunter. Der Fleck war

nicht zu übersehen. Er versuchte ihn ohne großen Erfolg wegzuwischen. »Sie ist älter als ich. Und Porfirij Petrowitsch bearbeitet einen wichtigen Fall. Er hat ein paar Stunden Freizeit verdient, damit... Warum streite ich mich überhaupt mit dir darüber?«

»Gut. Streiten wir nicht. Erzähl uns alles über sie, über diese Timofejewa.«

»Sie heißt Elena«, antwortete er. »Das habe ich dir schon gestern und vorgestern und...«

»Also?«

»Also, es geht ihr gut«, sagte Tkach. »Sie weiß nichts. Sie redet zuviel. Sie steht mir im Weg. Sie stellt zu viele Fragen. Wegen ihr beiße ich vielleicht morgen ins Gras, aber ihr geht's gut. Sind damit all deine Fragen beantwortet?«

»Ist sie hübsch?« erkundigte sich Lydia. Maja fand die Frage offenbar interessant, denn sie sah ihren Mann mit hochgezogenen Brauen an.

»Sie ist fett«, sagte Tkach.

»Trotzdem kann sie hübsch sein«, entgegnete Lydia.

»Ich bin fett«, warf Maja ein.

»Du kriegst ein Kind. Du bist bald wieder schlank«, erklärte Sascha und ging zur Tür. »Du bist nicht hübsch. Du bist schön.«

Pultscharia fischte mit den Fingern in der Suppe herum.

»Erinnert ihr euch an Ida Iwanowa Portow? Die Frau von Boris, dem Kollegen eures Vaters. Sie war fett, aber hübsch. Ich erinnere mich noch gut, wie dein Vater sie angesehen hat.«

»Ben«, unterbrach Sascha sie und zog den Mantel an. »Vaters Kollege hieß Ben, nicht Boris.«

»Du kommst vom Thema ab«, mischte Maja sich ein. »Deine Mutter hat gefragt, ob Anna Timofejewas Nichte hübsch ist.«

»Ist Genossin Anna hübsch?« fragte er.

»Würdest du bitte Fragen nicht immer mit einer Gegenfrage beantworten?« entgegnete Maja und wurde ebenfalls laut.

»Du regst deine Frau auf!« sagte Lydia.

Pultscharia fing zu weinen an.

»Sie ist bildschön«, zischte Sascha. »Sie ist einfach umwerfend. Sie ist wie ein Gemälde von Rubens. Ich möchte sie leidenschaftlich lieben. Eigentlich sollten wir im Café Nikolai in der Gorkistraße Informationen über die vermißte Araberin sammeln, aber zum Teufel damit. Wir werden uns irgendwo im Schnee lieben.«

»Was redet du da?« schrie Lydia aufgebracht. »Es schneit ja nicht mal.«

»Du hast das Kind zum Weinen gebracht«, sagte Maja. Pultscharia kletterte auf den Bauch der Mutter und lutschte Daumen.

Sascha stand an der Tür und sah die drei Generationen von Frauen an, die sein Leben bestimmten; ein Leben, das schneller verstrich, als es ihm lieb sein konnte. Plötzlich wünschte er sich sehnlich einen Sohn.

»Deine Frau braucht Ruhe!« brüllte Lydia.

»Schon gut«, sagte Sascha und machte die Tür auf. »Heute nacht soll sie ihre Ruhe haben. Ich komme nicht nach Hause. Ich schlafe an meinem Schreibtisch.«

»Sascha«, begann Maja kopfschüttelnd und strich tröstend über Pultscharias Kopf. »Sei doch nicht...«

Aber Sascha stand bereits im Flur und warf die Tür hinter sich zu, bevor sie den Satz vollenden konnte.

»Was ist denn mit dem los?« wunderte sich Lydia.

»Er wird in zwei Tagen dreißig und will nicht erwachsen werden«, erklärte Maja und fuhr mit dem Finger über Pultscharias Nasenrücken.

»Aber er spricht Französisch«, empörte sich Lydia. »Außerdem hat er seine Suppe nicht gegessen.«

Da es auf diese beiden Kommentare keine vernünftige Antwort gab, zuckte Maja nur resigniert mit den Schultern. Sie war ziemlich sicher, daß Sascha zurückkommen, zu ihr ins Bett kriechen, sie umarmen und sich selbst dann entschuldigen würde, wenn er wußte, daß sie ihn nicht hören konnte, weil sie fest schlief. Und falls er tatsächlich eine Nacht an seinem Schreibtisch verbrachte, war das für ihn nicht das Schlechteste. Auch wenn es bedeutete, daß Maja am darauffolgenden Morgen Lydia allein gegenübertreten mußte.

»Ich bin sehr müde«, seufzte Maja. »Ich helfe dir mit dem Geschirr, bringe Pultscharia ins Bett und lege mich dann auch hin.«

»Das Geschirr übernehme ich«, erklärte Lydia und räumte die Suppe ab, die keiner gegessen hatte. »Bring du meinen süßen Schmetterling ins Bett. Ich muß heute abend sowieso noch mal weg.«

Maja verkniff sich die Frage, wohin ihre Schwiegermutter noch wollte. Ein Abend, an dem sie nicht reden mußte, war ein Luxus, auf den sie kaum zu hoffen wagte. Lydia war eigentlich sehr hilfreich gewesen, seit der Arzt Maja strenge Ruhe verordnet hatte. Der Preis für diese Hilfe war allerdings mehr, als Maja ertragen konnte.

Trotzdem fragte sie sich, was Lydia plötzlich noch vorhaben mochte.

Theater- oder Kinobesuche waren für Porfirij Petrowitsch problematisch. Das war der Grund, weshalb er selten ins Theater oder Kino ging, obwohl er beides liebte. Während eines Films konnte er wenigstens aufstehen, sich etwas Bewegung verschaffen. Im Theater waren diese Möglichkeiten sehr eingeschränkt. Das Publikum fühlte sich schnell gestört.

Aber diesmal handelte es sich um ein Theaterstück, das sein Sohn geschrieben hatte, und Rostnikow war entschlossen, die Premiere durchzustehen, obwohl er die Bemerkung seines Sohnes, eine zweite Vorstellung werde es vermutlich schon nicht mehr geben, nicht ernst nahm.

Der Zug aus Arkusch war mit Verspätung in Moskau eingetroffen. Rostnikow hatte daher beschlossen, ein Taxi zu nehmen, was sich als Fehler herausstellte. Es herrschte dichter Verkehr, und die Fahrt kostete ein Vermögen.

Als er die sechs Treppen erklommen hatte und die Wohnung an der Krasikow-Straße betrat, mußte er sich widerwillig eingestehen, daß er müde war.

Sarah saß am Tisch am Fenster, trank Tee und sah sich die Nachrichten im Fernsehen an. Im Zimmer war es kalt. Trotzdem kochte etwas auf dem Herd, das er nicht sofort identifizieren konnte, da ihn der Anblick seiner Frau fesselte. Sie trug ihr orangerotes Kleid. Ihr rotes Haar war seit der Operation wieder lang genug gewachsen, daß sie es aufstecken konnte. An ihren Ohrläppchen baumelten die blauen Ohrringe, die er ihr zu ihrem letzten Geburtstag geschenkt hatte. Sie war sorgfältig geschminkt, und ihre Augen leuchteten vor Erregung und Vorfreude. Sie sah wieder ganz so aus wie die Sarah von früher, wie die Sarah vor all den Enttäuschungen, dem Schmerz und dem Tumor. Trotz seiner Müdigkeit spürte Rostnikow ein eindeutiges Verlangen.

»Du siehst wunderschön aus«, sagte er.

»Schmeichler.«

»Nein«, wehrte er ab. »Nein, wirklich nicht. Hätten wir Zeit, und wärst du einverstanden, könnte ich dir beweisen, daß ich es ehrlich meine.«

»Danke, Porfirij Petrowitsch.«

Wie lange war es her, seit er zum ersten Mal dieses offene Lächeln in Sarahs Gesicht gesehen hatte? Sie hatte sich nur Sorgen gemacht, während Josef bei der Armee Dienst getan hatte, während seiner Zeit in Afghanistan, während der drohenden Verpflichtung nach Tschernobyl – eine Folge von Rostnikows allzu häufigen Auseinandersetzungen mit dem KGB. Sie war deprimiert gewesen, als es ihm nicht gelang, eine Ausreiseerlaubnis nach Israel zu erhalten. Sie hatte ihre sprühende Energie verloren, zugenommen und ihren Job in der Musikalienhandlung aufgeben müssen. Fast ein ganzes Jahr vor der Operation hatte sie nur sporadisch gearbeitet und gelegentlich Geschirr für einen Cousin verkauft.

Jetzt war Josef wieder zu Hause. Josef war in Sicherheit, war ein Bühnenautor und Schauspieler. Sarah erholte sich sichtlich von ihrer Krankheit, ohne das Gewicht wieder zuzulegen, das sie nach der Operation verloren hatte.

Sogar ihre Entschlossenheit kehrte zurück. Insgeheim hatte sie beschlossen, das Thema Emigration wieder aufzugreifen, sobald sie völlig genesen war. Die Grenzen waren offen. Vielleicht konnte selbst ein Polizist Rußland jetzt verlassen.

»Warum sagst du nicht, daß ich spät komme?« erkundigte er sich und ging in Richtung Schlafzimmertür.

»Warum soll ich dir sagen, was du selbst am besten weißt. Aber es ist nicht zu spät, noch was zu essen, wenn du dich beeilst.«

»Wonach riecht es denn?« rief er aus dem Schlafzimmer. »Ist das...?« Er erschien mit nacktem, muskulösem Oberkörper, ein Lächeln auf den Lippen und das Sweatshirt und ein Handtuch in der rechten Hand in der Tür.

»Ich konnte nur ein halbes Hühnchen kriegen«, erklärte Sarah. »Und was die Pflaumensauce angeht, mußte ich improvisieren und...«

»Hühnchen Tabaka«, sagte Rostnikow prompt. Es war sein Lieblingsessen. Das Hühnchen wurde unter einer schweren Metallplatte gebraten und mit einer besonderen Pflaumensauce und eingelegtem Kohl serviert.

Wenn Sarah diese Mahlzeit für Rostnikow zubereitete, bedeutete das gewöhnlich, daß sie etwas von ihm wollte. Rostnikow beschloß, ihr jeden Wunsch zu erfüllen.

In den Nachrichten kam die Meldung von der Ermordung Vater Merhums.

Sarah schaltete den Fernsehapparat aus.

»Du bist einkaufen gewesen?« erkundigte sich Rostnikow.

»Ja, mit Sophie.«

Rostnikow ging zum Eckschrank und drehte sich zu seiner Frau um.

»Habe ich noch Zeit?« erkundigte er sich.

»Meinst du, ich könnte dich heute abend ertragen, wenn du keine Zeit mehr zum Trainieren hättest?« sagte sie.

»Zehn Minuten«, sagte er. »Vielleicht auch zwölf. Keine Sekunde länger.«

»Zwölf Minuten sind in Ordnung.«

»Du bist wunderschön.«

»Und du siehst wie ein kleiner Bär aus. Du hast das Glück, daß ich kleine Bären von jeher geliebt habe.«

»Ja, da hatte ich Glück«, stimmte er zu. Er öffnete den Schrank, nahm die Thermomatte, die Gewichte und die Stange heraus. Dann schlug er die Decke über der Trainingsbank zurück und bereitete alles für seine täglichen Übungen vor. »Hat jemand angerufen?« erkundigte er sich zwischendurch.

»Nuretskow aus dem vierten Stock. Die Toilette macht komische Geräusche.«

»Toiletten sind doch stets eine Herausforderung«, bemerkte Rostnikow.

»Und Lydia Tkach.«

Rostnikow seufzte aus tiefer Brust.

»Sonst nichts«, sagte Sarah.

»Zwölf Minuten«, murmelte Rostnikow und griff nach einer Kassette.

Seit Jahren absolvierte Rostnikow sein tägliches Training zur Musik von Bach oder Rimskij-Korssakow. Erst seit kurzem, seit

Sarahs Krankheit, hatte er seine Vorliebe für melancholische Opernarien, Chansons von Edith Piaf und den Blues schwarzer Amerikanerinnen wie Dinah Washington entdeckt. Obwohl er Polizist war, hatte Rostnikow teuer für die Kassetten bezahlt. Allerdings war dies seine einzige kostspielige Schwäche.

Er steckte seine neueste Erwerbung, eine Kassette von Dinah Washington, in den Apparat und drückte auf den Knopf.

Weder Porfirij noch Sarah sprachen in den folgenden zehn Minuten ein Wort. Rostnikows Training war eine Form der Meditation. Sie erstreckte sich auch auf das geduldige Auswechseln der Gewichte nach jeder Einzelübung, da Rostnikows Auswahl an Gewichten beschränkt war. Bei jeder Übung folgte er demselben Rhythmus und derselben Prozedur und verlor sich in Musik und Konzentration auf jede Bewegung seiner Muskeln. Das Stoßen war für ihn aufgrund seines Beines problematisch, obwohl er fast zweihundertdreißig Pfund auflegen konnte. Beim Reißen schaffte er sogar dreihundertvierzig Pfund, wobei er allerdings das ganze Gewicht auf sein rechtes Bein verlagerte. Trotzdem war Rostnikow überzeugt, daß er noch steigerungsfähig gewesen wäre, hätte er mehr Gewichte im Schrank unterbringen können. Aber so blieb ihm nichts anderes übrig, als die Wiederholungen zu steigern, so daß seine Trainingszeiten immer länger wurden. An diesem Abend absolvierte er eine stark verkürzte Form des Trainings. Aus diesem Grund nahm er sich vor, am nächsten Morgen früher aufzustehen und das Versäumte nachzuholen.

Die Musik durchflutete seinen Körper, während er sich bewegte. Eine Stimme sang hoch, klagend und durchdringend von käuflicher Liebe. Rostnikow zählte, ohne zu zählen. Sein Körper sagte ihm, wann er seine Grenzen erreicht hatte. Wenn sein Gesicht gerötet war, seine Venen purpurrot an seinen Armen und der Stirn hervortraten, sein Atem nur noch stoßweise ging, waren die letzten beiden Übungen erreicht.

In diesem Augenblick der Befriedigung wandte Sarah sich ab. Sie konnte diese Mischung aus Schmerz und Ekstase im Gesicht ihres Mannes nicht ertragen.

»Fertig«, sagte er, wischte sich die Stirn mit dem Handtuch und griff nach dem Kassettenrecorder. Er ließ Dinah Washington die Strophe zu Ende singen, dann stellte er das Gerät aus.

Acht Minuten später, nachdem Rostnikow sich hastig kalt geduscht, rasiert und seinen guten Anzug angezogen hatte, setzten sie sich zum Essen nieder, unterhielten sich über den toten Priester und Sarahs Cousin Aaron, der gerade die Erlaubnis erhalten hatte, nach Israel zu emigrieren. Sarah hatte das Thema eigentlich meiden wollen, aber sie waren doch irgendwie dabei gelandet.

»Mich lassen sie niemals gehen, Sarah«, sagte Rostnikow. Er genoß sein Essen, obwohl er die fehlenden Zutaten vermißte. Er wußte zu schätzen, was Sarah für diese Mahlzeit auf sich genommen hatte – die langen Warteschlangen, der Kampf um ein halbes Hühnchen. »Auch wenn die Auswanderungsgesetze jetzt wesentlich liberaler sind. Sie können es nicht riskieren, daß ich ihre Geheimnisse ausplaudere.«

»Aber es ist einen Versuch wert. Was können wir verlieren?«

»Vielleicht nichts«, antwortete er. »Vielleicht auch unser Leben.«

»Es hat sich einiges geändert«, entgegnete sie leise.

»Die Gesichter im Kreml haben sich geändert. Die Namen der Nationen, Städte, Straßen haben sich geändert. Die Menschen sind dieselben geblieben. Ich kenne einen siebzigjährigen Dieb namens Mischa. Er nennt sich jetzt Juri, hat sich die Zähne richten lassen und sich anständige Klamotten beschafft. Alle finden, daß er sehr respektabel aussieht, aber...«

»...er ist noch immer ein Dieb«, schloß Sarah.

»Ich habe dir schon von Mischa erzählt«, murmelte Rostnikow und kratzte mit dem Löffel den letzten Rest süßer Sauce aus.

»Mehrfach«, gestand Sarah. »Und jedesmal hatte die Geschichte eine andere Pointe. Heute bist du ungewöhnlich zynisch.«

»Das tut mir leid.«

»Das ist nur die halbe Wahrheit«, widersprach Sarah lächelnd. »Du willst einerseits, daß ich glücklich bin. Andererseits war es nie dein Wunsch, Rußland zu verlassen.«

»Josef...«

»...ist erwachsen«, fiel Sarah ihm ins Wort. »Wir könnten ihn bitten, mit uns zu gehen.«

»Und wenn er ablehnt?«

»Du könntest ihn überreden.«

Rostnikow zuckte mit den Schultern und aß weiter. Sie begaben sich mit diesem Gespräch auf ein gefährliches Pflaster. Die zerbrechlich schöne Stimmung des Abends war in Gefahr. »Wir müssen gehen«, erklärte Rostnikow und stand auf. »Das Essen war wunderbar, köstlich, eine echte Überraschung. Wir räumen später auf.«

Die U-Bahn zu nehmen kam nicht in Frage. Es herrschte kaum noch Verkehr. Es regnete nicht. Die Nacht war kalt und klar. Es war ein besonderer Abend, ein Abend für ein Taxi.

In der *Prawda* hatte gestanden, daß die Vorstellung um neunzehn Uhr beginnen sollte. Josef hatte die Eltern jedoch gebeten, früher zu kommen. Schließlich waren sie fünf Minuten, bevor der Vorhang aufgehen sollte, im Theater.

Josef stand ohne Mantel an der Straße und hielt nach ihnen Ausschau, als das Taxi kam. »Ihr seid spät dran«, begrüßte er sie und half seiner Mutter aus dem Wagen.

Josef war einen Kopf größer als sein Vater. Er hatte dessen kräftige Statur geerbt, war jedoch wenige Monate nach seiner Entlassung aus der Armee ausgesprochen schlank, was ihn wiederum der Mutter sehr ähnlich machte. Josef war für die Vorstellung bereits dezent geschminkt, was seinen Vater im ersten Augenblick befremdete.

»Du siehst bezaubernd aus«, sagte Josef zu seiner Mutter, als Rostnikow den Taxichauffeur bezahlte.

»Na, bitte«, murmelte Rostnikow. »Hab' ich's nicht gesagt?«

Sarah lächelte. Josef führte sie an der Kasse vorbei zu ihren Plätzen im ausverkauften kleinen Theater. Sie saßen rechts vom Mittelgang direkt vor der Bühne, damit Porfirij Petrowitsch ungeniert sein Bein ausstrecken konnte.

»Ich komme nach der Vorstellung zu euch«, versprach Josef.

Im Publikum waren alle Altersklassen vertreten, doch die Jugend stellte zweifellos die Mehrheit.

Josef war bereits die Hälfte des Mittelgangs hinaufgegangen, als er zurückkehrte. »Es braucht noch etwas Schliff, besonders der erste Akt. Vermutlich ist er zu lang. Habt Geduld.«

»Geh auf die Bühne!« sagte Rostnikow und berührte den Arm seines Sohnes.

Wenige Minuten später wurde es still im Zuschauerraum. Die Scheinwerfer blitzten auf, und der Vorhang öffnete sich.

Drei junge Soldaten und ein älterer Mann waren auf der Bühne. Der ältere Mann sah wie ein Araber aus. Er trug eine fremde und doch vertraute Uniform. Der Araber war an einen Stuhl gefesselt.

Im ersten Akt stritten die Soldaten darüber, wie sie mit dem afghanischen Rebellen verfahren sollten. Ein Soldat war dafür, ihn zu töten, und zählte die Grausamkeiten auf, die die Rebellen begingen. Ein anderer, den Josef darstellte, wollte ihn foltern, um Informationen aus ihm herauszupressen. Der dritte Soldat war dafür, ihn freizulassen.

Der Afghane, der gebrochen Russisch sprach, behauptete, kein Freiheitskämpfer zu sein und nichts zu wissen.

Am Ende des ersten Akts waren der Afghane und der Soldat,

der ihn freilassen wollte, allein auf der Bühne. Der Afghane gestand, daß er russische Soldaten getötet hatte und, falls er nicht hingerichtet werde, dies auch so lange weiter tun werde, bis sein Land befreit sei.

Der mitfühlende Soldat sagte, der Afghane erinnere ihn an seinen Vater.

Der verständnisvolle Soldat befand sich in einem Dilemma, das allen klar war, als der Vorhang fiel. Loyalität zu seinem Land und seinen Mitkämpfern und das Verständnis für den Mann, der ihn an den Vater erinnerte – ein Mann, der wesentlich einleuchtendere Prinzipien vertrat als die sowjetischen Soldaten –, stritten in seiner Brust. Der verständnisvolle Soldat hütete von jetzt an ein schreckliches Geheimnis.

Die Zuschauer applaudierten höflich und strömten ins Foyer, wo Getränke ausgeschenkt wurden.

»Josef ist ein guter Schauspieler«, bemerkte Sarah.

»Der, der den Wascha, den verständnisvollen Soldaten, spielt, ist ein ausgezeichneter Schauspieler«, sagte Rostnikow. »Gefällt dir das Stück?«

»Natürlich«, erwiderte Sarah. »Er hat Angst, daß es dir nicht gefällt.«

»Ich sage ihm schon die Wahrheit«, behauptete Rostnikow.

»Wenn nötig auch eine Lüge«, entgegnete Sarah und gab ihm einen Kuß auf die Wange.

»Bis jetzt gefällt's mir«, sagte Rostnikow, als sie im Gedränge das Foyer erreicht hatten.

Als sie an der Getränkebar Schlange standen, sagte jemand hinter ihnen: »Rufen Sie eigentlich nie zurück, wenn man Sie anruft?«

Rostnikow und Sarah wußten beide sofort, wer hinter ihnen stand. Und da Lydia Tkach so laut gesprochen hatte, drehten sich viele andere mit ihnen um. Lydia trug ein grünes Kleid mit grüner Halskette, die in den Rüschen ihres Kleides beinahe verschwand. In ihrer rechten Hand hielt sie einen zerknitterten Mantel.

»Schön, Sie zu sehen«, log Rostnikow. »Meine Frau Sarah kennen Sie ja.«

»Natürlich«, schrie Lydia ihm ins Ohr und griff nach Sarahs Hand. »Die Jüdin mit dem Gehirntumor. Freut mich, Sie wiederzusehen.«

Rostnikow sah seine Frau an. Zu seiner Erleichterung lächelte sie.

»Wie lieb, daß Sie sich das Theaterstück unseres Sohnes ansehen«, bemerkte Sarah. »Gefällt es Ihnen?«

»Theaterstücke über Geheimnisse mag ich nicht«, erklärte sie lauthals. »Da wird mir zuviel geflüstert. Im Kino ist das besser.«

»Vielleicht können wir Josef überreden, einen Film zu schreiben – einen lauten Film«, erwiderte Rostnikow. »Darf ich Sie zu einer Tasse Kaffee einladen?«

»Ich bin nicht wegen des Stücks hier«, gestand Lydia. »Ich wollte mit Ihnen sprechen.«

»Das ist mir auch schon in den Sinn gekommen«, sagte Rostnikow. »Eine Tasse Kaffee?«

»Pepsi-Cola«, entgegnete Lydia.

Sie waren an der Reihe. Rostnikow bestellte drei Gläser Pepsi-Cola. Sie schlenderten ins Foyer zurück.

Die Pause sollte zehn Minuten dauern. Rostnikow wußte, daß knapp fünf Minuten bereits vergangen waren. Er wandte sich höflich Lydia zu.

»Sie bringt meinen Sohn um«, erklärte Lydia laut genug, um die Aufmerksamkeit aller Umstehenden zu erregen.

»Wer ist ›sie‹?« fragte Rostnikow.

»Die naive Kleine, die Sie ihm als Kollegin zugeteilt haben. Sie will ihn verführen. Sie schafft es sicher bald, daß man ihn umbringt. Sascha ist ein verheirateter Mann und bald Vater von zwei Kindern. Ich finde, in Rußland sollte man keine zwei Kinder haben. Aber ich werde ja nicht gefragt. Ich hab's ihnen zwar gesagt, aber da war's schon zu spät. Er benimmt sich... Inspektor, ich glaube, mein Sohn hat Angst.«

Die schrille Penetranz ihrer Stimme hatte bei ihrem letzten Satz eine deutlich verzweifelte Nuance angenommen. Sarah legte ihr die Hand auf die Schulter. Lydia biß sich auf die Unterlippe, um nicht zu weinen.

»Jetzt ist er mit dem Mädchen unterwegs zu einer Bar, Nikolai, um eine Türkin zu suchen«, fuhr Lydia bedeutend leiser fort. Sie sah Rostnikow an. »So habe ich ihn noch nie erlebt. Er hat Angst. Und er weiß es nicht mal. Das macht ihn wütend. Bei seinem Vater war's genauso.«

Es war Zeit, zum zweiten Akt in den Zuschauerraum zurückzukehren. Die Menge drängte zu den Flügeltüren.

»Wir sprechen nach dem nächsten Akt weiter«, sagte Sarah und legte den Arm um die ältere Frau.

»Ich muß nach Hause zurück«, seufzte Lydia. »Maja und die Kleine brauchen mich. Sie sind ungern allein. Außerdem verstehe ich das Geflüster sowieso nicht. Spielt Ihr Sohn mit? Welcher ist es?«

»Der, der foltern möchte. Der Große mit dem kurzen braunen Haar«, antwortete Sarah.

»Sagen Sie ihm, daß er lauter reden soll«, erklärte Lydia und wandte sich an Rostnikow. »Würden Sie etwas für meinen Sohn tun? Sie haben auch nur ein Kind. Ich habe nur ein Kind.«

»Ich kümmere mich darum«, versprach Rostnikow.

»Lügt Porfirij Petrowitsch?« fragte Lydia Sarah.

Lydia nickte, sah Rostnikow an und blieb skeptisch. Sie zog ihren Mantel an.

»Ich kümmere mich darum«, wiederholte Rostnikow.

Außer den dreien waren alle wieder auf ihren Plätzen.

Lydia nickte den beiden zu und verschwand in der Dunkelheit.

»Was willst du tun?« erkundigte sich Sarah.

»Jetzt? Jetzt sehe ich mir an, wie der Afghane stirbt und ein sehr wütender Soldat, der Blut sehen wollte, dafür verantwortlich gemacht wird, obwohl er damit nichts zu tun hat. Der desillusionierte, verständnisvolle Soldat wird als Mörder entlarvt. Er hat den Mann, der seinem Vater so ähnlich ist, umgebracht, weil er die Vorstellung nicht ertragen konnte, daß ihn jemand umbringt, der ihn nicht achtet.«

»Hat Josef dir das Stück zu lesen gegeben?« erkundigte sich Sarah, als sie im abgedunkelten Zuschauerraum zu ihren Plätzen gingen.

»Nein«, erwiderte Rostnikow. »Aber ich bin Polizist, und er ist mein Sohn.«

»Du könntest dich täuschen«, gab sie zu bedenken.

»Vermutlich täusche ich mich«, pflichtete er bei. »Aber ich würde das Stück so schreiben.«

»Was willst du wegen Sascha Tkach unternehmen?« flüsterte Sarah.

»Ruhe!« zischte jemand von hinten, was Porfirij Petrowitsch die Antwort ersparte.

10

Sascha beobachtete die Mädchen. Ihre langen Haare flogen wild im Rhythmus der Musik und fielen ihnen über die Augen. Die Zähne blitzten weiß auf im gedämpften Licht des Café Nikolai.

Die Mädchen tanzten mit hageren Männern, miteinander oder allein. Körper berührten sich, strebten auseinander und fanden sich erneut. Einen einheitlichen Stil konnte Sascha nicht erkennen, obwohl mindestens drei der Mädchen schwarze Strümpfe mit Blumenmuster und hautenge Röcke trugen, die beinahe wie Shorts wirkten.

Das Licht sollte eine intime Atmosphäre schaffen. Es sollte die Augenhöhlen mit einem vollen gelblichen Schein füllen. Die Musik tönte laut und schrill wie vibrierendes Metall. Die Instrumente klangen beinahe wütend, als würden sie unaufhörlich gestimmt werden und könnten den gewünschten Ton doch nie treffen.

Die Mädchen, einige mit grellblond gefärbtem Haar, aufgemacht wie die Filmstars aus Frankreich und Amerika der fünfziger Jahre, in hautengen Seidenblusen, die Größe und Form ihrer Brüste deutlich sichtbar machten, und Schlauchröcken, bewegten sich rhythmisch und lächelten geheimnisvoll.

»Sehen Sie sie?« fragte Elena. Sie und Sascha saßen am Ende der Bar und versuchten ihr warmes, dunkles Bier möglichst lange nicht auszutrinken.

»Nein«, erwiderte Sascha.

»Ich bewundere den Eifer, mit dem Sie jedes Gesicht, jeden Körper mustern«, sagte sie. »Sie nehmen vermutlich an, die Araberin könnte sich als Russin verkleidet haben.«

»Sie ist nicht hier«, bekräftigte Sascha und wandte den Blick vom Tanzpodium. Er sah zu den dicht besetzten Tischen hinüber. Jungen im Teenageralter in engen Kunstlederjeans warfen sich vor den Mädchen mächtig ins Zeug. Und die Mädchen lachten zu laut, als daß es echt geklungen hätte.

Es herrschte akuter Platzmangel, und über dem Gelächter und der Musik, die bis zur Bar herüberdröhnte, verstand man sein eigenes Wort nicht mehr.

Die Frau namens Tatjana, mit der sie am Vormittag gesprochen hatten, war nicht da. Zwei junge Männer, die beim näheren Hinsehen gar nicht mehr so jung waren, bedienten an der Bar. Mädchen in weißen Blusen, die jünger waren, als es den Anschein hatte, servierten an den Tischen.

»Noch ein Bier?« erkundigte sich einer der Männer hinter der Bar mit der Miene des Mannes von Welt, der für Saschas Langeweile im Nikolai Verständnis hatte.

Sascha sah ihn an. Er hatte fleckige, schlechte Zähne.

»Wir haben noch nicht ausgetrunken«, sagte Elena und hob ihr Glas hoch.

Der Barkeeper zuckte mit den Schultern und ging zu einem anderen Kunden an der Bar. Der Mann war ungefähr vierzig, trug eine künstliche Blume hinter dem Ohr und hielt ein leeres Glas hoch.

In der Wand hinter dem Tanzpodium war eine Tür. Diese Tür lag halb verborgen hinter einem senfgelben Perlenvorhang. Die Perlschnüre teilten sich plötzlich, und Tatjana betrat das Lokal und sah sich angewidert um. Sie blieb kurz stehen, um sich eine Zigarette anzuzünden, bahnte sich dann einen Weg durch die Tanzenden, berührte hier eine Brust, dort ein Hinterteil und tauschte ein intimes Lächeln mit jedem Mädchen, an dem sie vorbeikam.

Tatjana trug ihr gelbblondes Haar hochgesteckt. Ihr Nacken schimmerte wie weicher, verwitterter Marmor.

Elena beobachtete die Frau auf ihrem Weg zur Bar. Es war dieselbe Frau wie am Vormittag, und doch war sie verändert. Sie hatte eine dicke Make-up-Schicht aufgelegt, ihre Kleidung war figurbetont, aber nicht anrüchig. Tatjana war zwanzig Jahre älter als sämtliche Gäste auf der Tanzfläche, und Elena spürte, daß diese Frau die vorgetäuschten Gefühle der jüngeren Leute durchschaute und daher keine Notwendigkeit sah, sich zu verstellen. Tatjanas Blick schweifte über die Menge und fiel auf Elena und Sascha.

»Falls sie wieder durch den Perlenvorhang verschwindet, folgen Sie ihr«, zischte Sascha. »Ich gehe durch den Vorderausgang und fange sie am Hinterausgang ab.«

Elena sagte nichts. Sie hatten die Hintertür besichtigt und die tiefliegenden Fenster überprüft, bevor sie das Nikolai betreten hatten. Seitdem saßen sie an der Bar. Und da sie die einzigen Gäste waren, die keinen Versuch machten, die Aufmerksamkeit auf sich zu lenken, hatten schon viele in ihre Richtung gesehen.

Elena stellte ihr Glas ab und beobachtete, wie sich Tatjana weiter ihren Weg durch die Gäste bahnte. Tatjana machte weder kehrt, noch wandte sie den Blick von Elena. Unbeirrt glitt sie an den sich rhythmisch bewegenden Rücken der Tanzenden vorbei. Als sie den Gast mit der Blume hinter dem Ohr erreicht hatte, sah dieser von seinem Glas auf und in den Spiegel hinter der Bar.

»Tatjana!« rief er, drehte sich um und legte den Arm um ihre Taille. Elena erwartete, daß Tatjana den Betrunkenen von sich stoßen oder ihn mit ein paar Worten zur Räson bringen würde. Statt dessen lächelte sie nur, nahm die Zigarette aus den blutrotgeschminkten Lippen und küßte ihn heftig und mit geöffnetem Mund. Die Umstehenden johlten und applaudierten. Als sie ihren offenen Mund von seinen Lippen löste, sank der Betrunkene auf seinem Hocker zurück, nahm die Blume von seinem Ohr und steckte sie in den Mund.

»Sie sehen wie Polizisten aus«, erklärte Tatjana und stellte sich neben Elena. »Das ist schlecht fürs Geschäft. Meine Kunden erkennen jeden Polizisten. Sie könnten sich ein anderes Lokal suchen.«

»Sie haben den Syrer angerufen«, entgegnete Elena und wich vor der Berührung mit Tatjanas Schulter zurück.

Tatjana zuckte mit den Achseln und sah über Elena hinweg zu

Sascha, der sie schweigend musterte. »Ein Lächeln würde Ihnen verdammt gut stehen.«

»Das kommt schon noch. Vermutlich ist mir erst danach zumute, wenn ich alle hier auffordere, in fünf Minuten das Lokal zu verlassen«, erwiderte Sascha. »Sie haben den Syrer angerufen.«

»Ich habe den Syrer angerufen, ja«, stimmte Tatjana zu. »Wem sehe ich ähnlich?« Sie warf einen Blick in den Spiegel hinter der Bar.

Elena folgte ihrem Blick und betrachtete das Spiegelbild eingehend. Tatjana hatte die Augenlider halb geschlossen und die Zigarette im Mundwinkel. Ihre Lippen waren voll und rot. »Der Dietrich«, beantwortete sie schließlich selbst ihre Frage.

Tatjana sah Elena und Sascha im Spiegel an, konnte jedoch keine positive Reaktion feststellen. »Marlene Dietrich«, präzisierte Tatjana.

»Wissen Sie, wo sich das Mädchen aufhält?« fragte Sascha.

»Hier sind offenbar alle zu jung«, seufzte Tatjana kopfschüttelnd. »Möchten Sie was trinken? Geht auf Kosten des Hauses.«

»Wir haben schon zu trinken«, wehrte Elena ab.

»Das ist doch Wasser«, flüsterte Tatjana Elena ins Ohr. Der Atem der Frau war warm und roch süßlich. Elena zwang sich, sich nicht zu rühren.

»Sie haben den Syrer angerufen«, wiederholte Sascha. »Wissen Sie, wo das Mädchen ist? Wenn Sie nicht antworten, bringe ich Sie in eine kleine Zelle im Distrikt 11, wo Sie die ganze Nacht auf einer schmalen Bank bei Scheinwerferlicht nachdenken können.«

Tatjana lächelte. »Sie kommen ein Jahr zu spät, mein hübscher Polizist. So was zieht nicht mehr. Man wird sich über Sie beschweren, und Sie müssen zur Strafe fünfmal ›Ein Hoch auf Jelzin‹ rufen.«

»Sie sind betrunken«, sagte Elena.

»Ich bin stoned«, korrigierte Tatjana.

»Wie bitte?« fragte Elena. Tatjanas Gesicht kam näher.

»Ihr Kollege ist sehr hübsch«, erklärte sie. »Aber Sie sind – wie heißt es doch auf Französisch? – *plantureuse et douce*.«

Elena war verwirrt.

»Sie sagt, Sie seien sehr rund und weiblich und entzückend«, übersetzte Sascha.

»*Est-ce que vous parlez français?*« erwiderte Tatjana und wandte sich Sascha zu.

»*Oui, je le comprends*«, schrie Sascha gegen die Musik an. »Sie können in Französisch oder Russisch antworten, aber Sie werden antworten. Ich frage noch einmal, dann stelle ich mich auf die Theke, zerschlage den Spiegel und werfe alle raus!«

»Ich habe eine bessere Idee«, sagte Tatjana und sah Elena in die Augen. »Warum gehen wir drei nicht nach hinten, klettern auf die Bierkisten und ziehen uns nackt aus?«

»Wo ist das Mädchen?« bohrte Elena weiter.

Tatjana sah triumphierend an ihr vorbei zu Sascha. »Haben Sie gehört? Das kleine Tremolo in ihrer Stimme? Die Versuchung ist groß für unsere *petite choute*.«

Der Mann neben Sascha hatte ihm den Rücken zugekehrt und unterhielt sich ernst mit einem jungen Mädchen mit langem schwarzen Haar. Sascha stieß den Gast zur Seite und kletterte auf die Theke.

Köpfe wandten sich in seine Richtung, viele Mienen verzogen sich zu einem Lächeln. Ein paar Gäste applaudierten. Sie glaubten, ein Betrunkener wolle eine Vorstellung geben. Sascha sah auf Tatjana herab, die Elena etwas zuflüsterte.

»Ruhe!« brüllte Sascha und strich sich das Haar aus der Stirn. Niemand hörte auf ihn.

»Kommen Sie da runter«, sagte Tatjana. »Sie tun sich nur weh!«

»Ich bin von der Polizei«, schrie Tkach und bückte sich nach seinem Glas mit dem warmen Bier.

»Sting ist unter uns!« rief eine Jungenstimme, und die Umstehenden, die ihn verstanden, brüllten vor Lachen.

Sascha warf das Glas gegen den Spiegel. Ein Scherbenregen ging über die Barkeeper und Gäste an der Theke nieder, die hastig Köpfe und Augen bedeckten.

»Runter mit Ihnen, Tkach!« zischte Elena und zog ihn am Bein. Das Meer von Gesichtern um sie herum begriff allmählich, daß das Ganze doch nicht der Scherz eines Betrunkenen war. Die Band hörte prompt auf zu spielen. Nur ein Gitarrist mit abstehenden Haaren schlug weiter den Rhythmus, bis ihm ein Kollege einen Stoß mit dem Ellbogen versetzte. Seine Gitarre gab einen letzten klagenden Ton von sich, dann schwieg auch sie.

Die Unterhaltung verstummte. Die Szene an der Bar schlug alle in ihren Bann.

»Wir sind von der Polizei!« schrie Sascha. »Die Bar ist geschlossen. Hier sind Devisen geschmuggelt worden.« Er zog seine Brieftasche heraus und hielt seinen roten Dienstausweis mit Foto hoch.

»Wirf ihn rüber, damit wir ihn uns ansehen können!« rief eine harsche Stimme aus dem Schatten.

»Nein, zieh die Hosen runter und zeig, was du hast!« kreischte eine Frau, was weiteres Gejohle auslöste.

Tatjana griff nach Saschas rechtem Bein und zerrte an seiner Hose. »Runter!« rief sie. »Kommen Sie sofort da runter. Ich rede mit Ihnen.«

»Wir reden, wenn alle gegangen sind«, brüllte Tkach. »Sie hatten Ihre Chance!«

»Leonid!« kreischte Tatjana, zerrte weiter an Tkachs Hosenbein, doch ihr Ruf ging im allgemeinen Tumult unter.

Elena packte Tatjana beim Handgelenk und zwang sie, Sascha

loszulassen. Tatjanas freie Hand fuhr augenblicklich Elena in den Schritt, und einer der Barkeeper versetzte Sascha einen Stoß von hinten. Er fiel nach vorn auf den Betrunkenen mit der Blume im Mund, und beide gingen zu Boden. Es roch faulig und säuerlich scharf, als er wieder auf die Beine zu kommen versuchte. Ein Stiefel traf ihn an der Brust. Sascha hatte das Gefühl, alle trampelten auf dem Weg zur Tür über ihn hinweg. Er kam sich wie ein Fußball vor, dem allmählich die Luft ausging. Frauen kreischten. Männer fluchten. Dann traf ihn ein Schlag hinters Ohr.

»Schlagt das Schwein nieder!« schrie Tatjana.

Mitten im Tumult traf ein Musikinstrument auf etwas Hartes und hallte wie ein Glockenspiel vielfach wider. Von rechts sauste eine Faust auf Sascha nieder und traf ihn an der Schläfe. Sascha sackte auf den Boden zurück.

Dann kam der nächste Stiefel, die nächste Faust. Sascha hob die Arme schützend vors Gesicht und versuchte sich zusammenzurollen, wie man es ihm beim Polizeitraining beigebracht hatte. Allerdings hatten sie ihm dort auch beigebracht, Situationen wie diese unter allen Umständen zu vermeiden.

Er zwang sich immer wieder, seine Rückenmuskeln zu entspannen, hielt die Knie umklammert und fühlte, wie etwas Hartes gegen die Knöchel seiner rechten Hand prallte. Sascha wartete auf den nächsten Schlag, wußte nicht, wo er landen würde, und fragte sich, ob Elena noch lebte. Der Schlag blieb aus. Es mußte ein Trick sein. Wenn er die Augen aufschlug und zur Seite rollte, würde ihm der Barkeeper mit den schlechten Zähnen sicher eine Bierflasche ins Gesicht schmettern.

Sascha zwang sich, zur Seite zu rollen und die Augen zu öffnen, nach Elena zu suchen, zu versuchen, ihr zu helfen. Über ihm hing frei in der Luft, einem Zaubertrick gleich, ein Mann mit verblüfftem Gesichtsausdruck. Im nächsten Augenblick, als habe ihn eine unsichtbare Hand losgelassen, sauste er an Saschas zusammengekrümmter Gestalt vorbei und schlitterte über einen Tisch. Ein anderer Mann, größer als der erste, flog über Tkach, ließ einen Furz, versuchte Halt zu finden und knallte krachend mit dem Rücken gegen die Theke.

»Sind Sie schwer verletzt, Sascha Tkach?« erkundigte sich Porfirij Petrowitschs Stimme. Rostnikow beugte sich über ihn.

Tkach ergriff die ausgestreckte Hand, die ihn problemlos auf die Beine zog. »Elena?« war seine erste Frage. Dann sah er sie.

Tatjana lag bäuchlings über der Theke, als wolle sie sich übergeben. Ihr Haar war verwirrt, eine Strähne hing ihr ins rechte Auge. Vom Perlenvorhang hinter der Tanzfläche kam ein Geräusch. Sascha wandte sich in die Richtung und stellte fest, daß er nur noch mit dem rechten Auge sehen konnte.

Vor dem Perlenvorhang stand ein Koloß von einem Mann in einer Lederjacke. Leonid Downik begegnete Rostnikows Blick. Rostnikow erkannte sofort, daß der Mann überlegte, ob er sich zurückziehen oder zum Angriff übergehen sollte. Auch mit einem Auge erkannte Sascha, daß trotz des Kahlschlags, den Rostnikow veranstaltet hatte, der Mann keine Angst zeigte. Das wiederum machte Sascha angst. Elena sah auf und begegnete ebenfalls Downiks Blick, der in ihre Richtung schweifte. Er musterte sie kurz, als wolle er sich ihr Gesicht einprägen, dann drehte er sich ohne Hast um und verschwand hinter dem Vorhang.

Die beiden Männer, die Rostnikow durch den Raum befördert hatte, lagen stöhnend auf dem Boden. Der eine hatte eine blutige Nase, der andere hielt sich den Rücken.

»Wie kommen Sie denn hierher?« fragte Tkach.

»Ihre Mutter hat mich im Theater aufgegabelt«, erwiderte Rostnikow. »Sie hatte Angst, daß Sie etwas Dummes, etwas Gefährliches anstellen könnten. Was natürlich absurd ist, wie wir beide wissen.«

Rostnikow streckte die Hand aus und berührte vorsichtig

Tkachs zugeschwollenes Auge. Tkach stöhnte vor Schmerz und zuckte zurück. Rostnikow schüttelte den Kopf. Er ging zu Elena an der Bar. »Sind Sie unverletzt, Elena Timofejewa?«

»Mit mir ist alles in Ordnung«, antwortete Elena. Ihre Stimme klang ruhig, aber Rostnikow entging der ängstliche, erregte Unterton nicht.

»Lassen Sie sie los«, befahl Rostnikow. Elena gab Tatjana frei, die sich aufrichtete und sich in ihrem Lokal umsah. Ihr Make-up war verschmiert.

»Das wäre nicht nötig gewesen«, sagte sie zu Elena. »Was habe ich euch denn getan? Ich habe mir einen Spaß gemacht, Ihnen gesagt, daß ich Sie attraktiv finde. Ist das ein Grund, mir hier den Laden zusammenzuschlagen?«

»Wir bedauern das«, erklärte Rostnikow und reichte ihr ein sauberes Taschentuch. Er selbst benutzte nie ein Taschentuch. Die Erfahrung hatte ihn jedoch gelehrt, daß ein Taschentuch bei einer weinenden Verdächtigen oder Zeugin sehr nützlich sein konnte. »Mein junger Kollege wird gerade zum zweiten Mal Vater.«

»Warum hat er das denn nicht gleich gesagt?« entgegnete Tatjana und drehte sich mit dem Taschentuch in der Hand um, um sich im Spiegel zu betrachten. Von dem Spiegel hinter der Bar war jedoch nicht mehr viel übrig.

»Er hat 'ne Menge Sorgen«, fuhr Rostnikow fort. »Darf ich mich setzen?«

»Wenn Sie einen intakten Stuhl finden, bitte«, erwiderte Tatjana.

»Ich habe ein schlimmes Bein«, erklärte Rostnikow, zog einen Stuhl heran und nahm Platz.

»Tut mir leid, aber den Schaden hier kann ich nicht übernehmen«, fuhr Tatjana fort. »Spiegel, Stühle... Wissen Sie, was das alles kostet? Vorausgesetzt, man kann sie kriegen.«

Rostnikow sah sich um. Die beiden Verletzten waren verschwunden. Das Lokal sah wirklich übel aus.

»Ganz zu schweigen von den entgangenen Einnahmen«, sagte Tatjana. »Ich bin kein Krösus.«

»Wo ist die Araberin? Wo ist Amira Durahaman?« fragte Elena. »Ihr Vater zahlt eine Belohnung, wenn Sie uns den richtigen Tip geben.«

»Sie hätten nicht über mich herfallen müssen, nur weil ich bei Ihnen Gefühle ausgelöst habe, die Sie bis dahin nicht kannten«, entgegnete Tatjana.

»Während meiner Studienzeit habe ich zweimal Frauen geliebt«, konterte Elena. »Es hat mich nur mäßig interessiert. Sie überschätzen sich.«

Sascha Tkach zog einen Stuhl heran und setzte sich neben Rostnikow. Beide Männer beobachteten die Frauen.

»Kriege ich die Belohnung?« wollte Tatjana wissen.

»Wenn es eine gibt«, sagte Elena.

»Ich hätte gern ein Glas Mineralwasser ohne Kohlensäure. Haben Sie so was?« fragte Rostnikow.

Tatjana zuckte mit den Achseln und ging hinter die Theke.

»Inspektor«, sagte Elena. »Ich möchte mich gern irgendwo waschen.«

»Waschen Sie sich«, antwortete Rostnikow. Elena ging auf den Perlenvorhang zu.

»Es tut mir leid«, murmelte Tkach und tastete über seine schmerzenden Rippen. »Ich habe einen schweren Fehler gemacht.«

»Nicht, wenn Sie im Dienst Selbstmord begehen wollten. Sollte das Ihre Absicht gewesen sein, dann war's wirklich kein Fehler. Dann war mein Auftauchen ein unliebsamer Zwischenfall. Es ist schon komisch, Sascha Tkach. Bis heute hatte ich noch nie eine Wirtshausschlägerei erlebt. Nach all den Jahren als Polizist habe ich bis zum heutigen Tag warten müssen. Es war wie in einem Film mit John Wayne.«

»*The Spoilers*«, sagte Tatjana und trat hinter der Theke vor. »Mit Marlene Dietrich und John Wayne.« Sie stellte Rostnikow ein Glas Mineralwasser hin.

»Danke«, sagte Rostnikow. »Bitte, setzen Sie sich doch. Nach allem, was ich gehört habe, könnten Sie wissen, wo sich die Syrerin aufhält.«

»Mit einer Belohnung könnte ich wenigstens einen Teil des Schadens beheben, den Ihr verrückter Polizist hier verursacht hat«, sagte sie.

»Wir können mit dem Vater des Mädchens wegen der Belohnung reden«, entgegnete Rostnikow. »Ich meine allerdings, daß er nicht zahlen wird. Daher mache ich Ihnen einen Vorschlag: Sie erzählen uns, was Sie wissen, und wir lassen Sie in Ruhe. Das ist auch eine Belohnung. Das Leben wird immer komplizierter. Aber es gibt Ausnahmen, Augenblicke der – wenn nicht Hoffnung –, so doch der Erleichterung. Ein Kind kommt gesund auf die Welt. Ein Buch fesselt uns. Ein Freund lacht. Unerwünschte Gäste gehen und kehren nie mehr wieder.«

»Ich weiß gar nichts über das Mädchen«, wehrte Tatjana ab und verschränkte die Arme. »Aber wenn ich...«

»Sehen Sie mich an!« forderte Rostnikow sie auf. Tatjana musterte das sympathische Gesicht eines Mannes mit großen, schönen braunen Augen. »Mein Sohn hat ein Theaterstück geschrieben. Ich hab's mir heute abend angesehen. Es hat mir nicht gefallen. Nicht weil es ein schlechtes Stück gewesen wäre, sondern weil ich zwischen den Zeilen etwas gelesen habe, das andere vermutlich nicht gelesen haben. Den Kummer und den Schmerz meines einzigen Kindes.« Er sah Sascha Tkach an, der sich mit der Hand durchs Haar fuhr und sich abwandte. Das Klicken von Perlen aus dem Hintergrund kündete von Elenas Rückkehr.

»Im Stück wird die Person, die mein Sohn dargestellt hat, umgebracht. Er stand auf, als der Vorhang fiel, und kam dann von der Bühne, um uns zu begrüßen. Ein junger Mann, der die vermißte Syrerin gekannt hat, ist heute morgen gestorben. Auch er hatte einen Vater und eine Mutter. Er wird nicht einfach wieder aufstehen und seine Eltern begrüßen können. Amira Durahaman hat einen Vater. Sie sagen uns jetzt, wo wir das Mädchen finden, sonst nehmen wir Sie mit. Und, so leid es mir tut, damit machen Sie sich unglücklich.«

»Das Mädchen ist manchmal hiergewesen«, begann Tatjana und sah die drei Polizisten an. »Mit einem jungen Juden, gelegentlich auch mit anderen. Ihre Namen kenne ich nicht. Also fragen Sie nicht. Ich kenne keine Namen. Ich gebe meinen Gästen Spitznamen... wie der Barhocker, der Sibiriake, Phil Collins und so weiter. Das gefällt ihnen.«

»Und was ist mit dem Mädchen?« fragte Sascha. »Hatte sie auch einen Spitznamen?«

»Glanzauge«, erwiderte Tatjana prompt. »Mehr weiß ich nicht. Aber ich versuche...«

»Machen Sie Ihren Laden dicht und kommen Sie mit«, entschied Rostnikow.

»Bitte!« Tatjana kamen die Tränen.

»Kollegin Timofejewa, würden Sie bitte die Dame...«, begann Rostnikow. Tatjana gab ihren Widerstand auf.

»Ich will nicht ins Gefängnis. Im Gefängnis verschwinden Leute. Man gibt ihnen nichts zu essen. Namen. Sie kriegen Namen, wenn Sie versprechen, daß ich nicht ins Gefängnis muß.«

Porfirij Petrowitsch nickte Elena zu. Elena nahm Stift und Notizblock zur Hand und schrieb die Namen auf, die Tatjana diktierte.

Als sie geendet hatte, wandte sich Rostnikow an Elena. »Gehen Sie nach Hause. Schlafen Sie sich aus.«

Elena Timofejewa machte den Mund auf, sah Tatjana an, die ihrem Blick auswich, und beschloß, lieber nichts zu sagen.

»Sascha Tkach, wir fahren beim Krankenhaus vorbei. Sie brauchen einen Arzt. Er soll Sie wieder einigermaßen zusammenflicken, bevor ich Sie nach Hause schicken kann.«

»Ich kann mich zu Hause allein verarzten«, wehrte Sascha ab.

»Wenn Sie so nach Hause gehen, jagen Sie Frau und Kind einen Schreck ein, und ich bin vor dem Zorn Ihrer Mutter nicht mehr sicher. Nein, mein Seelenfriede hängt jetzt von einer erfahrenen Krankenschwester ab, die Sie wieder etwas präsentabel machen kann. Außerdem möchte ich mich auf dem Weg noch ausführlicher mit Ihnen unterhalten.«

»Und sie?« fragte Elena mit dem Blick auf Tatjana. »Was ist, wenn sie verschwindet?«

»Sie verschwindet nicht«, entgegnete Rostnikow. »Sie hat Besitz.«

Tatjana sah sich in ihrem zertrümmerten Lokal um. »Ich verdufte nicht«, bemerkte sie so leise, daß Elena sie kaum verstand. »Diese Straße, diese Stadt, dieses Café. Ich bleibe Ihnen erhalten.«

Plötzlich schöpfte Tatjana neue Energie. »Ich will überleben«, sagte sie mit lauter Stimme. »Ich werde viel Geld verdienen.«

Rostnikow stand auf, bewegte die Zehen seines linken Fußes und stellte fest, daß alles noch funktionierte. »Es war ein anstrengender Tag«, murmelte er. »Und morgen wird's nicht anders sein.«

Oberst Lunatscharskij hatte keinen Hunger. Trotzdem saß er um zwei Uhr morgens allein in der fast leeren Cafeteria und trank eine Tasse Kaffee mit drei Löffeln Zucker. Er hatte zwar keinen Hunger, aber er war müde und hatte es in seinem Büro nicht mehr ausgehalten. Um zwei Uhr morgens blieb ihm keine andere Wahl, als die kleine Cafeteria der Lubjanka aufzusuchen, in der sich die Offiziere trafen, die Nachtdienst hatten.

Noch vor wenigen Wochen hatte er zur Führungsriege gehört, die in Jasenewo, dem Hauptquartier der Abteilung für Spionage und Abwehr des KGB, außerhalb der Stadt stationiert war. Von seinem Büro im zwanzigsten Stock konnte Lunatscharskij auf den üppig grünen Wald hinuntersehen, der dem Hauptquartier den Namen gegeben hatte. Diesen jedoch hatten nur er und die anderen Eingeweihten gekannt.

Der Speisesaal in Jasenewo war der Kral der Macht gewesen, aber damit war es vorbei. Zumindest für ihn, oder zumindest vorübergehend.

Lunatscharskij haßte Kaffee. Er trank ihn nur, um wach zu bleiben. Allein Unmengen von Zucker machten das Getränk für ihn einigermaßen genießbar. Natürlich wußte er aus Erfahrung, daß die Wirkung von Kaffee und Zucker nicht anhalten würde. Eine halbe Stunde später half es nur noch, sich ohne Mantel draußen in die Kälte zu stellen. Erst danach war er soweit erfrischt, daß er zu seinem Kaffee zurückkehren und eine Tablette nehmen konnte, die ihn bis zum folgenden Nachmittag auf den Beinen halten würde.

Wladimir Lunatscharskij hatte es sich zur Regel gemacht, seinen Körper hart zu trainieren und nie mehr als zwei Tabletten pro Woche einzunehmen. Er war sich der Gefahr, süchtig zu werden, wohl bewußt. Trotzdem war er sicher, daß es ihm gelang, den schmalen Grat zwischen der Notwendigkeit, so wenig wie möglich zu schlafen, und der Abhängigkeit von den orangeroten Tabletten nie zu verlassen.

Oberst Lunatscharskij wußte nur zu gut, weshalb er Kaffee nicht mochte. Sein Vater, ein schrecklicher Choleriker, hatte große Mengen Kaffee und Tee getrunken, und seine langen gelblichen Finger waren Ausdruck seiner Abhängigkeit selbst von den Bohnen gewesen, die er wie Bonbons kaute, wann immer er sie kriegen konnte.

Sein Vater, ein Feldwebel bei der Armee, war 1968 nach einem Wutanfall wegen eines verkochten Schinkens an einem Herzinfarkt gestorben.

Wladimir glaubte sich zu erinnern, daß die Milch der Mutter sauer geschmeckt hatte, nachdem sein Vater geschrien, getobt und gedroht hatte.

Die vier anderen Gäste in der Cafeteria waren allesamt höchstens fünfundvierzig Jahre alt. Jeder saß allein an einem Tisch. Keiner grüßte den anderen oder sah sich um. Der Mann am Tisch neben der Tür blätterte in einem Notizbuch, während er Kaffee trank. Die anderen aßen nur schweigend mit gesenkten Köpfen. Das Essen in der Cafeteria allerdings war längst nicht mehr das beste, was man in Moskau bekommen konnte.

Lunatscharskij hatte sich eine Frist von zehn Minuten gesetzt. Die war fast verstrichen. Er schob den Stuhl zurück und wollte schon aufstehen. In diesem Augenblick sah er Klamkin, den Frosch. Klamkin blieb auf der Schwelle stehen, blickte sich suchend um und kam auf den Oberst zu. Der Oberst war nicht überrascht. Er hatte eine Notiz an seiner Bürotür hinterlassen, auf der stand, wo er zu finden war. Lunatscharskij setzte sich wieder, denn Klamkin war mindestens fünf Zentimeter größer als er.

»Darf ich?« fragte Klamkin. Er hatte das Haar ordentlich gebürstet und sich rasiert, um frisch und präsentabel zu der Unterredung zu erscheinen.

Lunatscharskij deutete auf den Stuhl gegenüber. Klamkin setzte sich.

»Spoknikow und Glenin sind noch vor dem Hotel Intourist und warten auf den Deutschen«, begann Klamkin. »Unser Agent berichtet, daß die Timofejewa und Tkach zum Café Nikolai gegangen sind. Tkach hat dort eine Schlägerei angefangen. Er hat einiges abgekriegt, aber es ist nicht weiter schlimm. Rostnikow ist auf der Bildfläche erschienen und hat das Eisen aus dem Feuer geholt.«

»Rostnikow?« Lunatscharskij glaubte, sich verhört zu haben.

»Ja. Er war mit seiner Frau im Theater, hat sie nach Hause gebracht und ist postwendend zum Nikolai gefahren.«

»Das Theaterstück seines Sohnes«, bemerkte Lunatscharskij.

»Richtig. Ein antimilitaristisches Stück, aber gut gemacht.«

»Gut gemacht?« fragte Lunatscharskij. »Sie haben es gesehen? Schreiben unsere Agenten seit neuestem Theaterkritiken?«

Klamkin schwieg.

»Und wo sind Rostnikow und die anderen jetzt?«

»Zu Hause. Im Bett, oder zumindest in ihren Wohnungen. Wenn Rostnikow nach Arkusch fährt, fahre ich mit ihm. Wer nicht schläft, ist der Syrer. Sein Fenster ist erleuchtet. Er geht im Zimmer auf und ab. Vermutlich sind seine Leute auf der Suche nach der Tochter.«

»Gehen Sie nach Hause, Klamkin. Schlafen Sie. Ruhen Sie sich für morgen aus.«

»Es ist zu spät, um noch zu schlafen. Und morgens ist es in meinem Wohnblock viel zu laut. Mit Ihrer Erlaubnis schlafe ich im Wagen, während Brodiwow Rostnikow überwacht.«

»Ausgezeichnet«, sagte Lunatscharskij. »Aber nicht unvorsichtig werden! Ziehen Sie Spokninow und Glenin von dem Deutschen ab. Sie sollen sich wieder an der Suche nach der Araberin beteiligen. Ich will sie vor den Syrern oder Snitkonois Leuten finden. Trinken Sie Kaffee?«

»Ja«, antwortete Klamkin. »Aber Tee ist mir lieber.«

»Trinken Sie hier noch eine Tasse, bevor Sie die Telefonate erledigen«, sagte Lunatscharskij. Er stand auf und machte Klamkin ein Zeichen, sitzen zu bleiben. Klamkin nickte.

Als Oberst Lunatscharskij den Korridor entlangging, horchte er auf den hohlen Widerhall seiner Schritte. Auf seinem Schreibtisch stapelten sich die Berichte. Am liebsten wäre er selbst auf die Straße gegangen und hätte nach der Araberin gesucht oder von einem unauffälligen SIL aus den Vater beobachtet, wie er hinter seinem Fenster auf und ab ging. Am liebsten hätte er den nächsten Zug nach Arkusch genommen, um sich vor Ort selbst alles anzusehen, aber er mußte in Moskau bleiben, um sämtliche Operationen zu koordinieren und zu überwachen. Für Vergnügen dieser Art fehlte die Zeit. Ihm blieben nur Berichte und Tabletten und eine Frau, die er zum Glück einen weiteren Tag nicht zu sehen brauchte.

Die Welt änderte sich rapide. General Karsnikow suchte überall nach Überlebensmöglichkeiten, und eine Chance lag im früheren Büro des MWD von Alexander Snitkonoi.

Lunatscharskij hatte einen Plan ausgearbeitet, dem er jetzt den letzten Schliff gab. Er wollte versuchen, Geduld zu üben. Er wollte die Aktionen des Grauen Wolfs beobachten, vielleicht sogar seine Abteilung unterwandern und beweisen, daß die Leute, die anderswo nicht zu gebrauchen gewesen waren, in diesem an sich nützlichen Dezernat ineffizient und dilettantisch arbeiteten und von einem aufgeblasenen Lackaffen befehligt wurden.

»Der Tag wird kommen«, hatte General Karsnikow gesagt, »an dem wir der neuen russischen Administration Beweise vorlegen können, daß unsere Abteilung wesentlich fähiger ist, für eine neue Regierung Sonderaufgaben durchzuführen.«

»Ich verstehe«, hatte Lunatscharskij gesagt.

»Ich kann Ihnen für diese Operation nur wenig Hilfestellung geben, aber wenn Sie Erfolg haben, kann das für uns, für Sie, viel bedeuten. Haben wir uns verstanden?«

»Vollkommen.«

»Wir haben viel verloren.« General Karsnikow hatte sich eine übelriechende Zigarre angezündet. »Wir müssen daran arbeiten, eine neue Basis der Macht zu bauen.«

Oberst Lunatscharskij hatte nicht gefragt, wer mit ›wir‹ gemeint war. Er wußte es. In einer insgesamt wenig erfreulichen Zeit war es tröstlich, zu einer namenlosen Armee zu gehören, die bereits in den Startlöchern stand.

11

Als Sascha Tkach am nächsten Morgen um sieben Uhr aufwachte, merkte er im ersten Augenblick gar nicht, daß er eine gebrochene Rippe, ein böse zugeschwollenes Auge und zahlreiche Schürfungen und Prellungen hatte. Im Krankenhaus hatte man ihm eine starke Spritze gegeben, damit er schlafen konnte. Jetzt durchflutete ein brennender Schmerz seinen Körper, und er unterdrückte ein Stöhnen. Maja bewegte sich neben ihm. Ihre Taille war zu dick geworden, als daß sie noch auf dem Bauch oder auf der Seite hätte schlafen können. Sie hatte sich an die Unbequemlichkeit gewöhnt, lag auf dem Rücken und schnarchte leise.

Bei seiner Heimkehr spät in der Nacht hatten alle schon fest geschlafen. Er hatte sich ausgezogen, seine Kleider auf die Couch geworfen und war unter Schmerzen neben Maja ins Bett gekrochen. Sie hatte im Schlaf seine Nähe gespürt und die Hand nach ihm ausgestreckt. Sascha hatte schnell nach den tastenden Fingern gefaßt, um zu verhindern, daß sie sein Gesicht oder seine bandagierte Brust berührten.

Er hatte länger geschlafen als beabsichtigt. Eigentlich wollte er als erster aufstehen und die Wohnung verlassen, bevor Maja oder Lydia ihn sehen konnten. Noch hatte er eine Chance, unbemerkt zu entkommen. Wären die Schmerzen nicht um vieles heftiger gewesen als in der Nacht zuvor, hätte er sich vermutlich hastig angezogen und aus dem Staub gemacht. Er hätte sich erst im Büro mit dem oft benutzten englischen Einmal-Rasierer rasiert, den er in seiner Schreibtischschublade aufbewahrte. Sascha wußte, daß er den Rasierapparat schon längst hätte wegwerfen müssen. Da sein Bart jedoch spärlich wuchs, war es durchaus möglich, ihn ein weiteres Mal zu benutzen. Sascha schwenkte die Beine aus dem Bett und überlegte gerade, wie er den Tag durchstehen sollte, als der spitze Schrei ihn zusammenzucken ließ. Pultscharia saß in ihrem Bettchen in der Ecke. Das Kind starrte entsetzt die gekrümmte Gestalt mit dem zugeschwollenen Auge an, die auf dem Bettrand ihrer Eltern saß. Sie schrie. Sie jetzt noch zur Ruhe zu mahnen, wäre überflüssig gewesen. Das Kind hatte Maja und Lydia längst geweckt.

»Ich bin's doch nur, Pultscharia«, sagte er. »Du brauchst keine Angst zu haben.«

Maja räkelte sich an seiner Seite, und er hörte die schlürfenden Schritte seiner Mutter vor der Schlafzimmertür. In diesem Moment hatte Sascha merkwürdigerweise das Gefühl, daß alles gut werden würde, daß alles, was er durchgemacht hatte, vorbei war, daß die Ereignisse im Café Nikolai ihm zu dieser Einsicht verholfen hatten. Er wandte sich mit einem zaghaften Lächeln seiner Frau zu, um sie zu trösten. Er wußte, daß es nicht lange dauerte, bis sie in Tränen aufgelöst war.

Um sieben Uhr am selben Morgen stand Leonid Downik nach fünf Stunden Schlaf vor einer Wohnungstür im fünften Stock eines grauen Blocks an der Wawilow-Straße.

Er hatte den Tag schon früh mit der Überprüfung von zwei Wohnungen in der Nähe der staatlichen Moskauer Universität begonnen, die unweit der Stelle lagen, wo er Grischa Zalinskij am

Vortag totgeschlagen hatte. Leonid war so früh aufgestanden, weil er die Bewohner noch vor Arbeits- oder Unterrichtsbeginn antreffen wollte. In der ersten Wohnung hatte er schon nach drei Minuten erfahren, daß die Araberin in der Vergangenheit zwar mehrmals dort gewesen war, jedoch nie in den Räumen übernachtet hatte. Leonid war überzeugt, die Wahrheit herausgefunden zu haben. Es gab seiner Ansicht nach nämlich nichts Überzeugenderes als die Androhung roher Gewalt. Ein weiterer Pluspunkt war, daß die Leute automatisch angenommen hatten, daß er Polizist sei.

Er hatte die Namen der Wohnungsinhaber in dem Adreßbuch abgehakt, das er in Grischa Zalinskijs Wohnung entdeckt hatte, und zwei weitere Namen und Adressen hinzugefügt, die ihm das völlig verängstigte Mädchen in der ersten Wohnung genannt hatte. Es war harte, mühsame Kleinarbeit, aber das störte ihn nicht.

In der Nähe der U-Bahnstation an der Universität kaufte er an einem ehemaligen staatlichen Kiosk eine Zeitung. Jetzt war der Kiosk ein Musterbeispiel privaten Unternehmertums mit hohen Preisen und einer begrenzten Auswahl an Zeitungen. Papier war knapp. Im allgemeinen war Leonid für den neuen Kapitalismus. Immerhin fühlte auch er sich als Unternehmer. Das allgemeine Chaos und die Umwälzungen schufen eine gesteigerte Nachfrage nach seinen Dienstleistungen. Juri Pepp und seine Geldwechsler sahen sich zu vielen Konkurrenten in der Umgebung der großen Hotels gegenüber, die mit US-Dollar handelten. Sophia und Kolodny Sewejuskin hatten eine einträgliche Methode gefunden, Lebensmittelhilfslieferungen der Vereinten Nationen in ihren Besitz umzuleiten. Ein Beamter im Amt für Konsumgüter hatte den Wunsch geäußert, in ihr Unternehmen einzusteigen. Leonid überredete den Mann, seine Versetzung nach Sibirien einzureichen. Ehrgeizige Leute brauchten oft jemanden, der sie für ein angemessenes Entgelt von ungebetener Konkurrenz befreite. Leonid hielt sich nicht für besonders intelligent, aber er wußte, daß er skrupellos, ehrlich und ohne jedes Moralgefühl war.

Ein halbes Jahr zuvor hatte Leonid noch in einer der Kooperativen an der Straße eine mit Sahne gefüllte Waffel gekauft. Jetzt waren alle Kooperativen geschlossen. Er hatte Geld, massenweise Geld; Francs, US-Dollar, aber in der Straße gab es nichts zu kaufen. Das allein verdarb ihm schon beinahe die Laune.

Falls er die Araberin in der Wohnung nicht fand, die als nächstes auf seiner Liste stand, wollte er zum Tscherimuschinskij-Bauernmarkt fahren und etwas Süßes kaufen, vielleicht sogar eine Tüte Karamelbonbons. Allerdings hatte er nach der letzten Tüte Zahnschmerzen bekommen.

Leonid stieg aus der U-Bahn und ging an den aufgerissenen Straßenbahnschienen mit den Kieshaufen entlang. Ein Bus entließ dunkle Wolken aus seinem Auspuff und zwang Leonid Downik, sich an die Mauer eines Wohnhauses zu drängen, das sich als das gesuchte entpuppte.

Die Suche nach der Araberin hatte für ihn eine Bedeutung bekommen, die er sich nicht einzugestehen wagte. Er war nicht der Typ, der Panik bekam. Das Gefühl der Dringlichkeit war auch nicht aus dem Wissen entstanden, daß auch die Syrer und die Polizei hinter dem Mädchen her waren. Der Anblick des Nikolai in der Nacht zuvor hatte das erreicht.

Leonid hatte Tatjana kurz zuvor im Büro hinter der Bühne von seiner erfolglosen Suche berichtet und später den Krach gehört. Die Schreie, der allgemeine Aufruhr, die Flüche und die schnellen Schritte derer, die sich aus dem Staub machten, waren im Hinterzimmer nicht zu überhören gewesen. Als er schließlich durch den Perlenvorhang in das Café gegangen war, war ein Mann von der Statur eines Möbelpackers dabeigewesen, einen

Gast durch die Luft zu schleudern, als handle es sich um einen Tennisball. Zu diesem Zeitpunkt war das Nikolai fast völlig leer gewesen. Tatjana hatte bäuchlings über der Theke gelegen. Die junge Polizistin, die er bereits am Vormittag im Nikolai gesehen hatte, hatte sie in dieser Stellung gehalten. Neben den beiden hatte er den jungen Polizisten erkannt. Er war übel zugerichtet, aber das war nichts im Vergleich zu dem, was Leonid aus ihm gemacht hätte.

Leonid hatte einen Augenblick mit dem Gedanken gespielt, einzugreifen und dem Möbelpacker eine Lektion zu erteilen, der hinkend einen Schritt auf ihn zugegangen war. In den Augen des Mannes war weder Furcht noch Angriffslust zu lesen gewesen. Wenn überhaupt etwas, hatten diese Augen Neugier ausgedrückt, und Leonid hatte das unangenehme Gefühl gehabt, daß dieser Mann in der Lage war, Geheimnisse aus ihm herauszupressen.

Schließlich hatte sich Leonid in der Gewißheit abgewandt, daß Tatjana für sich selbst sorgen konnte. Das hatte sie oft genug bewiesen. Gelang es ihr diesmal nicht, dann war er zuversichtlich, auch ohne sie zu überleben, besonders wenn er die Araberin fand.

Leonid fand die Wohnung und klopfte an die Tür. Keine Antwort. Er klopfte erneut und horchte. Er lauschte geduldig und lange – fünf oder sechs Minuten. Eine Frau in dünnem Mantel mit leerer Einkaufstasche ging an ihm vorbei. Sie richtete den Blick starr auf den Fußboden und beschleunigte ihre Schritte.

Leonid war sicher, daß sich hinter der Wohnungstür niemand versteckte. Anderenfalls hätte er ein Geräusch gehört. Er drückte die Türklinke herunter. Er wußte, daß da mehrere Schlösser waren. Er fühlte ihren Widerstand.

Um neugierige Nachbarn irrezuführen, wandte er einen altbewährten Trick an und rief laut: »Polizei! Aufmachen!«

Er wartete eine Sekunde und trat dann gegen die Tür. Sie flog auf und rutschte dabei aus der obersten Angel. Leonid trat über die Schwelle, stellte die Tür wieder in die Öffnung und sah sich um.

Es war eine große unordentliche Wohnung. Leonid Downik mochte keine Unordnung. Er war ein ordentlicher Mensch. »Wenn man gezwungen ist, in einem Schweinestall zu hausen, sollte man wenigstens die eigene Ecke sauberhalten. Sonst ist man nicht besser als das Schwein und verdient es, aufgefressen zu werden«, hatte seine Mutter stets gesagt. Und nach diesem Motto hatte sie auch die Wohnung gepflegt, während Leonids Vater alles darangesetzt hatte, einen Schweinestall daraus zu machen. Leonids Zimmer war klinisch sauber wie ein Operationssaal gewesen, in dem er gern die Leiche seines Vaters seziert und sie seiner bewundernden Mutter vorgeführt hätte.

Und jetzt dieser Schweinestall! Wer auch immer hier wohnte, Leonid verachtete ihn. Der Name in seinem Notizbuch lautete Chesney. Das klang amerikanisch oder britisch. Amerikaner und Engländer konnten genau wie Russen Schweine sein. Außerdem gab es viele Russen mit seltsamen Namen.

Leonid gab sich keine Mühe, leise zu sein. Im Wohnzimmer standen dichtgedrängt tiefe, rosarot und gelb gemusterte Polstermöbel. Die dunklen Portieren vor den Fenstern verhinderten, daß Tageslicht in die Wohnung drang. Ein süßlicher Geruch erinnerte Leonid an gebrannten Zucker. Sein Zahn begann automatisch weh zu tun.

Er suchte und fand schnell, worauf er gehofft hatte. Im Schlafzimmer stand ein Bett, dessen zerwühlte Laken den Geruch von Sex und Schweiß verströmten. Leonid fand den Geruch abstoßend. Im Schrank hingen Männer- und Frauensachen. Er glaubte ein Kleid zu erkennen, das die Araberin an dem Abend getragen hatte, als Tatjana ihn mit ihr bekannt gemacht hatte. Bestätigt wurde ihm dies durch ein Foto, auf das er in der Kommode stieß. Er mußte eine fleckige Männerunterhose entfernen, um das Foto zu entdecken, aber da lag es, und das Mädchen war darauf abgebildet. Das Foto war am Ufer der Moskwa aufgenommen. Leonid kannte die Stelle gegenüber dem alten Kloster.

Das Mädchen auf dem Bild stand neben einem Mann, der viel größer und älter war als sie. Er hatte besitzergreifend den Arm um sie gelegt und lächelte triumphierend. Auch das Mädchen lächelte. Aber in ihrem Lächeln lag Angst. Der Mann war hochgewachsen und hatte volles weißes Haar und tadellose Zähne. Er trug ein weißes Hemd und eine weiße Hose. Leonid Downik mochte den Mann nicht.

Er riß das Foto aus dem Rahmen, faltete es und steckte es in die Tasche. Dann durchsuchte er die Wohnung nach einem Hinweis, wohin das Pärchen gegangen sein mochte. Er hätte natürlich in der Wohnung auf ihre Rückkehr warten können, aber das dauerte möglicherweise Stunden, vielleicht sogar bis tief in die Nacht. Und da er wußte, daß er nicht der einzige war, der nach den beiden suchte, wollte er diese Untätigkeit nicht riskieren. Sein einziger Vorteil war Grischa Zalinskijs Adreßbuch.

Leonid fand nichts. Er verließ die Wohnung, hob die Tür in die Angeln und zog sie zu. Er horchte einen Augenblick und überquerte den Korridor zur Nachbarwohnung. Dort war jemand zu Hause. Er hörte Radio oder Fernsehapparat und Stimmen. Er klopfte.

»Wer ist da?« fragte eine Frauenstimme.

»Polizei!« rief er. »Aufmachen.«

Die Tür wurde geöffnet.

Eine junge Frau sah ängstlich zu ihm auf. Sie trug einen purpurfarbenen Morgenmantel. Ihr Haar war frisch gewaschen.

»Der Mann in der Wohnung gegenüber. Dieser Chesney«, begann er. »Wo arbeitet er?«

»Keine Ahnung«, antwortete die Frau.

»Was gibt's denn?« Hinter ihr tauchte ein junger Mann auf.

Leonid ignorierte ihn. »Ich will wissen, wo der Mann arbeitet, der da drüben wohnt«, sagte er.

»Chesney?« fragte der junge Mann.

Jetzt sah Leonid auf. Der Mann sah noch jünger aus als das Mädchen und trug denselben purpurroten Morgenmantel.

»Ja, Chesney.«

»Er ist Engländer«, erklärte der junge Mann. »Er arbeitet bei der Handelsdelegation einer Firma für Industriemaschinen. Jedenfalls hat er das mal gesagt.«

»Und wie heißt die Firma?« fragte Leonid tonlos.

Der Morgenmantel der jungen Frau fiel auf. Sie raffte ihn hastig wieder über ihren Brüsten zusammen. Leonid blieb unberührt.

»Daran erinnere ich mich nicht«, antwortete der junge Mann. »Ich glaube, er lautete Robinson, Robertson oder so ähnlich.«

»Und das Mädchen?« wollte Leonid wissen.

»Das Mädchen?« wiederholte die junge Frau. »Er hat...«

»Die Araberin«, sagte der Mann.

»Ja, die Araberin«, pflichtete Leonid bei. »Wie lange ist sie schon hier?«

»Zwei, vielleicht drei Nächte«, antwortete der Mann. »Aber das ist nicht das erste Mal.«

»Wenn sie zurückkommen, sagen Sie nicht, daß die Polizei hier war«, mahnte Leonid. »Behaupten Sie, Sie hätten Geräusche gehört, wenn's nicht anders geht. Sollen sie doch an Einbrecher glauben. Holen Sie sich drüben, was Ihnen gefällt. Haben wir uns verstanden?«

»Wir müssen nicht...« begann die junge Frau, doch der Mann fiel ihr ins Wort.

»Wir haben verstanden.«

Leonid wandte sich ab und ging den Korridor entlang. Hinter ihm wurde die Tür zugeschlagen, und ein Schlüssel drehte sich im Schloß.

Ein Mann namens Chesney, der für eine englische Firma für Industriemaschinen mit Namen Robinson oder Robertson arbeitete. Es war schwierig, aber nicht unmöglich. Es gab Adreßbücher und Agenturen der Regierung, die einen sowjetischen Geschäftsmann nur allzugern an ausländische Investoren vermittelten. Vielleicht kostete es ein paar Stunden Zeit, doch es war möglich. Und Leonid Downik war fest entschlossen, jede Mühe auf sich zu nehmen.

Um sieben Uhr an diesem Morgen sah Porfirij Petrowitsch Rostnikow aus dem Fenster seiner Wohnung auf den schwarzen SIL hinunter, der an der gegenüberliegenden Straßenseite parkte. Er spielte mit dem Gedanken, hinunterzugehen und die Insassen zu heißem Buchweizen-Porridge mit Butter einzuladen. Aber es war ihm eigentlich nicht ernst damit. Die Männer würden sowieso nicht mitkommen, und die Szene wäre peinlich. Rostnikow wollte Sarahs und sein Leben nicht noch weiter komplizieren.

»Sind sie da?« erkundigte sich Sarah, trat neben ihn und legte den Arm um seine Taille.

Rostnikow deutete wortlos auf den SIL.

»Es ist ein kalter Morgen, und sie haben den Motor abgestellt«, bemerkte Sarah.

»Benzin ist teuer«, erklärte Rostnikow.

»Warum fahren sie dann einen großen SIL?«

»Weil er zur Erbmasse des KGB gehört«, antwortete Rostnikow, entfernte sich vom Fenster und band seine Krawatte. Sarah und Porfirij Petrowitsch hatten sich an diesem Morgen kurz vor Sonnenaufgang zum ersten Mal seit vielen Monaten wieder geliebt. Vorsichtig und zögernd hatten sie sich umarmt, und sie hatte seinen rauhen Kopf an ihre Brust gepreßt und gesagt: »Willst du's auf einen Versuch ankommen lassen?«

»Ich glaube nicht, daß es dabei bleiben wird«, hatte er geantwortet.

Es war zwar nicht perfekt, aber auch nicht schlecht gewesen.

»Ich suche mir wieder Arbeit«, sagte sie später. »Im Krankenhaus haben sie gesagt, daß ich gesund bin. Ich versuch's mal bei einer Musikalienhandlung am Kalinin-Prospekt. Ich habe schließlich Erfahrung. Was meinst du?«

»Wenn du dich gut genug fühlst und es willst«, erwiderte er.

»Ich treffe Josef zum Mittagessen. Wir versuchen am Nachmittag Lebensmittel für Sascha Tkachs Geburtstagsfeier aufzutreiben. Bist du heute abend wieder zurück?«

»Vermutlich«, antwortete er. »Aber vielleicht muß ich in Arkusch bleiben.«

Er bewegte sich nicht vom Fleck, während sie im freistehenden Eckschrank nach ihren guten Schuhen suchte. Schließlich hatte sie sie gefunden und drehte sich zu ihm um.

»Wie bitte?«

»Ich muß heute nacht vielleicht in Arkusch bleiben«, wiederholte er.

Sie setzte sich, um die Schuhe anzuziehen.

»Glaubst du, daß du...?« begann er.

»Wasch deine Breischüssel ab, dann gehen wir zusammen fort«, sagte sie und nahm seine Hand. »Mein Gefühl sagt mir, daß es ein guter Tag wird.«

Um sieben Uhr morgens, nachdem Tatjana die Nacht damit verbracht hatte, das Nikolai aufzuräumen, um am Abend möglicherweise wieder öffnen zu können, gab sie auf. Sie sah in die kläglichen Überreste des Spiegels hinter der Bar und blickte in das Gesicht einer müden Frau mit Tränensäcken und wirrem blonden Haar.

»Spieglein, Spieglein an der Wand«, flüsterte sie. »Vergiß es.«
Sie holte ihren Mantel aus dem Hinterzimmer, machte die Lichter aus und ging zur Tür.

Zwei fremdländisch aussehende Männer standen plötzlich im Türrahmen und versperrten ihr den Weg. Sie hatte sie nicht hereinkommen gehört.

»Geschlossen«, sagte sie. »Kommen Sie heute abend wieder.«
Die Männer schwiegen.

»Geschlossen«, wiederholte sie. »Verstehen Sie kein Russisch?«

Die Männer rührten sich nicht vom Fleck.

In diesem Moment bekam Tatjana Angst. »Sie sind von der Polizei«, sagte sie in der Hoffnung, sich zu täuschen. Trotzdem wußte sie, daß sie nicht von der Polizei waren. Die Männer waren zu gut gekleidet, zu fremdländisch. »Was wollen Sie?«

Erneut erntete sie nur eisiges Schweigen.

Sie spielte mit dem Gedanken, sich umzudrehen und davonzulaufen. Aber die Hintertür war zu weit weg und der schmale Durchgang mit Glasscherben, zerbrochenen Flaschen und verlorenen Träumen übersät. »Das ist nicht fair«, murmelte sie und strich sich das Haar aus der Stirn, als die Männer auf sie zukamen. »Das ist nicht fair.«

Um sieben Uhr morgens an diesem Tag stand der Mann, der einen Priester und eine Nonne ermordet hatte, mitten auf der Koltschkow-Straße im Städtchen Arkusch. Die Straße war nach Wassili Koltschkow benannt worden, der sich bereits schwer verletzt mit einer Granate vor einen Panzer der Nazis geworfen und dabei gerufen hatte: ›Rußland ist weit, aber für seine Feinde gibt es kein Entrinnen.‹ Dieser heroische Akt soll angeblich die schon fast geschlagene russische Armee beflügelt haben, ihre Stellungen zu halten und damit kurz darauf die Wende im Krieg herbeizuführen. Nur wenige Leute nannten den Verkehrsweg Koltschkow-Straße. Die meisten sagten Wenjaminow, den Namen, den die Straße sechzig Jahre zuvor getragen hatte. Innokentij Wenjaminow war ein Missionar des neunzehnten Jahrhunderts gewesen, der die Lehre der Orthodoxen Kirche bis zu den Aleuten und Russisch-Alaska getragen hatte.

Der Mann, der da auf der Straße stand, kannte die Geschichte Arkuschs gut. Während der vergangenen drei Jahre war er für einen wichtigen Teil dieser Geschichte verantwortlich gewesen.

Der magere Hahn des alten Loski krähte hinter den Häusern. Der Mörder wandte den Kopf. Er war unentschlossen. Nach Hause konnte er nicht gehen. Er scheute die Konfrontation mit dem Bett, das er verlassen hatte, mit den schlechten Träumen und den Gedanken, die den in der Dunkelheit Wachenden überkamen – Gedanken, die noch schlimmer waren als die Träume.

Also hatte er sich, todmüde wie er war, angezogen und war bei der noch fahlen Morgendämmerung hinausgegangen. Der Duft vom ersten Brot von Tkonin, dem Bäcker, war ihm in die Nase gestiegen. Er hatte die Vögel im Wäldchen hinter der Stadt gehört, wo jetzt Gestalten aus dem Reich der Schatten wandelten.

Er hatte getan, was getan werden mußte, sagte er sich. Anders zu handeln, hätte Verrat an seiner Familie und seinem Namen bedeutet.

Jemand rief diesen Namen aus einem nahen Fenster im zweiten Stock. Er winkte, ohne aufzusehen, und ging die Straße hinunter, die Hände in den Taschen, als habe er ein Ziel.

Seine Arbeit wartete auf ihn. Er wußte nicht, wie er das Alltägliche bewältigen sollte. Das, was ihm bisher Entspannung verschafft, ja sogar Freude gemacht hatte, erschien ihm jetzt als eine schreckliche, unübersehbare Last.

Ein Gedanke. Er war ihm vergangene Nacht auf dem Nachhauseweg gekommen, als er Angst gehabt hatte, nicht mehr atmen zu können – Angst, daß seine Frau sein Entsetzen spüren würde. Er ging noch schneller, um den Gedanken zu vertreiben.

Der Gedanke ließ sich nicht verscheuchen. Er grub die Nägel in die Innenfläche seiner Hand.

Vermutlich mußte er noch einmal töten. Wenn er es nicht tat, war Schwester Nina umsonst gestorben, und damit konnte er nicht leben. Nein, es war besser, jeden zu töten, der Schande über seine Familie bringen konnte, aus jedem ein Opfer seines Geheimnisses zu machen. Er hatte keine Ahnung, ob noch jemand in Arkusch über die Schande seiner Mutter und seines Bruders Bescheid wußte.

Er hätte etwas essen müssen, doch er hatte keinen Appetit.

Während er ging, kam die Erinnerung an den ersten Ostergottesdienst, den er erlebt hatte. Vater Merhum hatte vor der Gemeinde gestanden und gesungen: »Christus ist auferstanden!«

Und die Gemeinde hatte geantwortet: »Wahrhaftig, Christus ist auferstanden!«

Der Klang der Chorstimmen im Dunkel der Nacht und die Hitze von hundert brennenden Kerzen. Und dann hatten die Glocken geläutet, und ein Schauder war ihm über den Rücken gelaufen. Die Glocken hatten den Triumph des Lebens über den Tod verkündet, während er an Mord gedacht hatte.

Er hatte in die Osterhymne der Gemeinde eingestimmt. Dann war er hinaus- und um die Kirche herumgegangen. Er hatte das Echo des Gesangs und der Glocken im Wäldchen gehört und war in die Kirche zurückgekehrt. Sie war noch voller als zuvor gewesen, denn einige, die draußen gestanden und auf die Prozession gewartet hatten, waren mittlerweile eingetreten. Die Heiligen auf den Ikonen hatten auf ihn herabgesehen, und er hatte den Blick gesenkt. Nicht weil er ihre Blicke fürchtete, sondern weil er

Angst hatte, andere könnten den Trotz in seinen Augen erkennen.

Und der Priester hatte vor der Ikonostasis gestanden und aus dem Johannes-Evangelium gesungen: »Im Anfang war das Wort, und das Wort war bei Gott, und Gott war das Wort. Dasselbe war im Anfang bei Gott. Alle Dinge sind durch dasselbe gemacht, und ohne dasselbe ist nichts gemacht, was gemacht ist. In ihm war das Leben, und das Leben war das Licht der Menschen. Und das Licht scheint in der Finsternis, und die Finsternis hat's nicht ergriffen.«

Der Text wurde auf griechisch und auf russisch gesungen, und er war von den Worten tief bewegt gewesen, hatte sie nachgeschlagen, sie sich eingeprägt und sie sich selbst vorgesagt, um sich in Augenblicken größter Wut zu beruhigen.

»Und das Licht scheint in der Finsternis, und die Finsternis hat's nicht ergriffen«, sagte er leise zu sich selbst. »Die Frage, die ich mir stellen muß, lautet: Bin ich das Licht, das scheint, oder die Finsternis, die's nicht ergriffen hat?«

Kurz nach sieben Uhr an diesem Morgen hörte Emil Karpo, wie die Tür des Hauses der Partei geöffnet wurde, und schnelle Schritte im Saal.

Karpo war bereits zwei Stunden wach. Sein Bett war gemacht, und er hatte in der kleinen Küche eine Kanne mit kaltem Tee und Brot gefunden. Das Brot hatte er bedächtig gekaut, während er seinen Bericht fertiggestellt hatte.

Er las ein Buch über die Russisch Orthodoxe Kirche, als es an der Tür klopfte. Karpo legte das Buch beiseite und stand auf.

»Sind Sie wach, Genosse? Towarisch Karpo, sind Sie auf?«

Karpo öffnete die Tür und sah sich Mischa Gonsk, dem MWD-Offizier, gegenüber. Gonsk war unrasiert. Er hatte die Uniform nur notdürftig zugeknöpft und war sichtlich erregt.

»Tod. Mord«, sagte er atemlos.

»Wer ist tot?«

»Die Nonne«, antwortete Gonsk und deutete auf das Nebenzimmer, als läge der Leichnam gleich hinter der Tür.

»Schwester Nina?« fragte Karpo.

»Schwester Nina«, bestätigte Gonsk. »Sie... er... ihre Leiche ist... Kommen Sie!«

»Warten Sie auf der Straße auf mich«, sagte Karpo. »Ich beeile mich.«

Gonsk nickte und eilte davon. Als er durch die Eingangstür gegangen und auf der Straße war, trat Emil Karpo vor den Kleiderhaken neben der Tür und griff nach seinem dunklen Mantel. Er zog den Mantel an, lief durch das kleine Zimmer in den kalten Vorraum und durchquerte den Saal. Erst als er die Hand nach der Haustür ausstreckte, merkte er, daß er am ganzen Körper zitterte.

Kurz nach sieben Uhr am selben Morgen beschloß Pjotor Merhum, Sohn von Vater Wassilij Merhum, Vater von Alexander Merhum, Ehemann von Sonja Merhum, Besitzer eines Ladens für landwirtschaftliche Geräte, davonzulaufen.

›Beschloß‹ ist vielleicht ein zu starkes Wort. Er floh in kopfloser, panischer Hast, ohne Gepäck und ohne etwas gegessen oder eine Nachricht hinterlassen zu haben.

Das Schwierigste war, Ruhe zu bewahren, als er auf die Straße trat. Er zog seinen Mantel enger über der Brust zusammen und klappte die Ohrenschützer seiner Mütze herunter. So trat er in den Morgen hinaus und wandte sich nach rechts. Er begegnete niemandem, als er sich zwang, Arkusch in nördlicher Richtung mit dem Ziel Nirgendwo zu verlassen. Nach fast einer Stunde Weges blieb er abrupt stehen, sah auf und begriff, daß es keinen Sinn hatte, weiterzugehen. Man würde ihn auf dieser Straße oder in einem eiskalten Schuppen finden, oder die Nacht würde hereinbrechen, und er würde sich in den Wäldern verlaufen und nie entdeckt werden. Oder schlimmer, er würde erfroren, von Mäusen oder Ratten zerfressen gefunden werden.

Pjotor drehte um und ging in Richtung Arkusch zurück, ging schneller, versuchte sich auf einen Plan zu konzentrieren. Aber an Rettung und Überleben vermochte er nur wenige Sekunden zu denken. Der Teil eines Kinderreimes kam ihm in den Sinn:
Tausende von Tieren auf Noahs Arche,
Zwei von jeder Art, sogar zwei Ziegen,
wandern über die Decks, sehen den Regen,
haben keine andere Zuflucht,
nur den Wunsch, sich über Wasser zu halten.

Er wiederholte den Vers, versuchte, ihn zu verdrängen, doch er blieb ihm hartnäckig im Gedächtnis, kehrte wie ein Gebet immer wieder: Haben keine andere Zuflucht, nur den Wunsch, sich über Wasser zu halten.

In exakt diesem Augenblick saß eine sehr große, häßliche Krähe auf dem Fenstersims des Hauses von Vater Merhum. Sie krächzte viermal und pickte an etwas, das wie ein Samenkorn ausgesehen hatte, sich jedoch als kleiner Stein entpuppte. Die Krähe ließ den Stein fallen, krächzte erneut und sah durch das Fenster in den blutbesudelten Raum und auf den verstümmelten Körper der Nonne. Genau hinter dem Fenster lag ein kleiner, glänzender Gegenstand auf der zerrissenen Ikone des Heiligen Sebastian, der ein menschliches Auge hätte sein können.

Der Vogel betrachtete den Gegenstand, pickte mit dem Schnabel ans Fenster und neigte den Kopf zur Seite, um die Axt besser sehen zu können, die in der Wand steckte.

Die Krähe krächzte erneut viermal und hielt dann inne, als sie die Geräusche von Menschen in dem Wäldchen hörte.

Der Vogel drehte auf dem Fenstersims um, schlug ein paarmal mit den Flügeln und stieg zu den Baumwipfeln auf. Die Krähe erwischte Aufwind und ließ sich in die Höhe tragen. Bevor sie die erste Reihe von Birken hinter sich gelassen hatte, hatte sie das Haus bereits vergessen. Sie dachte nur noch daran, etwas Eßbares zu finden.

12

Rostnikow traf kurz vor neun in Arkusch ein. Schon beim Anblick des Empfangskomitees war ihm klar, daß sich etwas geändert hatte. Der kleine Bürgermeister Dimitrij Dmitrowitsch stand eingerahmt zwischen dem kräftigen Bauern Vadim Petrow und dem völlig aufgelöst wirkenden MWD-Offizier Mischa Gonsk. Gonsk hatte zwar noch hastig den Versuch unternommen, zu Rostnikows Empfang etwas präsentabler zu erscheinen, sich jedoch offensichtlich beim Rasieren in die Wange geschnitten. Pjotor Merhum, der vierte im Bunde, war nirgends zu sehen. Dafür stand Emil Karpo neben Gonsk. Emil Karpos ausdrucksloser in die Ferne gerichteter Blick schien völlig durch Rostnikow hindurchzugehen.

Rostnikow hatte Karpo nie zuvor so erlebt. Er machte den Eindruck eines Schlafwandlers, schien unter Schock zu stehen. Obwohl Karpo gelegentlich im Gespräch Emotionen verriet, hatte sich seine Mimik bislang auf den Ausdruck einer flüchtigen Angespanntheit beschränkt, die für Rostnikow stets Anzeichen für einen Migräneanfall des Kollegen gewesen war.

»Wer ist tot?« fragte Rostnikow prompt.

»Schwester Nina«, sagte Vadim Petrow, und seine Stimme

klang gequält. »Jemand...« Er suchte nach den richtigen Worten. Drei Männer, die mit Rostnikow aus dem Zug gestiegen waren, drängten sich rüde an ihnen vorbei, unterhielten sich aufgeregt, und Rostnikow schnappte das Wort »Mord« auf.

»Sie ist völlig verstümmelt worden«, warf Karpo ein. »Jemand hat ihren Körper in fünfzehn oder sechzehn Teile zerhackt. Der Mörder hat die Tatwaffe zurückgelassen. Es ist eine Axt. Sie steckte in der Wand. Möglicherweise handelt es sich um dieselbe Waffe, mit der schon der Priester ermordet worden ist.«

»Ein Wahnsinniger«, murmelte der Bürgermeister und sah beifallheischend in die Runde. »Ein Irrer läuft Amok in unserer Stadt, bringt Priester und Nonnen um. Vielleicht vergreift er sich als nächstes an Verwaltungsbeamten.«

»Gehen wir irgendwohin, wo wir reden können, Emil Karpo«, schlug Rostnikow vor und drängte sich an den drei Männern vorbei.

Emil Karpo nickte. Sein Blick war noch immer starr auf die Stelle geheftet, wo Rostnikow gestanden hatte. »Und wo wir ein Glas Tee trinken können«, ergänzte Rostnikow.

»Ja«, erwiderte Karpo, der offenbar Mühe hatte, sich auf die Gegenwart zu konzentrieren. »Gehen wir zum Haus der Partei.«

»Und was sollen wir tun, Inspektor?« erkundigte sich Petrow. Er nahm die Mütze ab und rieb sich den Schädel.

»Versuchen Sie, die Leute zu beruhigen«, erwiderte Rostnikow. »Sagen Sie ihnen, daß bald noch mehr Polizei kommt und daß wir den Mörder bald schnappen.«

»Glauben Sie das wirklich?« fragte der Bürgermeister.

»Das tun wir immer«, antwortete Rostnikow. »Wir reden später. Wo ist Merhums Sohn? Wo ist dieser Pjotor?«

»Keine Ahnung«, sagte Gonsk. »Er war nicht zu Hause. Ich bin vorbeigegangen, um... seine Frau hat gesagt... Ich weiß auch nicht. Soll ich ihn suchen?«

»Ja«, erwiderte Rostnikow. »Wenn Sie ihn gefunden haben, bringen Sie ihn in die Parteizentrale. Und auch den Jungen, Alexander. Und Pjotors Frau.«

Die drei Männer entfernten sich. Nur Gonsk schien es eilig zu haben. Petrow, der den Bürgermeister um Längen überragte, schritt langsam an dessen Seite und stützte ihn fürsorglich.

Rostnikow und Karpo gingen dieselbe Straße entlang wie am Vortag. »Ungefähr fünfzig Meter hinter uns ist ein Mann, der im selben Zug aus Moskau gekommen ist«, bemerkte Rostnikow. »Er sieht aus wie ein großer Frosch.«

»Klamkin«, sagte Karpo. »Ist gestern auch schon dagewesen. Hatte sich an meine Fersen geheftet. Er war im Fünften Büro vom KGB bei Oberst Lunatscharskij.«

»Das dürfte den Grauen Wolf interessieren.«

Sie gingen einige Minuten schweigend nebeneinander her.

»Ich muß ein Geständnis machen, Emil Karpo«, begann Rostnikow, als sie den Hauptplatz erreicht hatten. »Ich bleibe nicht gern über Nacht in Kleinstädten. Am Tag genieße ich die Abgeschiedenheit, aber nachts liebe ich das Gefühl brodelnden Großstadtlebens hinter Mauern und auf den Straßen. Ich liebe den gedämpften Klang von Autohupen. In kleinen Städten wie Arkusch kriege ich Beklemmungen.«

Karpo sagte nichts. Er öffnete die Tür zur Parteizentrale und trat beiseite, um Rostnikow den Vortritt zu lassen. Im Saal brannte Licht. Das war auch gut so, denn in dem niedrigen Raum mit den kleinen Fenstern war es selbst tagsüber fast völlig dunkel. Auf dem Tisch, an dem sie schon am Vortag gesessen hatten, stand eine dampfende Kanne. Rostnikow legte den Mantel ab und trat an den Tisch. Er setzte sich.

»Riecht alles irgendwie ländlich«, murmelte er und beugte sich über die Kanne. »Aber vielleicht ist das nur Einbildung. Möchten Sie eine Tasse?«

»Nein. Die schriftlichen Berichte meiner Ermittlungen und Gespräche, einschließlich der Unterhaltung mit der Nonne, sind in meinem Schlafzimmer. Wenn Sie möchten, hole ich sie.«

»Das hat Zeit«, wehrte Rostnikow ab und schenkte sich eine Tasse Tee ein. Er hielt seine Hand über die Tasse und fühlte die Wärme des Dampfs an seiner Handfläche. »Emil, bitte setzen Sie sich doch. Es ist schwierig, eine Tasse Tee zu genießen, wenn Sie hier rumstehen.«

Karpo setzte sich steif und legte die Hände auf die Knie. Der Zug um seinen Mund und sein Kinn wirkte noch verschlossener als sonst.

»Sie haben mir also was zu sagen«, begann Rostnikow nach dem ersten Schluck.

Karpo griff in seine Jackettasche und zog ein Buch mit einem abgewetzten Ledereinband heraus. Das Buch hatte ein unhandliches Format und war so dick wie ein Roman von Tolstoi. Rostnikow wischte sich die feuchte Handfläche an der Hose ab, zog das Buch zu sich herüber und schlug es auf. Es schien eine Art Haushaltsbuch oder Tagebuch zu sein. Die Handschrift war energisch und schräg. Für Rostnikow konnte sie nur von einer Frau stammen.

»Ich habe das Buch vor einer knappen Stunde in Schwester Ninas Zimmer gefunden«, berichtete Karpo. »Es lag versteckt in einem Geheimfach am Kopfende ihres Bettes. Um dorthin zu gelangen, mußte man das Bett zur Seite schieben. Wenn Schwester Nina also Eintragungen machen wollte, hat sie jedesmal das Bett hin- und hergewuchtet. Ich habe es nur mit Mühe geschafft. Und die Nonne war an die Achtzig.«

»Hat der Mörder danach gesucht?« wollte Rostnikow wissen und blätterte in den Seiten des Tagebuchs.

»Das glaube ich nicht. Er hat das ganze Haus auseinandergenommen, Ikonen zerbrochen, die Habseligkeiten des Priesters zerstört und zerhackt wie den Leichnam der alten Frau. Wer sie getötet hat, schien nach einem Gegenstand aus dem Besitz des Priesters gesucht zu haben. Schwester Ninas Zimmer war bis auf ein kleines Regal mit religiösen Büchern, einer schlichten Holzkommode, dem Bett, einem Gemälde von Jesus Christus an der Wand völlig kahl. Sie hat sehr einfach gelebt.«

»Und starb eines gewaltsamen Todes«, ergänzte Rostnikow. Die Beschreibung des Zimmers der alten Nonne erinnerte ihn lebhaft an Karpos Wohnung in Moskau. Rostnikow hatte sie nur ein einziges Mal betreten und sich wie in einer Mönchs- oder Gefängniszelle gefühlt. Der einzige Unterschied zwischen der Behausung der Nonne und der Wohnung von Emil Karpo schien das Bild an der Wand zu sein. Bei Emil Karpo waren sämtliche Wände kahl. Rostnikows Blick fiel auf das Buch auf dem Tisch. Karpo besaß mehrere hundert dieser schwarzen Bände, die seine Aufzeichnungen über ungelöste Kriminalfälle enthielten, die bis in Karpos Anfangszeit bei der Moskauer Kripo zurückreichten, nie abgeschlossen waren, und die Karpo in seiner Freizeit mit Akribie untersuchte.

»Haben Sie dieses Tagebuch gelesen?« erkundigte sich Rostnikow.

»Ich hatte nicht viel Zeit. Aber ich habe manches überflogen und mir nur die letzten Eintragungen genauer angesehen. Zwei Stellen sind mit gelben Papierstreifen markiert. Ich glaube, sie könnten von Interesse sein. Aber zuerst sehen Sie sich den Anfang an.«

Karpo beugte sich über den Tisch, schlug das Buch auf und deutete auf die erste Eintragung. Rostnikow warf einen Blick auf die aufgeschlagene Seite und las, worauf Karpos Finger deutete: ›Heute beginne ich mit meinen Aufzeichnungen. Vater Merhum führt sein Tagebuch mit großer Sorgfalt und schlägt vor, ich soll dasselbe tun, solle meine Seele mit Gott teilen, auf meine Vergangenheit zurückblicken, meine Sünden beichten, Ihm meine Dankbarkeit zeigen, wie Vater Merhum es tut, und daher...‹

»Vater Merhum hat also Tagebuch geführt«, sagte Rostnikow und sah auf. »Glauben Sie, der Mörder hat danach gesucht?«

»Möglich ist es.«

Rostnikow trank einen Schluck Tee und goß Karpo eine Tasse ein. »Tun Sie mir den Gefallen, Emil. Trinken Sie eine Tasse, während ich lese.«

Karpo nahm die Tasse und trank gehorsam.

Rostnikow schlug das Buch an der ersten markierten Stelle auf. Es war die Eintragung vom 2. Mai 1959 und lautete:

»Am heutigen Tag kam der Sohn zu Vater Merhum, und es brachte ihm keine Freude. Vater Merhum vertraute sich mir, nicht seiner Frau an. Und er tat es ohne Schuldgefühl. Er spricht zu mir in dem Wissen, daß ein Urteil nur unserem Herrn und Heiland zusteht. Er tut es in dem Wissen, daß ich nicht verurteile. Er hat die Kraft durch Gott und geleitet seinen Sohn durch alle Tage für den Rest seines Lebens, und das ist die Last seiner Sünden. Er erinnert ihn jetzt und alle Zeit, daß der Herr, der sich in seinem Sohn sonnte, auf diesen Kümmerling herabschaut und sieht, daß er sein Glück auf Erden nicht erkennen wird.«

Hört mir zu, die ihr die Gerechtigkeit kennt, du Volk, in dessen Herzen mein Gesetz ist! Fürchtet euch nicht, wenn euch die Leute schmähen, und entsetzt euch nicht, wenn sie euch verhöhnen.

Denn die Motten werden sie fressen wie ein Kleid, und Würmer werden sie fressen wie ein wollenes Tuch. Aber meine Gerechtigkeit bleibt ewiglich und mein Heil für und für.

Rostnikow sah zu Karpo auf, der seinen Tee getrunken hatte und ihn aufmerksam beobachtete.

»Das Zitat stammt aus dem Buch des Propheten Jesaja, Altes Testament«, bemerkte Karpo.

Rostnikow hatte Mühe, sein Erstaunen zu verbergen. Die Bibelfestigkeit seines Kollegen war ihm neu.

»Schwester Nina hat mir gestern abend eine Bibel gegeben«, fuhr Karpo fort. »Ich habe die Stelle schnell gefunden. Schlagen Sie die nächste Stelle mit dem Lesezeichen auf. Dann stellen Sie fest, daß auch die Eintragung dieses Tages mit einem Zitat aus dem Propheten Jesaja beginnt.«

Rostnikow blätterte bis zum nächsten gelben Papierstreifen. Die Eintragung stammte vom 6. Juli 1970:

Er schoß auf vor ihm wie ein Reis und wie eine Wurzel aus dürrem Erdreich. Er hatte keine Gestalt und Hoheit. Wir sahen ihn, aber da war keine Gestalt, die uns gefallen hätte. Er war der Allerverachtetste und Unwerteste, voller Schmerzen und Krankheit. Er war so verachtet, daß man das Angesicht vor ihm verbarg; darum haben wir ihn für nichts geachtet.

Die Eintragung des Tages wurde wie folgt fortgesetzt:

»Der Vater ist vom Fleisch und vom Geist. Er kann die Sünden des Fleisches nicht leugnen. Das, so glaubt er, ist der Fluch, den Gott auf ihn geladen hat. So weiht er all sein Tun den Sünden anderer gegen die Menschheit. Die Heiligen haben gelernt, daß sie tief fallen müssen, wenn sie wirklich erhöht sein wollen. Und Vater Merhum sieht ihn jeden Tag und wird erinnert.«

Das war das Ende der Eintragung. Rostnikow sah wieder auf. Emil Karpo saß reglos auf seinem Stuhl. Seine Miene wirkte nicht mehr ganz so starr und unerbittlich.

»Haben Sie Kopfschmerzen?« fragte Rostnikow.

»Das beeinträchtigt mich in keiner Weise«, entgegnete Karpo.

»Emil Karpo, ich muß daraus schließen, daß Sie meine Frage nicht beantworten wollen.«

»Ich habe Kopfschmerzen«, sagte Karpo.

Rostnikow wußte um die Heftigkeit von Karpos Migräneanfällen. Und er wußte, daß Karpo die vom Arzt verschriebenen Tabletten nur nahm, wenn man es ihm befahl. Für Karpo war es ein Zeichen von Schwäche, Schmerzen nicht als gegeben zu akzeptieren. »Schlucken Sie eine Tablette, Emil«, ordnete Rostnikow an.

»Es ist vermutlich schon zu spät. Ich hätte das gleich zu Anfang tun müssen. Jetzt ist es zwecklos.«

»Das ist ein Befehl, wie das Teetrinken.«

Karpo stand auf, griff in seine Tasche, zog ein kleines Röhrchen heraus, entnahm diesem eine große Kapsel, steckte sie in den Mund, biß mehrmals darauf und schluckte die Stücke dann ohne Tee oder Wasser hinunter. Rostnikow ahnte, daß die Pille schrecklich bitter schmecken mußte. Karpo verstaute das Röhrchen wieder in der Tasche und setzte sich.

»Und was halten Sie von diesen Eintragungen?« wollte Rostnikow wissen.

»Vater Merhum scheint eine tiefe Abneigung gegen seinen Sohn gehabt zu haben. Offenbar erinnerte er ihn ständig an etwas, dessen er sich schuldig fühlte.«

»Ganz meine Meinung«, stimmte Rostnikow zu und überlegte, ob er sich noch eine Tasse des an sich geschmacklosen Tees einschenken sollte. Erst die Erinnerung daran, wie Karpo die Kapsel zerkaut hatte, und das Verständnis, das in ihm aufkeimte, stärkten seinen Entschluß. »Emil, ich brauche sämtliche Informationen über Vater Merhum und seine Frau, deren Sie habhaft werden können. Bringen Sie mir Informationen über Merhums

Sohn. Bringen Sie mir Fotos. Bringen Sie mir alles, was Sie kriegen können.«

Emil Karpo nickte und stand auf. »Da ist noch eine Eintragung, die ich mit einem gelben Papierstreifen markiert habe«, bemerkte er. »Ganz am Ende.«

Rostnikow schlug die letzte Seite auf. Die Notiz war kurz.

»Und die Stimme der Mutter Maria hat gesagt, daß der Sohn den Vater erschlug. Die Gesetze der Welt schreien, daß ich sprechen muß, aber es sind die Gesetze der Menschen, die eine eiserne Hand über den Mund der Heiligen Kirche gelegt haben, und das fast mein ganzes Leben lang. Menschen wie sie haben nicht das Recht, über das Gesetz zu entscheiden. Das ist allein das Recht Gottes. Ich werde es also ihm überlassen. Wie Vater Merhum mit seiner Schuld gelebt hat, soll es auch der Sohn tun. Und wenn der Sohn zu mir kommt, rate ich ihm, zur Mutter Maria zu beten, die selbst für die Mitleid hat, die am tiefsten gesunken sind.«

Rostnikow hob den Blick.

»Der Sohn hat ihn getötet. Und dann tötete er die Nonne«, sagte Karpo.

»Emil«, entgegnete Rostnikow mit einem tiefen Seufzer und versuchte sein Bein in eine bequemere Position zu manövrieren. »Die Stimme der Mutter Maria hat ihr diese Einsicht eingegeben. Was ist los mit Ihnen? Seit wann glauben Sie an religiöse Heimsuchungen?«

»Ich glaube gar nichts«, widersprach Karpo.

Rostnikow sah, daß Karpos linkes Augenlid herunterhing. Das war das deutliche Zeichen dafür, daß sich die Kopfschmerzen verstärkt hatten.

»Aber ich habe mit der alten Frau gesprochen und glaube, daß sie ein gesundes Urteilsvermögen hatte, daß ihre Eingebung sich nicht auf Glauben, sondern auf Wissen gründete.«

»Sie mochten die Nonne«, stellte Rostnikow fest.

»Ich hatte Hochachtung vor ihr«, erklärte Karpo. »Das ist ein Unterschied.«

Rostnikow schwieg. Er sah seinen Mitarbeiter ohne den Anflug eines Lächelns an.

»Ich mochte sie«, gestand Karpo schließlich.

»An die Arbeit, Emil Karpo. An die Arbeit.«

Karpo verstand sofort, daß er damit entlassen war. Er eilte aus dem Zimmer.

Rostnikow blieb allein zurück.

Er blätterte weiter im Tagebuch der Nonne, las einige Eintragungen genauer und war überzeugt, daß Karpo es trotz Zeitmangel gründlich durchgearbeitet hatte.

Er verweilte bei der Eintragung zum Weihnachtsfest 1962:

»Vater Merhum und sein Sohn sind aus Potschaew zurück. Man hat ihn gerufen, gegen die Schließung des Klosters zu protestieren. Der Sohn hat darauf bestanden, ihn zu begleiten. Vor zwei Jahren lebten hundertfünfzig Mönche im Kloster Potschaew. Viele wurden von der Regierung gezwungen, in ihre Heimatgemeinden zurückzukehren. Andere wurden wegen Verstößen gegen das Paßgesetz vor Gericht gestellt. Und die, die protestierten, mußten sich medizinischen Untersuchungen unterziehen und wurden in Nervenheilanstalten eingewiesen.

Als Vater Merhum zum Kloster Potschaew kam, lebten dort noch siebenunddreißig Mönche. Eine Sonderkommission des sowjetischen Ministerrats kam ins Kloster und befahl den Mönchen, Potschaew zu verlassen.

Vater Merhum und die Mönche protestierten beim Patriarchen Alexeij in Moskau und bei Chruschtschow. Vergeblich.

Zehn Mönche wurden inhaftiert. Der Novize Grigorij Unku, Gott sei seiner Seele gnädig, wurde zu Tode gefoltert.

Vor drei Tagen kam die Bürgermiliz der Region Ternopol mit Lastwagen, um die wenigen verbliebenen Mönche und die Nonnen zu verprügeln, die ihnen zu Hilfe geeilt waren. Bewaffnete KGB-Agenten kamen, brachen die Türen mit Brechstangen auf, zerrten die Mönche aus dem Kloster, warfen sie in die Lastwagen und deportierten sie. Die Bürger der Stadt, die sich versammelt hatten, wurden mit Wasserwerfern in Schach gehalten.

Vater Merhum wurde verletzt, aber er klagte nicht. Er hat mehrere Rippenbrüche. Obwohl er geschworen hatte, nur beobachten zu wollen, trug auch der Sohn eine Narbe davon, weil er den Vater beschützt hat. Seine Brust wird dieses Stigma tragen, und ich bete zu Gott, daß er jedesmal, wenn er in den Spiegel sieht, an diese Entweihung des Geburtstages unseres Herrn erinnert wird.«

»Ich sollte zu Ihnen kommen?« ertönte plötzlich eine Stimme.

Rostnikow hatte den Jungen gehört, jedoch absichtlich nicht von seiner Lektüre aufgesehen. Das Kloster Potschaew war ihm bis dahin völlig unbekannt gewesen, aber er wußte, daß Vorfälle wie jener an der Tagesordnung gewesen waren. Er klappte das Buch zu und schob es beiseite.

Der Junge, Enkel von Vater Merhum, Sohn von Pjotor, wartete in respektvollem Abstand. Er blinzelte, als hätten Zwiebeldämpfe seine Augen gereizt. Er trug eine Hose aus grobem Stoff und einen blauen Pullover, der ihm mindestens eine Nummer zu groß war. Er war ungekämmt.

»Bitte setz dich, Alexander Merhum«, sagte Rostnikow.

Der Junge gehorchte unsicher. Rostnikow beobachtete, wie sein Blick zum Tagebuch wanderte und er sich dann abrupt abwandte, als hätte er etwas Verbotenes entdeckt.

»Weißt du, was passiert ist?« fragte Rostnikow.

»Schwester Nina ist tot.«

Rostnikow mußte nicht fragen, wie der Junge über die ermordete Nonne dachte. Die Antwort stand ihm ins Gesicht geschrieben und war aus der Brüchigkeit seiner Stimme herauszuhören. »Und was hältst du davon?« erkundigte er sich und legte die Hand auf Schwester Ninas Tagebuch.

Der Junge ließ sich mit der Antwort Zeit. »Es ist nicht recht«, sagte er schließlich. »Es ist nicht gerecht. Wer das getan hat, dem gehören die Augen ausgestochen.«

»Das Leben ist ungerecht, Alexander Merhum. Das habe ich erkannt, als ich Soldat war. Und damals war ich nicht viel älter als du jetzt. Ich hatte eine lange Liste von Gemeinheiten, mit denen ich aufräumen wollte. Diese Ungerechtigkeiten waren eine ständige Last. Und dann ist mir etwas klargeworden. Das Leben ist ungerecht. Das war eine große Erleichterung.«

»Schwester Nina sagt... hat so was Ähnliches auch gesagt.«

»Möchtest du Tee?«

»Nein«, lehnte der Junge ab.

Rostnikow rührte Zuckerstücke in seinen Tee und fuhr fort: »Seit gestern versuche ich mich an ein Haus zu erinnern. An das Haus, in dem ich mit meinen Eltern gewohnt habe, als ich so alt war wie du. Wie es aussah, wo mein Bett stand, mit wem ich gespielt habe.«

»Warum?« wollte der Junge wissen.

»Wenn ich das Gestern verliere«, antwortete Rostnikow und lächelte, »dann verliere ich vielleicht das Heute. Und wenn ich das Heute verliere, was ist dann das Morgen noch wert?«

»Sie sind ein komischer Polizist«, sagte der Junge. »Und ich weiß, was Sie machen werden. Sie denken, daß mein Vater Schwester Nina umgebracht hat. Mein Vater hätte ihr im Leben nichts getan. Er hätte ihr kein Haar gekrümmt.«

»Und wieso glaubst du, daß ich denke, daß er ihr etwas antun konnte?« erkundigte sich Rostnikow und massierte sein Bein.

»Sie suchen nach ihm. Towarisch Gonsk, der Polizist, und der... der andere Polizist, der mit Ihnen gekommen ist, suchen nach ihm. Sie haben's meiner Mutter gesagt. Sie können ihn nicht finden. Sie glauben, er ist weggelaufen.«

»Ist er das?«

»Ich... nein.«

»Hast du je dieses Buch gesehen, Alexander?« Rostnikow hielt Schwester Ninas Tagebuch in die Höhe.

Alexanders Mund öffnete sich leicht und schloß sich wieder. »Nein.«

»Besaß dein Großvater auch so ein Buch? Eines, in das er sich Notizen gemacht hat?«

»Das weiß ich nicht.«

»Ich erkenne, wenn jemand Geheimnisse hat«, bemerkte Rostnikow. »Das gehört dazu, wenn man Polizist ist. Geheimnisse sind komisch. Sie drängen einen, sich mitzuteilen. Bei Polizisten sind sie gut aufgehoben. Wenn das nicht so wäre, hätten die Menschen kein Vertrauen zu uns.«

»Die Menschen vertrauen ni...« Der Junge verstummte.

»Ich bin ein anderer Polizist. Ein seltsamer Polizist. Erinnerst du dich?«

»Ja.«

»Denk darüber nach.«

»Ich...«

»Wo ist deine Mutter?«

»Sie wartet draußen«, antwortete der Junge.

»Sag ihr, sie möchte hereinkommen.«

Der Junge rutschte hastig vom Stuhl und lief zur Tür. Er griff nach der Klinke und drehte sich zu Rostnikow um. »Soll ich mit ihr wieder reinkommen?«

»Nein«, erwiderte Rostnikow. »Du kannst in die Schule gehen.«

»Heute ist keine Schule. Sie haben die Schule geschlossen. Wegen meinem Großvater und Schwester Nina. Viele Leute sind auf der Straße. Aus der großen Stadt.«

»Dann geh spielen«, seufzte Rostnikow.

»Meine Mutter hat große Angst«, sagte der Junge.

»Ich beiße nicht.«

»Ich geh' in die Kirche«, murmelte der Junge und lief hinaus.

Rostnikow hätte gern weiter im Tagebuch der Nonne gelesen, aber dazu war keine Zeit. Die Frau von Pjotor Merhum mußte direkt vor der Tür gestanden haben. Alexander hatte das Zimmer kaum verlassen, als sie eintrat.

Sonja Merhum war nicht die Erscheinung, die Rostnikow erwartet hatte. Aber das beunruhigte ihn nicht. Er hatte längst gelernt, sich nicht überraschen zu lassen.

Das Alter von Sonja Merhum war schwer zu schätzen. Sie konnte Mitte Dreißig, aber auch Anfang Vierzig sein. Jedenfalls war sie älter als ihr Mann. Sie war eine schöne Frau, groß und stattlich und hatte kurzes blondes Haar. Sie trug ein schlichtes blaues Kleid mit weißem Blumenmuster. Ihre Haut wirkte weich und rein, ihre Lippen waren schön geschwungen und voll. Von Angst konnte Rostnikow in ihren Zügen nichts erkennen. Sie setzte sich ihm mit der Miene der unbeteiligten Zuschauerin gegenüber.

»Sie sind Sonja Merhum, Pjotor Merhums Frau?«

Sie nickte.

»Darf ich Ihnen Tee anbieten? Er ist leider nicht mehr heiß.«

»Nein, danke.«

Sonja Merhum versuchte offenbar ihre Gefühle eisern zu unterdrücken. Sie wirkte beinahe teilnahmslos, aber vielleicht stand sie auch unter Schock.

»Sie möchten das hier schnell hinter sich bringen, stimmt's?«

»Ja, bitte«, murmelte die Frau.

»Ich habe nur ein paar Fragen an Sie«, sagte Rostnikow. »Wie alt sind Sie?«

»Sechsunddreißig.«

»Und Ihr Sohn?«

»Zwölf.«

»Und Ihr Mann?«

»Dreißig. Aber warum...?«

»Haben Sie noch mehr Kinder?«

»Nein.«

»Brüder oder Schwestern?«

»Ja, eine Schwester. Katrina. Sie lebt in...«

»Und Ihr Mann?«

»Mein...«

»Hat er Geschwister?«

»Nein.«

»Ihr Mann und sein Vater sind nicht gut miteinander ausgekommen«, sagte Rostnikow.

»Pjotor hat ihn nicht umgebracht«, entgegnete sie. »Und Pjotor hat Schwester Nina geliebt. Er hätte ihr kein Haar gekrümmt.«

»Wo ist er?«

»Ich... ich weiß es nicht. Er kommt zurück. Vielleicht ist er einen Tag weggegangen. Er ist... Ich glaube, die Nachricht von Schwester Ninas Tod war zuviel für ihn.«

»Sie glauben also, daß er weggelaufen ist?«

»Nein«, entgegnete sie ohne Überzeugung.

»Wie standen Sie zu Ihrem Schwiegervater?«

»Vater Merhum war ein großer Mann, eine bedeutende weltliche und religiöse Führerfigur«, antwortete sie, als lese sie von einem Konzept ab. »Er wird ein Heiliger werden.«

»Und Ihr Sohn wird Priester wie sein Großvater und Urgroßvater?«

»Niemals«, wehrte Sonja Merhum ab. Sie sprang auf und versuchte mühsam, ihre Stimme zu beherrschen.

»Sie sind offenbar keine gläubige Christin«, stellte Rostnikow fest.

Sonja Merhum schwieg. Sie wandte den Kopf zur Seite. Rostnikow fiel auf, daß sie im Profil noch schöner war. Sie erinnerte ihn an eine Kamee, die seine Mutter an einer Kette getragen hatte.

»Und Schwester Nina? Was können Sie über sie sagen?«

»Ihr Glaube war stark«, erwiderte Sonja Merhum heiser.

»Glaube an…?«

»An Vater Merhum und Gott«, sagte sie, ohne ihn anzusehen.

»Sie mochten Schwester Nina also?«

»Alle haben Schwester Nina geliebt«, antwortete sie so leise, daß er sie kaum verstehen konnte.

»Nicht alle«, widersprach Rostnikow. »Immerhin ist sie ermordet worden.«

Sonja Merhum kaute leicht auf ihrer vollen Unterlippe und nickte.

»Wenn…«, begann Rostnikow. Ein Klopfen an der Tür unterbrach ihn. Vadim Petrow stürmte herein. Er sah auf Sonja Merhum herab, die ihn ignorierte. Der Bauer hatte die Mütze in seiner Rechten zu einem kleinen Ball zerknüllt.

»Es herrscht eine explosive Stimmung in der Stadt«, keuchte er. »Die Leute rotten sich zusammen.«

»Die Leute?« fragte Rostnikow.

»Ich weiß nicht. Die Schaulustigen, Ausländer, noch ein Fernsehteam in einem Übertragungswagen aus Moskau. Gonsk kann sie mit den wenigen freiwilligen Helfern nicht in Schach halten. Ich bitte Sie, Verstärkung zu holen, damit wir Ruhe und Ordnung bewahren können.«

Rostnikow sah Sonja Merhum an. Petrow folgte seinem Blick. Sie hatte sich wieder in der Hand. Ihr Gesicht war eine ausdruckslose Maske.

»Ich glaube, wir verfügen geradezu über die ideale Polizeistärke, um eine aufgebrachte Menge zur Räson zu bringen«, entgegnete Rostnikow und stand auf, um die Schmerzen in seinem Bein zu lindern. »Zu wenig Polizei, und man riskiert ein paar Übergriffe. Zu viel, und man riskiert Widerstand und Ausschreitungen. Ich bin lieber für zu wenig als für zu viel.«

»Gestatten Sie, aber man muß sich doch schützen«, sagte Petrow.

»Ich gestatte es mir, aus Erfahrung zu lernen«, konterte Rostnikow.

»In unserer Stadt läuft ein Wahnsinniger frei rum, der Priester und Nonnen schlachtet«, erklärte Petrow.

»Ich glaube nicht, daß noch mehr Priester oder Nonnen sterben müssen«, sagte Rostnikow und klopfte mit der Hand auf Schwester Ninas Tagebuch.

»Es sind auch nicht mehr viele übrig«, gab Petrow zu bedenken.

»Die wenigen, die noch hier sind, sind sicher«, erwiderte Rostnikow.

»Glauben Sie wirklich, daß es keinen Mord mehr geben wird?« Petrow sah Rostnikow herausfordernd an.

»Ich glaube, daß kein Priester und keine Nonne mehr ermordet werden«, schränkte Rostnikow ein.

»Die Leute von Arkusch erwarten Taten von mir«, behauptete Petrow. »Ihr Priester ist tot. Der Bürgermeister braucht Hilfe. Er ist völlig kopflos. Ich bin nicht in der Lage, die Administration zu vertreten. Ich weiß nicht mal, ob ich noch irgendeine Funktion habe. Die Partei ist... Ich bin müde und wütend. Tut mir leid. Ich bin ein Bauer und schon seit dem Morgengrauen auf den Beinen, um Holz für einen Zaun um meinen Kartoffelacker zu suchen. Die Leute fangen an, Kartoffeln zu stehlen. Ich kann mich um diesen Wahnsinn nicht kümmern.«

»Wahnsinn«, wiederholte Sonja Merhum plötzlich. »Der Polizist glaubt, daß Pjotor seinen Vater und Schwester Nina umgebracht hat.«

Die beiden Männer sahen sie an.

»Nein«, sagte Vadim Petrow und wandte Rostnikow sein breites Gesicht zu. »Das hätte er nie getan. Er ist dazu nicht fähig. Sie kennen ihn nicht.«

»Vielleicht war er wütend«, gab Rostnikow zu bedenken und ging langsam auf und ab, um die Durchblutung in seinem Bein anzuregen. »Er könnte die Beherrschung verloren haben.«

»Er hätte seinen Vater nie offen herausgefordert«, bemerkte Sonja. Erneut glaubte Rostnikow mehr als oberflächliche Bitterkeit aus ihren Worten herauszuhören.

»Nein, das hätte er nie getan«, bestätigte Petrow.

»In diesem Fall ist es das beste, wir finden ihn«, erklärte Rostnikow. »Dann hat er Gelegenheit, mir zu beweisen, was Sie beide mir gesagt haben. Und jetzt entschuldigen Sie mich. Ich muß einige Berichte lesen und mich um einen Mörder kümmern.«

Rostnikow half Sonja Merhum auf die Beine und führte sie zur Tür. Dabei machte er Petrow ein Zeichen mitzukommen. »Genosse Petrow begleitet Sie nach Hause«, sagte Rostnikow und öffnete die Tür.

Draußen hatte sich eine kleine Menge von ungefähr zwanzig Personen versammelt. Die meisten taten so, als unterhielten sie sich rein zufällig auf der Straße. Einige wenige machten keinen Hehl aus ihrem Interesse für die drei Gestalten in der Parteizentrale. Rostnikow nahm an, daß es sich bei letzteren um die Schaulustigen aus Moskau und die Ausländer handelte.

Petrow sah aus, als wolle er etwas sagen, doch Rostnikow deutete nur auf Sonja Merhum. Petrow machte den Mund zu, nahm Sonjas Arm und begleitete sie die Straße hinunter. Rostnikow schloß die Tür.

Als er auf das Zimmer zuging, in dem Karpo übernachtet hatte, überlegte Porfirij seine nächsten Schritte. Zuerst wollte er ein Telefon ausfindig machen und dem Grauen Wolf Bericht erstatten. Zweitens wollte er versuchen, Elena Timofejewa und Sascha Tkach zu erreichen, um den Stand ihrer Ermittlungen im Fall der verschwundenen Syrerin zu erfahren. Drittens würde er Karpos Bericht lesen. Danach hatte er vor, sich wieder mit Schwester Ninas Tagebuch zu befassen.

Rostnikow ging über den Korridor, blieb vor Karpos Zimmertür stehen und fuhr mit den Fingern über den Türrahmen. Schon nach Sekunden spürte er den Faden, der in der Ritze zwischen Tür und Rahmen steckte. Wurde die Tür geöffnet, fiel der Faden zu Boden. Derjenige, der die Tür aufmachte, merkte es nicht, aber Karpo würde bei seiner Rückkehr nach dem Faden tasten und wissen, daß jemand in seinem Zimmer gewesen war. Rostnikow war sicher, daß mindestens noch ein Faden oder Papierschnitzel vorhanden sein mußte, aber das war unerheblich. Er versuchte erst gar nicht, vor Karpo geheimzuhalten, daß er im Zimmer gewesen war. Er hatte sich lediglich vergewissert, daß Karpo, dem der Tod der Nonne erstaunlich nahegegangen war, seine professionelle Vorsicht nicht außer acht ließ. Der Faden in der Tür bewies, daß er nicht ganz aus dem Gleichgewicht geraten war.

Rostnikow betrat das Zimmer. Das Bett war gemacht, und die Berichte lagen ordentlich gestapelt auf der Bettdecke. Er hob sie auf, warf einen Blick auf die gestochen scharfe Handschrift und kehrte in den Saal zurück. Er beschloß, in der Küche nach etwas Eßbarem zu suchen.

Mittlerweile glaubte er ziemlich sicher zu wissen, was in Arkusch geschehen war. Er hoffte, daß Karpos Berichte, das Tagebuch der Nonne und die Information, über die er bald verfügen würde, ihm Gewißheit brachten.

13

Oberst Snitkonoi war dabei, eine besonders wichtige Rede zu diktieren, die er vor einer Delegation von Drogenexperten halten sollte, die in der Hoffnung nach Frankreich, England und die Vereinigten Staaten geschickt wurden, die dortigen Regierungen zu veranlassen, Berater nach Rußland zu schicken.

Während der Graue Wolf in seinem morgendlichen Tatendrang beschwingt in seinem Büro auf und ab ging, schrieb Pankow hastig mit. »Experten sind der Ansicht, daß wir vor einer neuen Welle der Drogenkriminalität stehen. Im vergangenen Jahr wurden mehr als hunderttausend Anbaugebiete von Drogenpflanzen zerstört. Aber kaum ist ein derartiges Unternehmen eliminiert, schießen zwei von ihnen wieder aus dem Boden wie...«

»Eine Hydra«, half ihm Pankow auf die Sprünge.

Der Oberst schüttelte ungehalten den Kopf. »Zu offensichtlich. Sagen wir wie Bambus.«

»Ja«, bestätigte Pankow begeistert, als er schrieb. »Bambus.«

»In Kasachstan hat sich die Produktion verdreifacht«, fuhr Snitkonoi fort. »Afghanisches Rohopium kommt auf der ganzen Länge unserer offenen zentralasiatischen Grenzen ins Land. Und die Stimmen derer werden immer lauter, die eine Freigabe der Drogen verlangen. Wenn die Mauern fallen«, sagte der Oberst und stieß mit wohlgeformten Fingern gegen eine imaginäre Wand, »haben wir ein Chaos, in dem wir alle zu versinken drohen.«

Das Telefon klingelte. Pankow sah den Oberst an. »Gehen Sie ran. Und stellen Sie mir eine Liste von Fakten über Drogen zusammen. Holen Sie sie von... na, Sie wissen schon, bei wem.«

Pankow stand vom Konferenztisch auf, ging hastig aus dem Zimmer und schloß leise die Tür.

»Sonderdezernat, Büro des Direktors«, meldete sich Pankow und senkte die Stimme, um ihr einen sonoren Klang zu geben. »Ja... ja, Sir.«

Er legte den Hörer behutsam auf den Tisch, ging zur Tür zurück und klopfte.

»Herein!« rief der Oberst. Der Graue Wolf ging immer noch in seinem Zimmer auf und ab. Das Morgenlicht schimmerte auf seinem grauen Haar.

»Oberst Lunatscharskij von der Staatssicherheit«, sagte Pankow.

»Lunatscharskij?«

»Soviel ich weiß, hat er Major Schenja in der Abteilung für Innere Angelegenheiten abgelöst. Sie wissen schon, Schenja hatte einen... einen Unfall im vergangenen...«

»Stellen Sie das Gespräch durch«, befahl Oberst Snitkonoi mit humorlosem Lächeln. Jeder, der ihn kannte, wußte, daß dies das Zeichen war, daß der Graue Wolf den Anruf erwartet hatte. Pankow kehrte zu seinem Schreibtisch zurück und stellte den Anruf durch. Er hätte gern mitgehört und seinen Jahresurlaub dafür hergegeben, zu erfahren, was die beiden miteinander sprachen. Nicht den ganzen Jahresurlaub, schränkte er in Gedanken ein, aber ein oder zwei Tage wäre ihm die Sache wert gewesen, wenn der Teufel ihm ein solches Angebot gemacht hätte. Der Teufel? Den gab es eben nicht.

Hätte er mitgehört, hätte er folgendes erfahren:

Lunatscharskij: Oberst Snitkonoi, ich habe Informationen für Sie. Sie könnten für die beiden Fälle von Wert sein, die Ihre Abteilung bearbeitet.

Grauer Wolf: Gut, Oberst. Ich bin interessiert. Ich schicke gleich jemanden zu Ihnen...

Lunatscharskij: Es wäre mir lieber, wenn ich meine Informationen persönlich und mündlich übergeben könnte.

Grauer Wolf: Dann kommen Sie in mein Büro, Oberst.

Lunatscharskij: Sehr freundlich von Ihnen. Aber es ist mir unmöglich, in Ihr Büro zu kommen. Ich denke, wir verstehen uns.

Oberst Snitkonoi verstand sehr gut. Der ehemalige KGB-Offizier wollte vermeiden, daß die Unterredung aufgezeichnet wurde. Beweise waren nicht gefragt. Und sowohl im Büro des Grauen Wolfs als auch im Büro des Oberst Lunatscharskij in der Lubjanka wäre das Gespräch automatisch mitgeschnitten worden.

Natürlich konnte keiner der beiden Gesprächspartner sicher sein, daß der andere nicht doch Mittel und Wege fand, die Unterredung aufzuzeichnen, wo auch immer sie sich trafen. Sie hatten lediglich die Möglichkeit, es dem anderen so schwer wie möglich zu machen.

»Ich schlage vor, wir sehen uns im Fernsehturm-Restaurant«, sagte der Oberst. »Um halb sieben. Wir können einen leichten Imbiß zu uns nehmen. Außerdem habe ich am Nachmittag in der Nähe eine Verabredung. Einverstanden?«

Der Fernsehturm in Ostankino lag für beide gleichermaßen ungünstig. Dafür war es in dem sich in vierzig Minuten einmal um die eigene Achse drehenden Panorama-Restaurant praktisch unmöglich, Richtmikros einzubauen.

»Also dann bis halb sieben«, bestätigte Lunatscharskij.

Oberst Snitkonoi legte zuerst auf. Dann hängte Lunatscharskij den Hörer ein, stand auf und ging zum Fenster. Er war entschlossen, lange vor Snitkonoi im Restaurant zu sein, um dem Oberst keine Gelegenheit zu geben, bei der Begrüßung seine überlegene Größe auszuspielen. Wenn er, Lunatscharskij, bereits am Tisch saß, würde der Größenunterschied optisch kaum auffallen.

Oberst Lunatscharskij hatte sich schweren Herzens zu dieser Begegnung entschlossen. Er hatte keine Möglichkeit gesehen, ein persönliches Treffen zu vermeiden, das ihn so peinlich an seine körperliche Unterlegenheit erinnerte. Der einmal von ihm eingeschlagene Kurs mußte gehalten werden. Er war auch bereit, Demütigungen hinzunehmen, um einer für ihn günstigen Entwicklung Vorschub zu leisten. Anschließend konnte er sich beruhigt zurücklehnen und die Auswirkungen beobachten. Die Berichte, die General Karsnikow von ihm bekam, waren der erste Schritt in Richtung auf eine mögliche Beförderung.

Falls der erste Versuch fehlschlug, mußte er so lange unermüdlich weiterarbeiten, bis es ihm gelang, Snitkonoi und seine Mannschaft in Mißkredit zu bringen.

Lunatscharskij überlegte, was er mit den verbleibenden Stunden des Vor- und Nachmittags anfangen sollte. Er konnte einigermaßen sicher sein, daß seine Frau nicht zu Hause war. Sie haßte es, den späten Vormittag in der Wohnung verbringen zu müssen. Außerdem war ihr Liebhaber in der Stadt. Lunatscharskij beschloß, nach Hause zu fahren, ein paar Stunden zu schlafen und dann dem Grauen Wolf gegenüberzutreten.

Er überprüfte die Knopfreihe seines Jacketts, rückte die Krawatte zurecht und betrachtete sich in dem Spiegel, den er in seiner Schublade verwahrte. Wladimir Lunatscharskij war nicht eitel. Er fand sich auch nicht besonders gutaussehend. Trotzdem achtete er stets auf ein korrektes Aussehen. Ungekämmtes Haar oder ein falsch geknöpftes Hemd waren ihm ein Greuel.

»Sie sollten zu Hause im Bett sein«, sagte Elena Timofejewa zu Sascha Tkach. Tkach saß ihr gegenüber an seinem Schreibtisch im sechsten Stock der Petrowka.

Kriminalbeamte, Büroangestellte, Techniker, alle sahen ihn an, wenn sie vorüberkamen. Sascha hielt sie sich mit böser Miene vom Leib. Ein Mann mit einem breiten, gemütlichen Gesicht beugte sich zu ihm herunter, flüsterte ihm etwas zu und ging dann beschwingt und laut lachend weiter.

»Was hat er gesagt?« wollte Elena wissen.

»Er hat mich gefragt, ob Sie sich gestern abend auf mein Gesicht gesetzt hätten«, antwortete Sascha. An dem kleinen unversehrten Teil von Saschas Gesicht konnte Elena ablesen, daß er die Wahrheit sagte.

Dann wiederholte sie, daß er ins Bett gehöre. Sascha lachte.

»Glauben Sie, ich habe zu Hause meine Ruhe? Meine Mutter würde schimpfen und toben. Meine Tochter klettert auf mir herum, sobald ich mein gutes Auge zumache. Meine Frau würde mich schweigend bemitleiden, und das wäre das Allerschlimmste.«

Er sah auf. In seinem gesunden Auge lag Herausforderung. Elena lachte. Sie wollte nicht lachen, aber Sascha sah so erbarmungswürdig aus, und sein Selbstmitleid war so echt, daß sie nicht anders konnte. Sie lachte und versuchte gleichzeitig, den Gefühlsausbruch zu unterdrücken, was in schrecklichem Gehuste und Gepruste endete.

Sascha versuchte wütend zu sein. Ihr Gelächter war ein harter Schlag. Es bewies, daß sie als Kollegin nicht geeignet war und daß er recht hatte, sich zu bemitleiden. Doch statt Wut kam Lachen. Er merkte, wie sich sein geschundenes Gesicht zu einem Lächeln verzog. Und dann lachte er schallend. Er lachte so sehr, daß seine Rippen und das geschwollene Auge schmerzten. Und er konnte nicht aufhören zu lachen.

Selatsch hatte noch immer Krankenurlaub. Karpo und Rostnikow waren in Arkusch. Niemand konnte ihn sehen – niemand außer Elena, und sie hatte mit dem Lachen angefangen. Und er lachte mit. Es gab keinen Grund zu lachen, doch er lachte und beobachtete sie, wie sie lachte.

»Ich muß aufhören«, seufzte Elena und wischte sich die Tränen aus den Augen. »Also gut. Hören wir auf.«

Sie bemühte sich, und es wäre ihr auch beinahe gelungen, aber sie konnte nicht aufhören. Schließlich sanken sie auf ihren Stühlen zurück und holten erst einmal Luft. In diesem Augenblick sagte sie zum dritten Mal: »Sie gehören nach Hause ins Bett.«

»Wenn ich arbeite, komme ich mir wegen gestern abend nicht ganz so blöd vor«, gestand er. »Wir brechen uns heute keinen ab.«

»Gut«, stimmte sie zu. Sie wußte, daß der Durchbruch erreicht war. Sie hatten eine gewisse Basis für eine zukünftige Zusammenarbeit gefunden. Die Situation war längst nicht perfekt, aber sie gab Anlaß zur Hoffnung. »Ich habe die Namen, die Tatjana genannt hat. Bei einigen kannte sie nur die Vornamen. Die können wir gleich streichen. Aber mit einem kleinen Rest können wir was anfangen. Katrina Welikanowa habe ich bereits ausfindig gemacht. Bei den anderen – entweder kannte Tatjana nur die falschen Nachnamen, oder...«

»...sie hat gelogen«, ergänzte Tkach.

»Oder sie hat gelogen«, stimmte Elena zu. »Aber Katrina Welikanowa steht im Telefonbuch. Amira Durahaman ist bei Tatjana mit der Welikanowa gesehen worden.«

»Und mit einem jungen Mann namens Stillsowik, dem Amerikaner Paul Harbing...«

»...den ich nirgends finden kann.«

»...und«, fuhr Sascha ungerührt fort, »einer weiteren Araberin mit einem unaussprechlichen Namen und...«

»Damit könnten wir anfangen.«

»Richtig«, pflichtete er ihr bei.

Und sie fingen an. Sie riefen Katrina Welikanowa an, um sicherzugehen, daß sie zu Hause war, wenn sie kamen. Die Welikanowa versuchte Arbeit vorzuschützen, aber Elena machte ihr klar, daß es sich nicht um einen Höflichkeitsbesuch handelte.

Die Fahrt dauerte eine halbe Stunde. Für Tkach bedeutete es eine halbe Stunde infernalischer Schmerzen in einem Trolleybus. Er konnte sich nicht einmal anlehnen, um seine Rippen zu schonen.

Sascha wollte nicht reden. Er hielt sich an der Stange fest, ignorierte Elena und starrte aus dem Fenster auf die schrottreifen Autos und hängenden Stromleitungen. Plakatwände an der Straße versprachen ausländischen Luxus – Volvos, Sharp-Computer, Mars-Riegel, 7UP, M&M's –, den sich nur einige wenige leisten konnten.

Als sie am Bolschoi-Theater vorbeikamen, sah Sascha die Gerüste und Bretter, die die Pferde der Bronzequadriga umgaben, die den Giebel schmückte. Die Arbeiten zur Restaurierung der Pferde hatten schon vor einem Jahr begonnen. Die Vollendung war wohl nicht absehbar. Er hatte die Pferde während seines ganzen bisherigen Lebens zwei- bis dreimal wöchentlich gesehen. Trotzdem konnte er sich plötzlich nicht darauf besinnen, wie viele es eigentlich waren.

Er wollte Elena schon fragen, als der Polizist in seiner Glaskabine an der Ecke seine Aufmerksamkeit erregte. Der Mann in dickem grauen Mantel schaltete die Ampel von Rot auf Grün.

»Wir sind da«, sagte Elena. Sie tippte ihm auf die Schulter.

Sie stiegen aus. Eisige Kälte empfing sie. Hinter ihnen erhob sich das düstere Denkmal der Revolution von 1905. Vor ihnen lagen die ehemaligen Prachtstraßen, die die abrißreifen Wohnblocks vor den Blicken der Touristen schützten.

Tkach ging ungewöhnlich langsam.

Nach einem Block bogen sie rechts um die Ecke und fanden sich in einer schmalen, schmutzigen Straße wieder. Hier gab es einförmige Betonblocks und eingebrochene Bürgersteige. Sie überquerten einen Platz. Die Gehsteige sahen aus wie nach einem Bombenangriff.

An der nächsten Ecke trat eine Gruppe Männer und Frauen von einem Bein auf das andere. Vor ihnen spielte ein unrasierter Mann Akkordeon. Seine Melodie klang mehr als schräg.

Sascha und Elena überquerten die Straße und gingen an einem Stapel schmutziger Betonbausteine vorbei, die offenbar für ein längst vergessenes Bauprojekt angefahren worden waren. Vor dem Miethaus dahinter blieben sie stehen. Die Adresse stimmte. Katrina Welikanowa wohnte in einem achtstöckigen Wohnhaus. Es sah aus wie das, in dem Sascha lebte.

Elena machte den Mund auf, doch Sascha kam ihr zuvor. »Sagen Sie jetzt bitte nichts. Ich gehe nicht nach Hause.«

Elena nickte schweigend. Katrina Welikanowas Wohnung lag im achten Stock. Und das Haus hatte selbstverständlich keinen Lift.

»Ob er sich jedesmal so fühlt, wenn er Treppen steigt?« fragte Sascha unvermittelt.

»Er? Wen meinen Sie?«

»Porfirij Petrowitsch mit dem schlimmen Bein.«

Sie erreichten den achten Stock und fanden die richtige Tür. Die junge Frau, die aufmachte, inspizierte ihre Dienstausweise eingehend. »Sie sehen überhaupt nicht aus wie auf dem Bild«, erklärte sie und musterte Sascha.

»Ich hatte einen Unfall«, entgegnete er.

Katrina war hübsch und sah wie sechzehn aus. Außerdem hatte sie Angst, was sie energisch zu verbergen versuchte. »Wie ist das passiert?«

»Zusammenstoß mit einem unwilligen Zeugen«, antwortete Elena.

Die Wohnung war unvorstellbar klein. Sie wirkte wie eine gelb-orangefarben tapezierte Zelle.

»Möchten Sie sich setzen?« fragte Katrina Welikanowa. Sie faltete die Hände, die sie bis dahin in die Hüften gestützt hatte.

»Nein«, wehrte Sascha ab.

»Was wollen Sie?« erkundigte sie sich. Auf einem Tisch in der Ecke standen gut zwanzig Porzellanhunde in unterschiedlichsten Größen und Variationen. Sie griff nach einem Terrier und rieb den Daumen daran.

»Arbeiten Sie?« wollte Elena wissen.

»Natürlich«, sagte sie. »Ich hatte Ihnen doch gesagt, daß ich zur Arbeit muß, als Sie anriefen.«

»Wo?« fragte Sascha.

»Im Haus der Freundschaft mit fremden Nationen«, sagte sie. »Ich spreche Rumänisch und Tschechisch. Meine Mutter war Rumänin. Glauben Sie mir nicht?«

»Wir glauben Ihnen«, beruhigte Elena sie. Ihr wurde klar, daß das Mädchen nicht besonders intelligent war.

»Sie sind wegen Amira hier«, stellte das Mädchen fest.

Elena und Sascha warfen sich einen Blick zu.

»Wie kommen Sie...«, begann Elena, aber Katrina stellte den Hund zurück und sagte: »Der andere hat Sie geschickt. Sie sind sozusagen die Nachhut, was?«

»Der andere?« frage Elena hastig.

»Der Polizist«, fuhr das Mädchen fort. »Heute morgen. Ich habe so was schon im Film gesehen. Mein Freund hat Fernsehen.«

»Hat dieser andere Polizist seinen Dienstausweis gezeigt?« wollte Sascha wissen.

»Nein. Das ist mir... Deshalb war ich bei Ihnen vorsichtiger.«

»Wie hat er ausgesehen?« erkundigte sich Elena und zückte ihr Notizbuch.

»War er kein Polizist?«

»Wie sah er aus?« wiederholte Elena.

»Groß. So ungefähr...« Sie beschrieb mit den Händen ein großes Viereck. Platte Nase wie bei dem Schauspieler.«

»Tabakow?«

»Nein, der Franzose. Wie heißt er gleich? Ist ja auch egal«, seufzte sie und griff nach einem anderen Hund. »Er hatte eine Lederjacke an. Der Franzose trägt im Film auch immer Lederjacken.«

Elena fiel sofort der Mann im Nikolai ein. Als er hinter dem Perlenvorhang aufgetaucht war, hatte er ausgesehen, als wolle er sich auf Inspektor Rostnikow stürzen. Er hatte Elena direkt in die Augen gesehen.

»Was wollte er?« fragte Sascha.

»Er hat gefragt, ob ich weiß, wo Amira ist. Ich habe ihm gesagt, daß ich es nicht weiß. Dann wollte er wissen, ob ich Amiras Freunde kenne. Er hat behauptet, sie sei vielleicht in Schwierigkeiten, und er wolle ihr helfen.«

»Und?« erkundigte sich Elena.

»Ich habe ihm gesagt, was ich weiß. Das ist nicht viel. Ich habe Amira nur ein paarmal im Nikolai getroffen. Zusammen mit Grischa Zalinskij und dem Engländer.«

»Amerikaner«, verbesserte Sascha.

»Nein, Engländer. Ich weiß, wie es klingt, wenn Engländer und Amerikaner versuchen, Russisch zu sprechen. Er war Engländer.«

»Paul Harbing«, sagte Elena.

»Paul Harbing?« Das Mädchen sah sie verwundert an. »Ich kenne keinen Paul Harbing. Er hieß, warten Sie, er hat seinen Namen nur einmal genannt, als wir vorgestellt wurden. Aber ich habe ein gutes Gedächtnis. Ich habe den Kurs für Gedächtnisübungen im... Chesney. Peter Chesney heißt er.«

»Sind Sie sicher?« fragte Elena.

»Absolut. Peter Chesney.«

»Wissen Sie, wo Peter Chesney wohnt?« warf Sascha ein.

»Nein, woher soll ich das wissen? Was ist denn mit Amira?«

»Nichts«, erwiderte Elena.

»Nichts. Und deshalb treten mir die Leute die Tür ein und bedrohen mich?«

»Danke, Genossin Welikanowa«, murmelte Elena.

»Ah, jetzt bin ich die Genossin Welikanowa«, sagte das Mädchen. »Ich bin froh, daß jemand noch die korrekte Anrede kennt. Meine Mutter ist zu *gospodin*, Bürger, zurückgekehrt. Mein Chef sagt noch immer *Towarisch*. Darf die Genossin Welikanowa Sie bitten, ihren Chef anzurufen und ihm zu sagen, warum sie zu spät zur Arbeit kommt?«

»Ja«, antwortete Sascha. »Unter einer Bedingung.«

»Gut, eine Bedingung«, erklärte das Mädchen und stützte die Hände wieder in die Taille.

»Unsere Namen«, begann er. »Wie lauten unsere Namen? Wir haben Ihnen unsere Ausweise gezeigt.«

»Sie sind Sascha Tkach. Sie ist Elena Timofejewa.«

»Richtig«, lobte Sascha. »Wo ist Ihr Telefon?«

»Telefon? Glauben Sie, ich könnte mir ein Telefon leisten?«

Unten auf der Straße sagte Elena: »Hat uns Tatjana absichtlich einen falschen Namen genannt?«

»Vielleicht. Vermutlich.«

»Weil sie glaubt, daß Chesney weiß, wo das Mädchen ist. Aber irgend jemand mußte uns früher oder später von ihm erzählen. Tatjana wußte, daß jemand...«

»Sie kann doch jederzeit behaupten, den Namen des Engländers falsch verstanden zu haben«, fiel Sascha ihr ins Wort.

»Und sie gewinnt damit...«

»Zeit«, ergänzte Sascha.

»Wollen Sie sich bei mir einhaken?« fragte Elena. Sie streckte die Hand aus, um seinen Arm zu nehmen, als vier streitende Frauen auf dem Weg zur Bushaltestelle vorbeikamen.

»Rufen Sie ein Taxi«, sagte Sascha. »Porfirij Petrowitsch hat sicher nichts dagegen.«

Leonid Downik hatte von einem Fenster des Bjelorussischen Bahnhofs aus einen guten Blick auf den Majakowski-Platz und den dichten Verkehr auf der Überführung. Als er den Bahnhof eine gute Stunde zuvor betreten hatte, war ihm sofort aufgefallen, daß die Uhr über dem Eingang zerschlagen war. Auf seiner eifersüchtig gehüteten amerikanischen Timex war es kurz vor zwölf Uhr mittags gewesen.

Den Engländer Chesney ausfindig zu machen war kein Problem. Er rief bei der englischen Botschaft an, gab sich als russischer Geschäftsmann aus und behauptete, einen Peter Chesney wegen einer möglichen Import-Vereinbarung treffen zu wollen. Er nannte willig die Telefonnummer, unter der er zu erreichen war, machte die Sache dringend und behauptete, einen Termin bei der deutschen Botschaft zu haben. Die Briten hatten keinen Grund, mißtrauisch zu sein. Falls Downik vom MWD oder irgendeiner anderen Abteilung gewesen wäre, hätte er die Botschaft nicht einzuschalten brauchen.

Die Frau aus der britischen Botschaft meldete sich zehn Minuten später wieder bei ihm und nannte ihm Telefonnummer und Adresse des Außenhandelsbüros, wo Chesney zu erreichen war.

Downik rief das Büro an, um sich zu vergewissern, daß Chesney dort war. Dann fuhr er zur angegebenen Adresse und wartete auf ihn. Das Foto, das er aus Chesneys Wohnung entwendet hatte, steckte in der Tasche seiner Kunstlederjacke. Chesney verließ das Bürohaus kurz vor elf mit einem Aktenkoffer in der Hand.

Leonid folgte ihm mit der grünen Linie der Untergrundbahn und lauerte auf eine Gelegenheit, den Mann allein zu stellen. Vergeblich. Jetzt stand er geduldig hinter dem Fenster und beobachtete den Verkehrsstrom. Durch Lücken zwischen den Autoschlangen konnte er den Engländer sehen. Er stand unter dem Denkmal des Dichters Majakowski, der, eine Hand in der Hosentasche, schweigend auf die Autos herabblickte.

Chesney mußte knapp fünf Minuten im Freien auf einer baumlosen Verkehrsinsel warten, bis zwei Männer auftauchten. Leonid Downik zog seine Brille aus der Tasche und setzte sie auf, um besser sehen zu können.

Die beiden Männer standen dicht vor Chesney und sahen sich beim Reden ständig um. Einer von ihnen schaute in Leonids Richtung. Leonid trat automatisch vom Fenster zurück.

Die Unterhaltung der drei dauerte nur wenige Minuten. Dann schüttelten die beiden Männer Chesney die Hand und gingen.

Chesney sah sich um und überquerte die verkehrsreiche Straße in Richtung Untergrundbahn. Leonid beschloß zu handeln. Er wollte dem Engländer zuvorkommen und ihn stellen, bevor er mit dem Aufzug hinunterfahren konnte. Mit Hilfe seines Messers würde er ihn zwingen, ihn zu einem Lieferanteneingang des Restaurants Sofia zu begleiten. Dort konnten sie ungestört reden. Anschließend mußte Downik Chesney ›überreden‹, ihm den Aufenthaltsort der Syrerin zu verraten.

Er lief zum Ausgang und versuchte, Chesney hinter den beschlagenen Fenstern nicht aus den Augen zu verlieren. Den Mann, der ihm in den Weg trat, sah er erst, als er beinahe mit ihm zusammenstieß.

»Aus dem Weg!« zischte Downik und hob die Hand, um den Mann beiseite zu stoßen.

Ein zweiter Mann tauchte auf und versperrte ihm ebenfalls den Weg. Leonid blieb stehen und sah die beiden an. Sie sahen aus wie die Männer, die sich gerade mit Chesney getroffen hatten. Leonids Jagdopfer drohte inzwischen zu entkommen.

Der Bjelorussische Bahnhof ist einer der belebtesten Bahnhöfe Moskaus. Menschen strömten in dichten Trauben an ihnen vorüber. Leonid wollte die Männer beiseite stoßen, um endlich weiterzukommen, als er merkte, daß die beiden Kerle, die er noch wenige Augenblicke zuvor unter dem Denkmal beobachtet hatte, ebenfalls auf ihn zukamen. Es stand vier gegen einen. Leonid steckte eine Hand in die Tasche und tastete nach seinem Klappmesser. Es war eigentlich viel zu teuer gewesen. Trotzdem hatte er der Verfolgung nicht widerstehen können.

»Bitte folgen Sie uns!« forderte einer der Männer Leonid auf und zog eine Hand gerade soweit aus der Tasche, daß die Mündung einer Pistole sichtbar wurde.

»Wäre nicht ratsam, die hier abzudrücken«, sagte Leonid.

»Sie haben genau drei Sekunden Zeit, mitzukommen«, fuhr der Mann fort. »Wenn nicht, erschieße ich Sie.«

Leonid wußte, daß er die Wahrheit sagte. »Ist das ein Angebot?«

»Ein Angebot«, stimmte der Mann mit der Pistole zu.

Leonid zuckte mit den Achseln und zog die Hand aus der Tasche. Er spürte die Konturen seines Messers an den Rippen.

Passanten beobachteten sie. Eine vierköpfige Familie hörte auf, sich zu streiten, und sah sie an. Dann nahmen sie ihre Auseinandersetzung wieder auf. In Bars, öffentlichen Gebäuden und auf den Straßen Moskaus wurden ständig irgendwelche Geschäfte verhandelt, und die Passanten hatten viel zu viele eigene Sorgen, um sich darum zu kümmern.

Als sie auf dem Sadowaja-Ring waren, hielt eine große, schwarze Limousine am Straßenrand. Die Fenster des Wagens waren abgedunkelt. Die hintere Tür flog auf, und während Leonid Downik in das Auto geschoben wurde, spielte er kurz mit dem Gedanken zu fliehen. Schließlich siegte die Neugier über seinen Kampfgeist. Er stieg wortlos ein, und die Limousine reihte sich laut hupend in den Verkehrsstrom ein.

Rostnikow hörte draußen vor dem Parteigebäude ein Geräusch. Die Tür flog auf. Vier Männer kamen herein. Zwei der Neuankömmlinge waren alt. Ein ungefähr sechzehnjähriger Junge schien offensichtlich behindert zu sein. Der vierte im Bunde wirkte mürrisch und verwirrt. Hinter ihnen tauchte Mischa Gonsk auf.

»Hier sind sie«, verkündete Gonsk triumphierend.

»Das sehe ich«, erwiderte Rostnikow, stand auf und legte Karpos Bericht auf den Tisch. »Mit wem habe ich die Ehre?«

»Den Olegs«, erklärte Gonsk. »Das sind alle Olegs aus Arkusch, mit Ausnahme der kleinen Kinder.«

»Das haben Sie großartig gemacht, Towarisch«, lobte Rostnikow. Er wußte von Karpo, daß die alte Nonne ihm versichert hatte, kein Oleg habe den Priester getötet und der Oleg, den der Sterbende erwähnt habe, stamme auch nicht aus Arkusch. Karpo hatte ihr geglaubt. Und Rostnikow vertraute auf Karpos Urteilsvermögen. Der Oleg, den der sterbende Priester erwähnt hatte, mochte wichtig sein, aber von den verängstigten Männern, die jetzt im Haus der Partei versammelt waren, war es keiner.

»Darf ich den Herren Tee anbieten?«

Ein alter Mann trat vor, um eine Tasse aus der Hand Rostnikows entgegenzunehmen. Der mürrische Oleg meldete sich zuerst zu Wort: »Was soll das überhaupt? Ich bin erst vor einer Stunde in die Stadt zurückgekommen. Ich war fünf Tage in Moskau. Hab' versucht, das Eingemachte meiner Frau zu verkaufen.«

»Stimmt das, Kollege Gonsk?«

»Sieht so aus«, antwortete Gonsk, der die vier, und besonders den Behinderten, nicht aus den Augen ließ. Der Behinderte lächelte unaufhörlich.

»Was heißt, sieht so aus?« fauchte der Händler. »Redet mit meinen Cousins. Schaut euch meine Bahnfahrkarten an.«

»Kannten Sie Vater Merhum und Schwester Nina?«

»Die kannte jeder«, antwortete der Mann. »Ich bin ein religiöser Mensch. Meine ganze Familie geht in die Kirche.«

»Noch vor einem Monat war er Parteimitglied und Atheist«, bemerkte einer der alten Männer, die Tee tranken.

»Sie lügen«, widersprach der Händler. »Ich habe nur so getan.«

»Dein ganzes Leben lang?« fragte der zweite alte Oleg.

»Ein großartiger Schauspieler«, warf der erste Oleg ein.

»Ein echter – wie heißt er noch – Cary Gable.«

»Inspektor!« protestierte Oleg, der Händler.

Rostnikow legte den Finger an die Lippen, um Oleg, den Händler, zum Schweigen zu bringen. Dann machte er dem Behinderten ein Zeichen. Dieser kam tolpatschig auf ihn zu. Rostnikow drückte ihn auf einen Stuhl und schenkte ihm Tee ein.

»Gonsk«, sagte er. »Gehen Sie in die Küche. Holen Sie was zu essen. Kekse, irgendwas. Dann bringen Sie sie wieder nach Hause.«

»Sie scheinen nicht zu verstehen, Inspektor. Das sind die einzigen Olegs in Arkusch. Es gibt keine anderen.«

»Dann müssen wir in Minsk weitersuchen«, erwiderte Rostnikow.

»In Minsk? Warum Minsk?« fragte Gonsk.

»Ist doch egal, wo wir anfangen«, meinte Rostnikow.

»Aber Minsk?«

»Schon gut, es sollte ein Witz sein«, seufzte Rostnikow.

»Das verstehe ich nicht.«

»Bitte, holen Sie die Kekse.«

Gonsk ging mit verdutztem Gesichtsausdruck in Richtung Küche.

»Wenn Sie das erledigt haben, suchen Sie bitte Karpo«, rief Rostnikow ihm nach.

Gonsk nickte. Rostnikow griff nach den Berichten, die Karpo über die fünf Männer aus Arkusch, Pjotor Merhum eingeschlossen, für ihn vorbereitet hatte. Er las sie einmal durch, und dann ein zweites Mal, um einigermaßen sicher zu sein. Allmählich begann ihm einiges zu dämmern.

»Ihr könnt jetzt gehen«, sagte Rostnikow und sah zu Oleg, dem Händler, auf, der auf etwas zu warten schien.

»Hatten Sie Gonsk nicht aufgetragen, Kekse zu holen?« erkundigte er sich leise. »Ich dachte...«

Rostnikow deutete auf einen Stuhl neben dem behinderten Oleg.

Sascha und Elena betraten kurz nach ein Uhr mittags Peter Chesneys Wohnung. Sie hatten herausbekommen, daß er tatsächlich Brite war, und das Büro ausfindig gemacht, in dem er arbeitete. Aber in der Firma hatten sie ihn nicht angetroffen.

Deshalb fuhren sie zu seiner Wohnadresse und klingelten. Peter Chesney öffnete ihnen.

»Wir haben ein paar Fragen an Sie«, sagte Elena. »Wir sind von der Polizei.«

Chesney trug einen tadellos gebügelten schwarzen Anzug, und hochpolierte schwarze Halbschuhe. In seiner gestreiften Krawatte steckte eine Krawattennadel mit Perle. Chesneys silbergraues Haar jedoch war zerzaust, und er wirkte unnatürlich blaß. »Was ist denn mit Ihnen passiert?« sagte er zu Sascha und trat zur Seite, um die beiden Polizeibeamten einzulassen.

»Ich war unvorsichtig. So was rächt sich in meinem Beruf«, erwiderte Sascha. »Aber ich habe nicht vor, denselben Fehler noch einmal zu machen. Wir haben Fragen an Sie.«

»Hören Sie, jemand hat meine Wohnung auf den Kopf gestellt«, sagte Chesney, ignorierte den Polizisten und deutete auf das Durcheinander auf dem Fußboden. »Ich bin britischer Staatsbürger. Das muß ich mir nicht gefallen lassen. Spricht einer von Ihnen vielleicht eine zivilisierte Sprache? Es fällt mir schwer, meine Wut auf Russisch auszudrücken. Eigentlich habe ich Mühe, überhaupt etwas auf Russisch auszudrücken.«

Elena und Sascha sahen sich im Zimmer um. Das Chaos erinnerte beide sofort daran, in welchem Zustand sie Grischa Zalinskijs Wohnung vorgefunden hatten.

»Französisch«, bot Sascha an.

»Deutsch und Englisch«, kam es von Elena.

»Gut«, sagte Chesney auf Englisch. Er setzte sich aufs Sofa.

»Ich spreche kein Englisch«, entgegnete Sascha. »Sprechen wir lieber Russisch. Ihre Fehler überhören wir einfach. Wir sind tolerant.«

»Seit wann denn das?« fragte Chesney auf Englisch, dann fiel er zögernd und widerwillig erneut ins Russische. »Also gut. Jemand ist in meine Wohnung eingebrochen. Was gedenken Sie zu unternehmen? Das einzig Positive ist, daß Sie so prompt gekommen sind.«

»Wir sind nicht wegen eines Einbruchs hier«, klärte Elena ihn auf. »Wir suchen Amira Durahaman.«

Chesney wurde tatsächlich noch eine Nuance blasser, sofern das überhaupt möglich war. »Tut mir leid. Ich weiß nicht...«

»Sie sind mit ihr im Nikolai gesehen worden«, warf Elena ein.

»Häufig«, ergänzte Sascha, klappte sein Notizbuch auf und starrte auf die Notizen, die er mit dem einen gesunden Auge nur undeutlich erkennen konnte. Aber da er nur so tat, als lese er, spielte das keine Rolle. »Es gibt sechs Zeugen, die unter Eid ausgesagt haben, daß das Mädchen Ihre Geliebte ist«, log er.

»Und zwei Ihrer Nachbarn haben Amira Durahaman als die Frau identifiziert, die mindestens dreimal bei Ihnen übernachtet hat«, fügte Elena hinzu.

»Also gut, vielleicht. Und wenn schon? Was ist dabei?« Chesney erholte sich allmählich vom ersten Schreck. Er stand auf und spielte den Empörten.

»Warum kümmern Sie sich nicht um Wichtigeres?« forderte er sie gereizt auf. »Bei mir ist eingebrochen worden. Man hat mich bestohlen!«

»Was fehlt denn?« wollte Sascha wissen.

»Fehlt? Was fehlt? Das weiß ich noch nicht. Aber...«

»Das Mädchen ist verschwunden«, sagte Elena. »Ein Mann ist tot. Ein anderer sucht nach ihr, vielleicht, um sie umzubringen.«

»Sie irren sich«, entgegnete der Engländer. Dann wiederholte er seine Worte auf Englisch und Französisch. »Wir haben gegen kein russisches Gesetz verstoßen.«

»Wie alt sind Sie?« erkundigte sich Elena.

»Das ist doch nicht...«

»Sie sind neunundvierzig«, antwortete Sascha für ihn. »Sie sind verheiratet und haben eine Frau und drei Kinder.«

»Und zwei Enkelkinder«, fügte Elena hinzu.

»Alle Ihre Kinder sind älter als Amira Durahaman«, fuhr Sascha fort, trat einen Schritt auf den Briten zu und fühlte einen stechenden Schmerz in der Brust. »Falls diesem Mädchen etwas zustoßen sollte, kann ich verdammt ärgerlich werden.«

»Sie können mir nicht drohen. Ich bin britischer Staatsbürger.«

»Mein Gott«, seufzte Elena. »Jemand versucht das Mädchen umzubringen, Chesney. Wenn sie nicht schon tot ist. Ihr Vater sucht Sie. Wenn er Sie vor seiner Tochter findet, dann sehen Sie vermutlich schlimmer, wesentlich schlimmer aus als mein Partner hier.«

Saschas Lächeln war eine schreckliche Grimasse. »Das ist sinnlos«, entgegnete er. »Ich fürchte, wir müssen Sie bitten, mit uns zu kommen. Sie sind in den Mord an einem russischen Bürger verwickelt und möglicherweise sogar in die Entführung der Tochter eines wichtigen ausländischen Gastes. Eine peinliche Situation für Ihr Land. Könnte sein, daß Ihre Botschaft Sie uns überläßt. So was ist schon häufig vorgekommen.«

»Sie lügen«, sagte Chesney.

»Holen Sie Ihren Mantel«, forderte Elena ihn auf.

Chesney sah von einem zum anderen. Elenas und Saschas Mimik war kaum ermutigend. Sie nahmen ihn in die Zange. Sascha war links neben ihm und berührte seinen Ellbogen. Elena kam von rechts. Ihre Brust streifte seine Schulter.

»Das ist alles Unsinn. Ich weiß zufällig, daß Amira keine Gefahr droht. Ihr Vater sucht nicht nach mir. Heute morgen hatte ich eine Unterredung mit zwei Syrern. Wir haben uns wie Gentlemen unterhalten. Ich helfe ihnen, Amira zu finden. Außerdem habe ich versprochen, sie nicht wiederzusehen.«

»Warum denn das?« wollte Sascha wissen.

»Warum?« wiederholte Chesney.

»Hat man Sie bedroht? Hat man Ihnen gesagt, was sie mit Zalinskij gemacht haben?« fragte Elena.

»Nein«, beharrte Chesney.

»Was hat sie dann veranlaßt, mit den Herren zu kooperieren?« erkundigte sich Sascha.

»Gewisse Überlegungen«, gab Chesney zu.

»Überlegungen?« sagte Elena.

»Für meine Hilfe erhielt ich das Versprechen, daß meine Familie und meine Arbeitgeber in England nichts von meiner Beziehung zu Amira erfahren würden.«

»Und wo ist sie? Was haben Sie den Syrern gesagt?«

»Sie arbeitet im Café Zagorsk«, antwortete er leise. »Sicher haben sie sie mittlerweile dort gefunden.«

»Sonst noch was, Genosse?« seufzte Elena.

»Sie verhaften mich doch nicht, oder?« bettelte Chesney. »Ich habe schon genug Scherereien. Das sehen Sie doch.«

»Das dürfte die Sache für Sie wert gewesen sein. Sie haben die Gesellschaft eines sehr jungen Mädchens weidlich genossen«, entgegnete Sascha.

»Sie kennen Amira nicht«, bemerkte Chesney tonlos.

»Da ist doch noch was, was Sie uns sagen wollten«, erinnerte Elena ihn.

»Die Syrer behaupteten, ein Mann sei mir gefolgt. Sie wollten sich um ihn kümmern. Ich habe gesehen, wie sie ihn in eine schwarze Limousine verfrachtet haben.«

»Wie sah der Mann aus?«

»Gröᵦ und kräftig. Lederjacke. Ziemlich primitiv.«

Elena und Sascha wechselten einen Blick. »Wir schreiben einen Bericht«, erklärte Sascha. »Ich schlage vor, Sie suchen bei Ihrer Firma um Versetzung in ein anderes Land nach. Sie können ja als Grund Ihren Gesundheitszustand angeben.«

»Soll das eine Drohung sein?«

»Sieht ganz so aus«, stimmte Sascha ihm zu.

»Ich werd's mir überlegen«, sagte Chesney.

14

Porfirij Petrowisch ging die lange Straße entlang. Für ihn war es ein mühseliges Unterfangen. Er lenkte sich ab, indem er Emil Karpo Fragen stellte: »Was machen die Kopfschmerzen?«

»Sind zu ertragen«, antwortete Karpo, den Gonsk in der Kirche angetroffen hatte. Dort fand die Totenmesse für Schwester Nina statt. Nachdem sich die beiden Polizisten im Haus der Partei besprochen hatten, gingen sie zurück zur Kirche mit ihren vier Zwiebeltürmen. Schon von weitem drang gedämpft Chorgesang zu ihnen herüber.

»Beeinträchtigt der Schmerz Ihre Fähigkeit, logisch zu denken?«

»Das glaube ich nicht. Aber ich weiß es nicht.«

»Das läßt sich feststellen. Wo ist Pjotor Merhum?«

»Er ist entweder auf und davon oder hält sich versteckt«, antwortete Karpo. »Er ist schuldig.«

»Gibt es noch andere Gründe, weshalb er untergetaucht sein könnte?«

»Viele«, erwiderte Karpo. »Er könnte tot sein, Selbstmord begangen haben. Vielleicht hat man ihn ermordet, nicht weil er der Mörder ist, sondern weil er dem echten Mörder auf der Spur war. Kann auch sein, daß er irgendwo seinen Rausch ausschläft. Aber vergessen Sie nicht. Das Tagebuch der Nonne ist ein Beweis.«

»Sollten Sie doch noch Sinn für Humor entwickeln, Emil Karpo?«

»Ich versuche nicht, witzig zu sein.«

»Das Tagebuch der Nonne«, fuhr Rostnikow fort. »Ein merkwürdiges Dokument. Ist Ihnen das nicht aufgefallen?«

Sie gingen langsam und ignorierten die Blicke der Neugierigen, die das seltsame Gespann beobachteten.

»Inwiefern merkwürdig?«

»Wie wird der Sohn von Vater Merhum im Tagebuch bezeichnet?«

»Als ›Sohn‹«, sagte Karpo.

»Richtig. Und er wird nie bei seinem Namen genannt. Warum nie mit Namen? Warum schreibt sie nicht einfach Pjotor?«

»Das weiß ich nicht.«

»In der Eintragung am 2. Mai 1959 ist davon die Rede, daß der Sohn zu dem Vater kommt«, erklärte Rostnikow. »Wenn es sich um Pjotor handelte, müßte er jetzt dreiunddreißig sein. Aber Pjotor Merhum ist dreißig. Das geht aus seinen Papieren hervor.«

»Dann gibt es noch einen Sohn.«

»Richtig, noch einen Sohn«, bekräftigte Rostnikow.

»Und er hat seit dem Vorfall im Kloster von Potschaew eine Narbe auf der Brust.«

Sie hatten ihr Ziel erreicht. Das Haus, in dem Schwester Nina ermordet worden war und zu dem sich der sterbende Priester mit letzter Kraft durch das Wäldchen geschleppt hatte, lag zu ihrer Rechten. Direkt vor ihnen stand die Kirche. Eine große Krähe kam aus dem Wald geflogen und kreiste über ihren Köpfen. Rostnikow blieb stehen und sah zu ihr auf. Emil Karpo schenkte dem Vogel keine Beachtung.

»Ich wette den Ed-McBain-Roman in meiner Manteltasche, daß Pjotor Merhum keine Narbe auf der Brust hat«, erklärte Rostnikow.

»Ich hätte keine Verwendung für Ihren Ed-McBain-Roman, Genosse Inspektor. Ich lese kein Englisch. Und Romane interessieren mich nicht.«

»Dann wetten wir eben nicht«, entschied Rostnikow. »Lebt ein Mann in der Stadt, der eine solche Narbe hat?«

»Wir könnten das Geburtsregister des betreffenden Tages und

der vorangegangenen Monate durchsehen«, schlug Karpo vor. »Aber...«

»Ah, Sie haben eine Idee?«

»Das Bibel-Zitat. Vielleicht ist der Sohn nicht am 2. Mai 1959 geboren. Es könnte doch sein, daß er lediglich an diesem Tag in Arkusch eingetroffen ist. Am 2. Mai ist Vater Merhum kein Sohn geboren worden. Es ist einer in Arkusch aufgetaucht.«

»Ja«, sagte Rostnikow. »Und jetzt suchen wir jemanden mit einer Narbe auf der Brust, der im Mai vor zweiunddreißig Jahren nach Arkusch gekommen ist.«

»Also sehen wir uns die Gemeinderegister an«, bemerkte Karpo.

»Ja, die Register, Emil.«

Zwei Männer und eine Frau kamen die Stufen von der Kirche herab. Der eine trug eine Kamera auf der Schulter. Der andere hatte ein Tonaufnahmegerät mit Mikrophon umhängen. Die Augen der Frau waren durchdringend und neugierig. Sie steuerte mit einem Notizblock in der Hand sofort auf die Polizisten zu.

»Das Fernsehen«, stellte Rostnikow fest. »Vor den Reformen hatten wir unter den Wohltaten der neuen Freiheiten nicht zu leiden. Gehen Sie, Emil Karpo. Ich stricke denen ein Garn und schicke sie auf Gespensterjagd.«

Emil Karpo eilte davon, und das Trio kreiste Rostnikow ein.

»Sie sind Inspektor Porfirij Petrowitsch Rostnikow«, begann die Frau.

Rostnikow hatte bereits kehrtgemacht und ging in Richtung Arkusch zurück. »Das weiß ich selbst«, erwiderte er. »Aber ich nehme zu Ihren Gunsten an, daß Sie das nur wegen der Zuschauer gesagt haben.«

Die Reporterin war perplex. Sie war übertrieben geschminkt. »Haben Sie schon eine Ahnung, wer Vater Merhum und Schwester Nina umgebracht haben könnte?«

»Ja«, antwortete er.

»Und?« bohrte sie weiter.

»Ich sehe keinen Grund, ausgerechnet mit Ihnen darüber zu sprechen«, erklärte Rostnikow. »Meine spekulativen Überlegungen dürften Ihre Zuschauer doch kaum befriedigen.«

»Die alten Zeiten sind vorbei, Inspektor«, entgegnete die Reporterin, um zu retten, was noch zu retten war. »Die Bürger Rußlands haben ein Recht darauf zu erfahren, was Sie denken.«

»Woran ich denke? Ich denke an das Haus, in dem ich als Kind gelebt habe«, klärte Rostnikow sie auf. »Ich versuche schon seit Tagen, mich zu erinnern, welche Möbel darin standen und wie es dort ausgesehen hat. Es nagt an mir wie der ständig wiederkehrende Refrain eines Schlagers, auf dessen Text man sich nicht besinnen kann.«

Die Reporterin hob die Hand und murmelte Unverständliches. »Du kannst abschalten, Kolja«, sagte sie schließlich.

Rostnikow hinkte langsam davon.

Pjotor Merhum sah durch das kleine Kirchenturmfenster auf den Inspektor hinunter, der vor der Fernsehreporterin davonhinkte.

Pjotor hielt sich seit acht Stunden verborgen, und er hatte beschlossen, sein Versteck im Turm aufzugeben. Er hatte nicht die Absicht, sich zu stellen. Immerhin war er nicht absolut sicher, daß die beiden Polizisten ausgerechnet nach ihm suchten. Soviel er gehört hatte, gab es allerdings kaum einen Zweifel, daß er als der Hauptverdächtige für die Morde an seinem Vater und Schwester Nina galt. Er hatte vor, vom Turm zu steigen und seiner Wege zu gehen, als sei nichts geschehen. Wenn die Polizei etwas von ihm wollte, würde sie sich schon melden.

Pjotor aß seine letzte ungewaschene Karotte. Als Junge hatte er sich oft zwischen diesen muffigen Büchern und abgestellten Möbeln im Turm versteckt.

Pjotor mußte dringend auf die Toilette. Er mußte sich rasieren. Er wußte nicht, wohin er hätte fliehen sollen. Er hatte panische Angst gehabt. Schließlich war er ruhiger geworden und zu dem Entschluß gelangt, daß er die Sache durchstehen mußte. Durch die dünne, schmutzige Fensterscheibe hörte er die Stimmen unten auf der Straße. Es wurde kalt. Trotzdem rotteten sie sich dort unten zusammen. Sie erinnerten Pjotor an Geier, die auf den Kadaver warteten, um sich das Beste aus einer Geschichte herauszupicken.

Pjotor hatte jedes Zeitgefühl verloren. Er besaß keine Uhr. Dem Licht nach zu urteilen mußte es Mittag sein. Er versuchte nachzudenken, sich eine Geschichte zurechtzulegen, doch seine Gedanken wanderten nur immer wieder zurück zum verstümmelten Leichnam der alten Nonne. Er hatte vor ihren sterblichen Überresten im Zimmer seines Vaters gestanden. Er hatte vor ihr gestanden und auf das Blut an seinen Händen gesehen und war davongelaufen.

Er ging zur Falltür im Fußboden des Turmzimmers und öffnete sie. Unter ihm tauchte ein Gesicht auf. Er zuckte zurück.

»Was machst du hier?« fragte er.

Der Mann kletterte die Leiter hinauf und machte die Falltür hinter sich zu. »Ich suche dich«, antwortete er.

»Ich komm' runter.«

»Warum bist du weggelaufen?« Der Mann wischte mit dem Ärmel über die Fensterscheibe und sah hinunter.

»Warum ich weggelaufen bin? Sie glauben, daß ich ihn umgebracht habe. Und wenn sie rauskriegen, was er gemacht hat, dann habe ich keine Chance mehr«, sagte Pjotor.

»Wie sollten sie das herausbekommen?«

»Wie? Wer weiß. Vielleicht sagt Sonja es ihnen. Möglich, daß Alex was gemerkt hat. Ich habe keine Ahnung«, seufzte Pjotor und rieb sich sein stacheliges Kinn. »Ich habe ihn gehaßt. Aber du weißt, daß ich ihn nie hätte umbringen können. Ich hätte es tun müssen, aber dazu bin ich nicht fähig. Ich tobe und jammere. Du kennst mich. Alle kennen mich. Aber Mord? Das liegt mir nicht.«

»Nein«, bekräftigte der Mann und drehte sich zu ihm um. »Das liegt dir nicht.«

»Vielleicht schnappen sie ja den richtigen Mörder. Dann werde ich...«

»Nein«, fiel ihm der andere ins Wort. »Sie erwischen ihn nicht. Wenn sie ihn kriegen, erfahren sie unser Geheimnis. Willst du das?«

»Nein. Aber wie kommst du darauf, daß der Mörder weiß, daß er... Wer kommt schon auf die Idee, daß ein Priester, ein alter Priester, versucht, die eigene Schwiegertochter zu verführen?«

»Ist doch für viele nichts Ungewöhnliches«, entgegnete der andere. »Für mich jedenfalls nicht. Seit über siebzig Jahren glauben die Leute doch noch viel schlimmere Geschichten über Priester. Ich habe sie geglaubt.«

Pjotor schüttelte den Kopf. »Trotzdem. Von dir konnte der Mörder nun wirklich nichts wissen.«

»Er weiß es.«

Pjotor sah ihn an. Als sich ihre Blicke trafen, erkannte er etwas, was er nicht wissen wollte. »Du hast sie umgebracht«, sagte er.

»Du hast gewußt, daß ich sie umgebracht habe.«

»Habe ich nicht.«

»Du hast es gewußt. Und wenn der Polizist mit dem schlimmen Bein dich fragt, sagst du's ihm.«

»Nein«, widersprach Pjotor.

»Doch, das tust du. Und das weißt du auch. Ich weiß es. Du sagst es ihm.«

Die Liste derer, die sterben mußten, wurde immer länger.

Aber er hatte keine Wahl. Wenn er jetzt aufhörte zu töten, war Schwester Nina umsonst gestorben. Zumindest ihr Tod bedeutete, daß das Geheimnis ein Geheimnis blieb.

»Also...«, seufzte Pjotor und sah sich im Turmzimmer um. »Also muß ich abhauen.«

»Nein«, sagte der andere. Seine Stimme bebte. »Du mußt sterben.«

Leonid Downik saß auf dem Stuhl mit der steilen Rückenlehne und wartete auf den Tod.

Er wußte, was ihm bevorstand. Man hatte ihm die Hände auf schmerzhafte Weise hinter den Rücken gebunden. Natürlich würde er versuchen zu fliehen, wenn sich die Gelegenheit ergab. Aber die Araber waren Profis. Sie ließen ihm wenig Spielraum. Auch ohne günstige Gelegenheit war er entschlossen, einen Fluchtversuch zu riskieren. Er ließ sich nicht widerstandslos von ihnen umbringen. Das war unter seiner Würde.

Es war ein kleiner Raum. Er hatte halb gehofft, sie würden ihn in die syrische Botschaft bringen und ihm dort ein Angebot machen. Nach zwanzigminütiger, schweigender Autofahrt jedoch war Leonid zu der Einsicht gelangt, daß er sterben sollte.

Aber soweit war es noch nicht. Sie wollten etwas von ihm. Sonst hätten sie ihn postwendend erschossen. Er war nicht so naiv zu glauben, Verhandlungsspielraum zu haben. Aber was immer sie von ihm wollten, vorerst hielt es ihn am Leben.

Er sah sich im Zimmer um. Das einzige Fenster reichte über die gesamte Höhe der Außenwand. Nach der gegenüberliegenden Hausfassade zu urteilen, befanden sie sich mindestens im ersten, höchstens im zweiten Stock. Das Mobiliar des Raums bestand aus vier Holzstühlen mit steiler Rückenlehne, einschließlich des Stuhls, an den er gefesselt war, einem einst soliden Holztisch, von dem eines der geschwungenen Beine stark wackelte. In der Ecke stand die einzige Lampe mit gelbem Schirm. Die Wände waren kahl. Unter ihm war nackter Betonfußboden. Er hatte eine gute Stunde allein in diesem Gefängnis zugebracht, bis eine Tür aufging und ein gutgekleideter Mann mit dunklem Teint hereinkam.

»Leonid Downik«, begann er. Leonid war nicht überrascht über die persönliche Anrede. Sie hatten ihm schließlich die Brieftasche abgenommen.

»Ja«, sagte er. »Und mit wem habe ich das Vergnügen?«

»Mein Name ist Durahaman. Ich bin Ölminister der syrischen Regierung. Was sagt Ihnen das?«

»Daß Sie Amira Durahamans Vater sind. Und daß Sie mich umbringen wollen«, antwortete Downik.

»Ich leugne weder das eine noch das andere«, erklärte Durahaman. »Aber es gibt viele Arten zu töten. Es gibt Künstler, und es gibt Schlächter. Sie gehören zu den letzteren. Ich habe Männer, die das Töten als Kunst verstehen. Sie erteilen Ihnen gern eine Lektion. Leider können Sie die Erfahrung dann nicht mehr verwerten.«

Leonid versuchte, die hinter seinem Rücken gefesselten Hände zu bewegen. Er hatte kaum noch Gefühl in den Fingern und spürte nur noch ein schwaches Prickeln. »Was wollen Sie von mir?«

»Sie haben Zalinskij umgebracht«, sagte der Syrer.

Downik schwieg.

»Sie können ruhig reden«, fuhr Durahaman fort. »Es spielt keine Rolle mehr, was mit dieser Information geschieht... zumindest nicht, was Ihre Person betrifft.«

»Ich habe ihn getötet«, gab Leonid zu.

»Für Geld?«

»Für Geld«, stimmte Leonid zu. »Ich bin ein Profi. Ich töte nicht aus Spaß. Ich bin kein kranker Terrorist oder Mafioso.«

»Bewundernswert«, bemerkte der Mann und kam näher. »Die Frau, die Sie bezahlt hat, heißt Tatjana. Sie führte das Café Nikolai.«

»Führte?« fragte Leonid.

»Sie ist verschwunden«, erwiderte Durahaman. »Ich glaube nicht, daß man sie je wieder findet. Haben wir uns verstanden?«

»Ja«, sagte Leonid.

»Es gab einen Unfall«, fuhr der Syrer fort. »Mögen Sie Bäume? Den Anblick eines neuen Autos? Den Körper einer Frau?«

»Was macht das jetzt noch für einen Unterschied?«

»Keinen«, gab der Syrer zu. »Ich möchte ein Geschäft mit Ihnen machen. Ich schenke Ihnen noch zwei Tage Ihres Lebens, eine Nacht mit einer Frau, wenn Sie ein Geständnis unterschreiben. Das Geständnis, daß Sie allein für die Morde an Zalinskij und Tatjana verantwortlich sind.«

»Frauen interessieren mich nicht. Männer genausowenig.«

»Dann habe ich noch eine letzte Frage. Hat man Sie auch bezahlt, meine Tochter umzubringen?«

»Nein«, entgegnete Leonid. »Allerdings hätte das für mich auch nichts geändert.«

»Ihr Leben ist Ihnen nichts wert, Russe.«

»Nicht viel«, stimmte Leonid zu. »In meinem Metier ist es gefährlich, einem Menschenleben Wert beizumessen.«

»Es ist sogar noch gefährlicher, es nicht zu tun«, korrigierte der Syrer ihn. Er machte einen weiteren Schritt auf Leonid zu. »Unterschreiben Sie das Geständnis?«

»Warum soll ich ein Geständnis unterschreiben?«

»Ich glaube, das wissen Sie sehr wohl«, behauptete Durahaman.

»Ich weiß es nicht.«

»Was spielt es dann für Sie für eine Rolle, ob Sie unterschreiben? Sie sind ein Idiot.«

»Also gut. Ich unterzeichne, wenn ich meiner Mutter einen Brief schreiben darf. Aber zuerst möchte ich Ihnen etwas anvertrauen«, sagte Downik.

Der Ölminister beugte sich vor, und Downik flüsterte so leise, daß es kaum zu hören war. Der Ölminister beugte sich dichter zu ihm herab und merkte plötzlich, warum Leonid Downik es auf diesen engen Körperkontakt angelegt hatte.

Leonid riß ruckartig seinen Kopf hoch und traf den Syrer damit voll ins Gesicht. Durahaman wich taumelnd zurück, faßte sich ans Kinn und fiel krachend über einen Stuhl. Leonid war bereits in leicht gebeugter Haltung, noch immer an den Stuhl gefesselt, auf den Beinen. Schlurfend bewegte er sich in Richtung Fenster. Durahaman versuchte sich benommen aufzurichten.

»Wer ist hier der Idiot!« schrie Leonid. Er hörte Schritte vor der Tür und warf sich mit geschlossenen Augen durchs Fenster. Glas- und Holzsplitter gruben sich in sein Fleisch. Eiskalte Luft schlug ihm ins Gesicht. Während er vorwärts fiel, machte er die Augen auf und sah, wie die Straße auf ihn zuflog.

Er fiel kaum mehr als sechs Meter tief, aber er erlebte alles in Zeitlupe. Noch im Fallen merkte er, daß unter ihm Leute rannten. Er versuchte sich in der Luft noch zu drehen, dann schlug er auf. Die Stuhlbeine knickten wie Streichhölzer unter ihm zusammen, und das schnelle Stakkato des Geräusches klang fast wie ein Trommelwirbel, der den Trapezakt von Leonid Downik begleitete. Downik rollte im letzten Moment zur Seite und fing mit der Schulter die Wucht des Aufpralls ab. Etwas in ihm zerbrach mit lautem Knacken, und als sein Kopf aufs Pflaster schlug, klang es, als sei eine Melone auf Stein getroffen.

Er war nicht tot. Da war er sicher. Er hatte nicht einmal das Gefühl, schwer verletzt zu sein. Er schmeckte Blut an seinen Lippen, fühlte ein elektrisiertes Singen in der Schulter und pelzige Taubheit in den Fingern auf seinem Rücken.

Jemand half ihm auf die Beine.

»Er lebt«, stellte eine Frauenstimme fest.

»Er sieht ja schlimmer aus als ich«, sagte eine Männerstimme. Leonid versuchte in die Richtung zu sehen, aus der die Stimme kam.

»Drehen wir ihn um«, fuhr der Mann fort. Leonid erkannte die Stimme. »Ich kenne Sie«, murmelte er.

»Café Nikolai«, entschied Elena. »Gestern abend.«

»Tatjana ist tot«, sagte Leonid und schluckte an seinem Blut. »Die Araber haben sie umgebracht.«

»Sie sind auch gleich tot, wenn wir Sie nicht schleunigst in ein Krankenhaus schaffen«, erwiderte Sascha. »Machen wir, daß wir aus...«

Die Tür zur Botschaft flog auf. Vier Männer stürmten heraus und auf die beiden Polizeibeamten und Leonid Downik zu, der sich gegen Elena Timofejewa lehnte.

»Er ist gefallen«, sagte der größte der Gruppe.

»Haben wir gesehen«, meldete sich Elena zu Wort.

»Wir helfen ihm wieder ins Haus«, erklärte der große Syrer.

»Ich glaube nicht, daß er da wieder rein will«, entgegnete Sascha.

»Nein, will ich nicht.« Downik hatte sich die Schulter gebrochen. Er drohte das Bewußtsein zu verlieren.

»Sie befinden sich auf syrischem Territorium«, belehrte der große Araber sie.

»Da bin ich anderer Ansicht«, widersprach Elena. »Das Haus gehört dem syrischen Staat. Das Grundstück davor nicht. Außerdem ist dieser Mann russischer Staatsbürger.«

»Er kommt wieder mit uns rein!« beharrte der Syrer.

Sascha Tkach zog eine ganz offenbar nicht registrierte Mauser C-96 unter seinem Jackett hervor und richtete sie auf die vier Männer, die weiter auf ihn zuschritten.

»Halt! Das genügt!« kam eine Stimme von oben. Die vier Araber blieben stehen.

Sascha und Elena sahen hinauf. Im kaputten Fenster im zweiten Stock stand Durahaman. Aus seinem rechten Mundwinkel rann Blut.

»Laßt sie gehen«, befahl er.

Sascha ließ die vier Männer nicht aus den Augen. Sie traten den Rückzug an. Sascha steckte die Waffe nicht wieder in sein Schulterhalfter.

»Der Mann, dem Sie helfen, hat den Juden Zalinskij getötet«, verkündete Durahaman.

Leonid Downiks Kehle entwich ein seltsames Gurgeln. Elena glaubte im ersten Augenblick, daß er an seiner eigenen Zunge erstickte. Dann wurde ihr klar, daß er lachte.

»Er hat es gestanden. In meiner Anwesenheit«, fuhr Durahaman fort. »Ich bin jederzeit bereit, das zu beschwören.«

Leonid Downik, der sich schwer auf Elena stützte und ihren Mantel mit Blut besudelte, konnte nicht aufhören zu lachen. »Treten Sie vor einen russischen Richter, und erzählen Sie ihm, wer Zalinskij wirklich umgebracht hat«, krächzte er heiser. »Erzählen Sie ihm, wo Tatjana ist.«

»Wer hat Zalinskij erschlagen?« fragte Sascha.

»Ich. Aber seine Tochter hat mich dafür bezahlt.« Noch immer lachend, versuchte Downik auf den Mann im Fensterrahmen zu deuten. »Sie hat Tatjana das Geld übergeben. Sie hat ihren jüdischen Liebhaber umbringen lassen, weil sie sich nach England absetzen wollte. Möchte wissen, wie er das vor einem russischen Richter bestreiten will!«

Elena und Sascha sahen zu dem Mann am Fenster auf, aber er antwortete nicht. Sein Gesicht war Beweis genug, daß der Killer in der Lederjacke die Wahrheit gesagt hatte.

15

Rostnikow saß am Tisch in Vater Merhums Haus in dem Zimmer, in dem man die Nonne erst einen Tag zuvor in Stücke gehackt hatte. Der Raum war gründlich gesäubert worden. Die Ikonen, die nicht zerstört worden waren, hingen wieder an ihrem alten Platz. Dort, wo man die Axt aus der Wand gezogen hatte, war eine dunkle Narbe im Holz zurückgeblieben. Auf dem kleinen Tisch standen vor dem Polizisten eine Kanne Tee, zwei Teegläser und ein Teller mit den Resten eines Laibs Schwarzbrot und einem alten Brotmesser.

Auf dem Stuhl, auf dem Emil Karpo schon gesessen und mit der Nonne gesprochen hatte, zeichnete Rostnikow zum zwanzigstenmal in den vergangenen Tagen dasselbe Bild. Es hatte sich nicht einschneidend verändert. Trotzdem hatte er gewisse Feinheiten korrigiert. Das Bett nahm nicht mehr so viel Platz ein. Der Tisch stand dichter an der Wand und unter dem Fenster. Der Teppich auf dem Fußboden trug ein ruhigeres Muster. Alles in allem wirkte das Zimmer längst nicht mehr so exotisch wie in seiner ersten, spontanen Erinnerung.

Der Raum war fertig. Das Ende war absehbar. Jetzt konnte er den nächsten Schritt tun und versuchen, sich die Gesichter seiner Eltern ins Gedächtnis zu rufen. Porfirij Petrowitsch Rostnikow wußte, daß dies eine weitaus schwierigere Aufgabe werden würde. Er schob den schmalen Block beiseite und sah Emil Karpo an.

»Er wartet«, sagte Karpo.

»Ja«, sagte Rostnikow und seufzte. »Möchten Sie dabeisein?«

»Nein«, antwortete Karpo.

»Dann schicken Sie ihn rein.«

Karpo stand auf und ging zur Tür.

»Emil«, begann Rostnikow unvermittelt. »Sollen wir ihn einfach erschießen und behaupten, er habe flüchten wollen?«

»So was würden Sie nie tun«, entgegnete Karpo.

»Und Sie?«

»Ich auch nicht.«

»Weil Sie an Recht und Gesetz glauben?« fragte Rostnikow.

»Weil ich Recht und Gesetz achte«, antwortete Karpo.

»Vater Merhum und Schwester Nina haben an ein höheres Gesetz geglaubt«, bemerkte Rostnikow. »Sie waren tief gläubig. Reizt Sie der Glaube derer, die Sie hier kennengelernt haben, Karpo?«

»Man kann nicht glauben, was man nicht glaubt«, zitierte Karpo. »Wenn man nur so tut, überzeugt man die anderen, nur nicht sich selbst.«

»Sehr philosophisch, Emil.«

»Hegel«, erklärte Karpo ihm und ging zur Tür.

Er öffnete sie. Vadim Petrow trat ein. Er trug keine Kopfbedeckung. Seine Ohren waren dunkelrot vom eiskalten Wind des Nachmittags, und sein Haar war zerzaust.

Karpo verließ den Raum und schloß die Tür. Petrow durchquerte das Zimmer. »Der andere Polizist hat mir gesagt, daß Sie mich sprechen wollen. Ich bin gleich gekommen«, begann er.

»Bitte, nehmen Sie Platz«, lud Rostnikow ihn ein. »Ich schaue nicht gern zu anderen auf.«

Petrow betrachtete den Stuhl und setzte sich vorsichtig Rostnikow gegenüber.

»Wissen Sie, wo mein Kollege Gonsk sein könnte?« fragte Rostnikow.

»Vermutlich sucht er Pjotor«, antwortete Vadim Petrow.

»Ja«, murmelte Rostnikow. »Sie sehen müde aus.«

»Seit das hier angefangen hat, habe ich wenig geschlafen«, gestand Petrow. Der Bauer hatte tiefe, dunkle Ringe unter den Augen. Sein Haar war ungewaschen. Sein Anzug sah aus, als habe er darin geschlafen.

»Sie hatten eine große Verantwortung«, fuhr Rostnikow fort. Petrow sah den Polizisten an. »Parteivorsitzender«, erklärte Rostnikow weiter. »Gemeindevorsitzender, Bewahrer von Geheimnissen.« Petrow schwieg.

»Darf ich Sie etwas fragen, Genosse Petrow?«

Petrow hob den Kopf.

»Haben Sie eine Narbe auf der Brust?«

Petrow wandte den Blick ab.

»Wäre nicht schwierig, das herauszubekommen«, sagte Rostnikow leise.

»Ich habe dazu nichts zu sagen«, entgegnete Petrow.

»Dann rede ich«, fuhr Rostnikow fort und sah auf seine Notizen. »Sie sind Ende April 1959 nach Arkusch gekommen. Sie waren damals zwanzig Jahre alt. Sie haben Ihren Vater, den Popen, gesucht. Sie gaben sich ihm zu erkennen und erklärten sich bereit, Ihre Identität geheimzuhalten. Sie blieben immer in seiner Nähe, begleiteten ihn sogar auf einer Aktion zum Schutz eines Klosters. Kurz nach Ihrer Rückkehr 1974 traten Sie in die Kommunistische Partei ein und wurden zu einem fanatischen Verfechter eines radikal-antiklerikalen Kurses. Vor zwei Tagen haben Sie Ihren Vater mit einer Axt erschlagen.«

Petrow sah Rostnikow aus seinen grünen Augen an.

»Und gestern haben Sie eine Nonne getötet«, begann Rostnikow erneut. »Zumindest erscheint mir das logisch. Sollten Sie eine andere Erklärung haben, bin ich dafür, wir besprechen das bei einer Tasse Tee.«

»Dann ist sie umsonst gestorben«, murmelte Petrow.

»Ich habe nicht gehört...«, sagte Rostnikow.

»Schwester Nina«, erklärte Petrow. »Sie ist umsonst gestorben.«

»Möchten Sie ein Glas Tee?« bot Rostnikow an.

»Ja«, seufzte Petrow. Rostnikow schenkte ein und reichte dem Bauer das Glas. Der nahm es in seine große Pranke. Rostnikow wartete stumm, bis er getrunken hatte.

»Meine Mutter lebte in einer Kleinstadt bei Kiew«, erzählte Petrow. »Mein Vater stammte dorther. Merhum war noch ein Junge... aber er hat sie verführt. Mehr als einmal. Der Sohn eines Popen, der Priester werden sollte, verführte eine verheiratete Frau, die Mutter seines besten Freundes Oleg Joschgow.«

»Oleg«, murmelte Rostnikow.

»Oleg«, wiederholte Petrow. »Merhum, sein Vater und die ganze Familie flohen vor den ersten Säuberungen Stalins. Er hatte keine Ahnung, daß meine Mutter mit mir schwanger war. An meinen Halbbruder Oleg kann ich mich kaum erinnern. Er und sein Vater Viktor wurden zwangsrekrutiert, als die Nazis einmarschierten. Ich war ein noch kleiner Junge. Sie fielen im Krieg. Meine Mutter überlebte, und als ich achtzehn war, kurz bevor ich eingezogen wurde, erzählte sie mir von meinem richtigen Vater. Damals war er noch nicht so berühmt wie später, aber sein Name war immerhin bekannt. Meine Mutter sagte mir, wo ich ihn finden konnte. Sie dachte, er würde mich mit offenen Armen empfangen, wenn ich mich zu erkennen gab. Ich hatte diese Illusion nie. Trotzdem wollte ich ihn finden, ihn zur Rede stellen. Meine Mutter starb, während ich meinen Militärdienst leistete. In meine Geburtsstadt zog mich nichts mehr. Also nahm ich den Namen Petrow an und kam nach Arkusch. Noch etwas Tee, bitte.«

Rostnikow schenkte ihm nach. Petrow trank hastig. Dann hielt er ihm erneut sein Glas hin.

»Er hatte Familie«, fuhr Petrow fort. »Eine Frau. Er hat mich nicht verleugnet, aber er wollte auch nicht, daß meine Herkunft bekannt wurde. Das habe ich akzeptiert. Ich trat in seine Kirche ein, glaubte an ihn, und dann, dann habe ich so nach und nach angefangen, alles zu begreifen.«

»Zu begreifen?«

»Ja. Daß meine Mutter nur der Anfang gewesen war, daß er seither viele Frauen, viele Mädchen gehabt hatte, sie genommen und belogen hatte. Obwohl meine Frau damals krank war und bald sterben sollte, hat er es bei ihr ebenfalls versucht. Ich habe mich von ihm abgewandt, aber ich habe ihn nicht denunziert. Und dann bekam er einen Sohn, meinen Bruder, und später einen Enkelsohn. Ich hatte keine Kinder, keine Familie. Ich freundete mich mit Pjotor und seiner Familie an. Ich half ihnen. Pjotor wurde erniedrigt, geschlagen, fast gebrochen vom stärkeren Charakter des Vaters. Ich habe ihn unterstützt.«

»Aber Sie haben ihm nie gestanden, daß Sie sein Bruder sind?«

»Nein.«

»Und dann?« fragte Rostnikow.

»Dann hat er sich an Sonja, die Frau seines Sohnes, herangemacht. Die Mutter seines Enkels. Er nahm sie, belog sie und brachte Schande über sie. Er hat sie gezwungen... Vor drei Wochen habe ich es erfahren. Ich ging zu ihm, habe ihn aufgefordert, sofort damit aufzuhören, ihm gesagt, daß ich ihn vor allen bloßstellen würde. Er meinte nur, niemand würde mir glauben, ich würde mich nur lächerlich machen. Ich habe trotzdem nicht lockergelassen. Das waren seine Worte: ›Vadim, es gibt vieles auf dieser Welt, woran ich glaube. Ich tue das Werk Gottes und der Menschen mit vollem Herzen, aber der Herr hat mir auch eine Lust gegeben, die das Alter nicht gelindert hat. Sie ist die Last, die ich trage. Ich kann sie nicht abschütteln. Vieles von dem, was ich geleistet habe, habe ich aus Schuldbewußtsein getan.‹ Das hat er zu mir gesagt, und deshalb habe ich ihn an dem Morgen getötet, als er plante, sich mit Sonja in Moskau zu treffen. Sonja sieht meiner verstorbenen Mutter sehr ähnlich.«

»Das tut mir leid«, murmelte Rostnikow.

»Ich habe Schwester Nina für die Familie getötet, die ich nie hatte«, gestand Petrow mit gesenktem Kopf. »Wegen des Geheimnisses, das sie für ihn bewahrte. Ich war halb wahnsinnig. Ich habe sie getötet, damit das Geheimnis bewahrt bleibt, und jetzt habe ich Ihnen alles erzählt und...«

»Wo ist Pjotor?« wollte Rostnikow wissen.

»Oben im Kirchturm«, antwortete Petrow. »Ich wollte ihn töten, ihn zum Schweigen bringen, aber ich konnte es nicht tun. Mein Bruder ist mir mehr wert als meine Ehre. Ich bin sehr müde.«

Petrow stand auf und sah sich im Zimmer um, als sei er hier völlig fremd. »Genosse Inspektor«, sagte er. »Haben Sie eine Frau?«

»Ja«, erwiderte Rostnikow.

»Kinder?«

»Einen Sohn.«

»Eltern?«

»Die sind lange tot.«

»Bedenken Sie, was es wert ist, den Namen eines beliebten Priesters und der Familie seines Kindes zu zerstören«, bat Petrow, legte beide Hände flach auf den Tisch und beugte sich vor.

»Sie müssen vor Gericht. Ich habe keine andere Wahl, Vadim Petrow.«

»Ich gebe Ihnen eine Chance«, sagte Petrow und griff nach dem Brotmesser.

Als er das Messer hochhob, stand Rostnikow auf, stemmte die Hände gegen den Tisch und versetzte ihm einen Stoß. Petrow taumelte rückwärts. Obwohl Rostnikow durch sein Bein behindert wurde, gelang es ihm zumindest, den schweren Tisch beiseite zu wuchten. In diesem Augenblick flog die Tür auf, und Karpo stürmte, gefolgt von Mischa Gonsk, herein.

»Halt!« schrie Petrow und stand mit dem Rücken zur Wand. Die drei Polizeibeamten zögerten, und Vadim Petrow stach sich das Messer in die Kehle.

Von dem Fenster aus, vor dem am Vortag die Krähe gesessen hatte, beobachtete Klamkin, der Frosch, Petrows Selbstmord. Von der Unterhaltung hatte er wenig verstanden, aber für seine Zwecke war es genug.

Er lief in die Stadt zurück und versuchte Oberst Lunatscharskij per Telefon zu erreichen. Der Oberst hatte sein Büro verlassen. Niemand wußte, wo er sich aufhielt.

Statt auf den Vier-Uhr-Zug zu warten, suchte Klamkin das Haus einer ehemaligen KGB-Informantin in Arkusch auf. Oberst Lunatscharskij hatte ihn namentlich genannt.

Die Frau war nicht gerade begeistert, den häßlichen Mann auf ihrer Türschwelle zu sehen. Eigentlich wollte sie jede weitere Zusammenarbeit mit dem KGB ablehnen, erkannte jedoch, daß Klamkin nicht der Mann war, den man sich gern zum Feind machte.

Sie ließ es zu, daß er ihren Wagen, einen uralten Moskowa, nahm. Klamkin versprach, ihn bald zurückzubringen.

Klamkin fuhr als erstes zum Telegraphenamt in Arkusch, einem kleinen Steingebäude an der Straße nach Moskau. Alle Telefonate aus dem Distrikt wurden über dieses Amt vermittelt. Klamkin brauchte nur fünf Minuten, um das neue Kabel zu kappen, das in das Gebäude führte. Er war sicher, daß dieser Schaden nicht vor dem darauffolgenden Tag behoben werden konnte.

Nach Moskau zu fahren war kein einfaches Unterfangen. Die Straßen waren schlecht. Busse blockierten oft den Weg, und Wracks am Straßenrand machten ein zügiges Fortkommen unmöglich. Aber Klamkin hatte keine Wahl. Er mußte sich in Geduld üben. Als er schließlich in Moskau eintraf, rief er das Büro des Grauen Wolfs an, gab sich als neuer Mitarbeiter des neuen Innenministers aus und verlangte Auskunft über den Verbleib von Oberst Snitkonoi.

Pankow war genau sieben Sekunden standhaft.

Klamkin erwischte Oberst Lunatscharskij gerade, als er in den Lift zum Fernsehturm-Restaurant steigen wollte.

Nachdem Lunatscharskij sich Klamkins Bericht angehört hatte, nahm er die hastig beschriebenen Seiten, die ihm der Frosch übergeben hatte, und las sie durch. Drei japanische Geschäftsleute überholten ihn, während er las.

Lunatscharskij trug einen konservativen grauen Anzug und eine blaue Krawatte. In der Hand hielt er eine schmale Aktentasche. Diese öffnete er einen Spaltbreit und ließ den Bericht darin verschwinden. »Gut«, sagte er. »Fahren Sie in mein Büro. Sobald die Besprechung zu Ende ist, komme ich nach.«

Klamkin, genannt der Frosch, trat in die kalte Moskauer Winterluft hinaus.

Da Oberst Lunatscharskij fast eine Stunde vor Beginn der Verabredung mit Snitkonoi zum Fernsehturm gekommen war, hatte er genug Zeit, den General anzurufen, einen umfassenden Bericht durchzugeben, und war trotzdem noch eine halbe Stunde zu früh, als er das Restaurant betrat. Der Geschäftsführer, ein mürrischer alter Herr mit weißem Schnauzbart, blieb unbeeindruckt. Er führte Lunatscharskij durch das langsam rotierende Lokal zu einem Fenstertisch, wo Oberst Snitkonoi ein Glas Mineralwasser trank.

»Ah, da sind Sie ja, Oberst«, begann der Graue Wolf, richtete sich zu seiner vollen Größe auf und streckte dem Mann die Hand entgegen, der gut drei Köpfe kleiner war. »Sie kommen früh.«

»Ich hatte in der Nähe zu tun«, erwiderte Lunatscharskij, schüttelte die ausgestreckte Hand und setzte sich hastig.

»Genau wie ich«, seufzte Snitkonoi. »Genau wie ich.«

Der Graue Wolf hatte für die Gelegenheit seine Ausgehuniform ohne Orden gewählt. Es war offensichtlich, daß ihn die meisten Gäste erkannten. Oberst Snitkonoi gab sich gelassen und schien das alles nicht zu bemerken. »Das Stroganoff kann ich empfehlen«, wandte er sich an Lunatscharskij. »Eines der besseren Gerichte hier. Obwohl in letzter Zeit etwas wenig Fleisch drin ist.«

»Ich nehme Suppe und ein Brötchen«, erklärte Lunatscharskij.

Nach diesem Anfang lag Lunatscharskij nach Punkten deutlich im Hintertreffen. Er war jedoch sicher, daß ihm letztendlich der Sieg nicht zu nehmen war.

»Kennen Sie General Piortnonow?« fragte der Graue Wolf. »Vom politischen Sonderdezernat?«

»Nur dem Namen nach.«

»Ein alter Freund«, fuhr Snitkonoi fort. »Habe ihn seit Jahren nicht gesehen. Er soll wieder in Moskau sein.«

»Ja, das habe ich gehört«, stimmte Lunatscharskij zu.

»Falls Sie ihn zufällig mal sehen sollten...«, begann der Graue Wolf.

»Grüße ich ihn von Ihnen«, ergänzte Lunatscharskij. Der ältere Ober servierte ihm ein Glas Mineralwasser. Lunatscharskij griff nach seiner Aktenmappe. »Meine Zeit ist knapp, Oberst. Ich bin gekommen, um Ihnen meine Hilfe anzubieten.«

»In diesen schweren Zeiten ist es beruhigend zu wissen, daß man noch mit der Hilfe anderer rechnen kann«, sagte der Graue Wolf mit einem melancholischen Lächeln.

»Ich verfüge über Informationen, die zwei Fälle betreffen, die Ihr Dezernat bearbeitet«, erklärte Lunatscharskij. Er nahm zwei Umschläge aus der Aktentasche und legte sie auf den Tisch. »Ich habe diese Information bereits an meine Vorgesetzten weitergegeben.«

Snitkonoi nickte und sah aus dem Fenster. »Ah, sehen Sie, das Hotel Kosmos! Wirklich beeindruckend. Diese Kuppel!«

»Sehr eindrucksvoll«, stimmte Oberst Lunatscharskij zu, ohne das Bauwerk eines Blickes zu würdigen. »Der erste Fall betrifft den Tod eines Priesters in Arkusch. Wir haben Beweise, die den Mörder eindeutig identifizieren. Ich bin befugt, Ihnen diese Unterlagen zu übergeben. Die Anerkennung für den Erfolg dieser Ermittlungen steht selbstverständlich Ihrer Abteilung zu. Allerdings muß ich Sie bitten, einen Bericht zu unterschreiben, der gerade im Büro von General Karsnikow vorbereitet wird. Darin steht, daß ich die Quelle der Informationen bin, die zur Verhaftung und Verurteilung des Täters führten.«

»Vadim Petrow«, warf der Graue Wolf gelassen ein. Das Restaurant drehte sich langsam, und die Silhouette des Hotel Kosmos verschwand. Dafür tauchte die Spitze der Weltraumrakete Wostok über den Dächern der Ausstellung der Volkswirtschaftlichen Errungenschaften der Sowjetunion auf.

Oberst Lunatscharskij legte die Hände in den Schoß.

»Petrow war ein fanatisches Parteimitglied, der die Kirche haßte und ihre Wiedererstarkung in einem neuen Rußland fürchtete«, erklärte der Graue Wolf. »Der bedauernswerte Mensch hat auch die Nonne umgebracht und dann, im Angesicht seiner bevorstehenden Verhaftung, Selbstmord begangen.«

»Wann haben Sie diese Informationen erhalten?«

»Vielleicht vor ein, zwei Stunden. Die Telefonverbindung nach Arkusch ist unterbrochen. Man vermutet, daß das das Werk eines wütenden Marxisten ist«, sagte der Graue Wolf. »Einer meiner Männer, Inspektor Karpo, hat mir die Nachricht mit dem Motorrad überbracht. Ich habe sofort einen Bericht verfaßt und an Jelzins Staatssekretär Panjuschkin weitergeleitet.«

»Dann schlage ich vor, daß wir mein Angebot vergessen«, bemerkte Lunatscharskij.

»Ein sehr großzügiges Angebot«, lobte der Graue Wolf, als der alte Ober das Essen servierte. »Ich weiß, Sie sind nicht hungrig. Ich bitte um Verzeihung, aber ich habe mir die Freiheit genommen, das Stroganoff für Sie zu bestellen. Es ist mein Lieblingsessen. Bitte versuchen Sie es wenigstens.«

»Mit Vergnügen«, log Lunatscharskij, als der Ober den dampfenden Teller vor ihm abstellte.

»Sagten Sie nicht, daß Sie Informationen über zwei Fälle für mich haben, Oberst?«

»Die andere Sache ist etwas heikler«, erwiderte Lunatscharskij, der nicht wußte, wie er es vermeiden konnte, das scharf riechende, sahnige Fleischgericht auf seinem Teller essen zu müssen. »Die Tochter eines syrischen Diplomaten ist in den Fall verwickelt.«

»Amira Durahaman.« Snitkonoi sah gerade noch die Monumentalskulptur »Arbeiter und Kolchosbäuerin« am Horizont. Im nächsten Moment mußte das Sputnik-Denkmal auftauchen, das zum Andenken an die Fortschritte der Sowjetunion bei der Eroberung des Weltraums errichtet worden war.

»Es geht dabei auch um den Mord an einem russischen Bürger durch einen russischen Kriminellen, der schon lange aktenkundig ist«, fuhr Lunatscharskij fort. »Allerdings wurde dieser Verbrecher vom syrischen Ölminister bezahlt, um den jüdischen Liebhaber der Tochter zu ermorden. Diese Unterlagen wurden ebenfalls an den General weitergeleitet.«

»Der Syrer hat Leonid Downik nicht angeheuert, Grischa Zalinskij zu töten«, widersprach der Graue Wolf, riß sich vom Panorama Moskaus los und wandte sich seinem Essen zu. »Downik wurde von der Tochter, von Amira Durahaman, engagiert. Das Stroganoff schmeckt ein bißchen streng, finden Sie nicht?«

Lunatscharskij starrte auf sein Essen, das er nicht angerührt hatte.

»Trotzdem – es ist eßbar«, seufzte der Graue Wolf. »Nach Downiks Aussage – er befindet sich in unserer Obhut – wollte das Mädchen von ihrem Vater und ihrem Freund loskommen, um mit einem britischen Geschäftsmann durchzubrennen. Der Freund drohte, es ihrem Vater zu sagen. Deshalb bezahlte das Mädchen eine Frau namens Tatjana, um Zalinskij töten zu lassen. Wir haben Grund zu der Annahme, daß diese Tatjana von den Syrern ermordet worden ist, um das Verbrechen der Tochter zu vertuschen.«

»Dann können wir die Informationen über das Mädchen benutzen, um den Vater zu zwingen...«

»Ich fürchte nicht«, entgegnete Oberst Snitkonoi. »Der Vater besteht darauf, daß die Tochter vor ein ordentliches russisches Gericht kommt. Er behauptet, daß Downik lügt. Da diese Tatjana nicht auffindbar ist, die Downiks Geschichte bestätigen könnte, und Downik ein Verbrecher mit Vorstrafenregister ist... Tja! Wir haben das Mädchen in der syrischen Botschaft vernommen. Sie behauptet, nichts über den Mord zu wissen. Sie soll sehr schön sein, wie ich höre. Sieht ganz unschuldig aus. Sie behauptet, Downik und diese Tatjana hätten sich das alles ausgedacht, um damit Geld von ihrem Vater zu erpressen. Der Vater sagt aus, im Besitz eines Tonbandes über ein Telefonat zu sein, das diese Tatjana geführt hat. Dabei soll sie angeboten haben, die Tochter gegen ein Entgelt zu finden. Im Augenblick versuchen wir herauszufinden, wo sie sich aufgehalten hat, bevor sie untergetaucht war. Von Zalinskij ist sie offenbar zu Chesney gezogen und dann bei einem Mann namens Arbanik untergekommen, der, wie wir vermuten, ein israelischer Agent ist. Der Feind scheint eine magische Anziehungskraft auf das Mädchen auszuüben. Ob sie damit nur den Vater provozieren wollte oder – aber wer will das feststellen? Interpol hat uns einen vorläufigen Bericht geschickt. Darin steht, daß sie sich schon mit fünfzehn in eine ähnliche Situation gebracht hat. Damals hatte ein junger Mann einen tödlichen Unfall, während sie sich mit ihrem Vater in Paris aufhielt. Haben Sie sonst noch etwas, das unserer Arbeit dienlich wäre?«

»Sind auch diese Details weitergeleitet worden...«

»An Staatssekretär Panjuschkin, ja«, bestätigte Oberst Snitkonoi. »Schade, daß Sie nicht schon früher zu mir gekommen sind. In diesem Fall hätten Sie Ihren wohl etwas fehlerhaften Bericht mit unseren Ermittlungen koordinieren können. Möchten Sie meiner Abteilung sonst noch eine Hilfestellung geben, Oberst?«

»Im Augenblick nicht«, verneinte Lunatscharskij. Er stieß die Gabel in ein viereckiges, mit Sahne bedecktes Fleischstück, das ihm absolut zuwider war. Trotzdem hob er es an den Mund.

»Na, was sagen Sie?« fragte der Graue Wolf.

»Durchaus schmackhaft«, sagte Lunatscharskij.

»Finden Sie das Fleisch nicht zu zäh? Ein bißchen schwer verdaulich?«

»Ganz und gar nicht«, wehrte Lunatscharskij ab. »Es ist köstlich.«

Lunatscharskij hatte diesen arroganten Pfau und sein Team unterschätzt – sträflich unterschätzt. Lunatscharskij hätte sich am liebsten unter einem Vorwand entschuldigt. Fehler mußten vertuscht, Berichte zurückgezogen werden, falls das überhaupt noch möglich war. Trotzdem war er entschlossen, sich zum Bleiben zu zwingen, die Mahlzeit zu beenden, ja sogar noch Kaffee mit dem Oberst zu trinken.

Lunatscharskij war ein geduldiger Mensch. Es mußte personelle Veränderungen in seiner Abteilung geben. Es würde wieder eine Chance geben. Und das nächste Mal wollte Oberst Wladimir Lunatscharskij wesentlich besser vorbereitet sein.

Um Mitternacht half Alexander Merhum in der viertürmigen Kirche der Stadt Arkusch dem neuen Priester in seine Gewänder.

Das Ritual war ihm vertraut. Er hatte es viele Male mit seinem Großvater erprobt.

Der Priester war ein junger, ernster Mann. Er sagte dabei kein Wort, sang nicht einmal leise vor sich hin. Er bemerkte Alexander kaum, ohne ihn ostentativ zu übersehen. Dem Jungen war das nur recht.

Als er angekleidet war, nickte der Priester dem Jungen zu und ging zur Tür. Aus dem Kirchenrund drang gedämpfter Chorgesang in die Sakristei.

»Du bist der Enkel von Vater Merhum«, sagte der Priester.

Alexander sah zu ihm auf. Der Mann trug einen langen Bart ohne ein einziges graues Haar.

»Ja«, antwortete er.

»Du kennst die Evangelien?« fuhr der Priester fort.

»Einige, Vater.«

»Was kommt dem Enkel von Vater Merhum in diesem Moment in den Sinn?«

Alexander dachte in diesem Augenblick unwillkürlich an seinen Vater und seine Mutter, die hinter der Tür darauf warteten, daß der Gottesdienst begann. Dann wanderten seine Gedanken zu dem Polizisten mit den traurigen Augen und dem schlimmen Bein. Schließlich dachte er an Schwester Nina und seinen Großvater. Und der Junge erwiderte: »Im Anfang war das Wort, und das Wort war bei Gott, und Gott war das Wort. Dasselbe war im Anfang bei Gott. Alle Dinge sind durch dasselbe gemacht, und ohne dasselbe ist nichts gemacht, was gemacht ist.«

»Friede sei mit dir«, sagte der Priester.

»Und mit deinem Geist«, erwiderte der Junge.

Der Priester öffnete die Tür. Der Gesang der Gemeinde erfüllte im nächsten Augenblick die Sakristei. Als sich die Tür wieder schloß, kehrte erneut Stille ein. Allein setzte der Junge den Text aus dem Evangelium des Johannes fort, den zu rezitieren er begonnen hatte:

»In ihm war das Leben, und das Leben war das Licht der Menschen. Und das Licht scheint in der Finsternis, und die Finsternis hat's nicht ergriffen.«

Dann kniete der Junge nieder, hob das lockere Fußbodenbrett hoch und griff in die dunkle Öffnung. Er zog das dicke Notizbuch heraus, das sein Großvater in das Versteck gelegt hatte, wenn er sich unbeobachtet glaubte. Alexander hatte ihn dabei beobachtet.

Der Junge legte das Brett sorgfältig wieder an seinen Platz und ging zum Tisch. Hinter der Wand richtete der neue Priester das Wort an die Gemeinde.

Alexander Merhum schlug das Notizbuch auf und begann zu lesen:

»Heiliger Vater, die Sünden anzunehmen bitte ich dich in deiner Weisheit; Sünden, die das schwache Schiff, Wassilij Merhum, beuteln wie ein Sturm. Daher bekenne ich im Jahr des Herrn 1962:

Im Frühjahr 1938 in der Kleinstadt, in der mein Vater Priester war, zwei Wochen und zehn Tage nach meinem fünfzehnten Geburtstag, stieg ich zum ersten Mal in das Bett von Jelena Joschgow, der Mutter meines besten Freundes, Oleg Joschgow.

Seit jenem Tag habe ich viele Sünden des Fleisches und des Geistes begangen und habe vergebens versucht, diese Prüfung zu bestehen, die du mir auferlegt hast.

In diesem Buch will ich all meine Vergehen in der Hoffnung aufzeichnen, daß das Geständnis mir einen Weg zum rechten Leben eröffnet.«

In der Sakristei schwollen die Stimmen zu einem Chor an. Der junge Alexander Merhus las weiter. Er verstand wenig von dem, was da stand, aber er wußte, daß er ein schreckliches und bedeutendes Geheimnis entdeckt hatte. Der Polizist mit dem schlimmen Bein hatte es gekannt, aber Alexander war nicht schwach geworden. Er hatte von seinem Großvater gelernt. Und das Buch würde ihn noch mehr lehren.

Allmählich wurde es Zeit, daß er zu seinen Eltern in der Kirche zurückkehrte. Alexander schloß das Notizbuch seines Großvaters. Er legte es in das Versteck unter dem losen Fußbodenbrett zurück, strich seinen Mantel glatt und ging zur Seitentür, die auf die schmale Straße führte. Von dort konnte er die Kirche durch den Haupteingang betreten.

16

»Du hast zwanzig Minuten«, sagte Sarah. Sie betrachtete die lange Tafel, die aus dem gewöhnlichen Küchentisch und einem metallenen Klapptisch bestand, die sie mit dem verzierten Leinentischtuch ihrer Mutter überdeckt hatte. Mit der Hilfe von Lydia Tkach hatte Sarah eine reichhaltige Auswahl an Appetithappen und Vorspeisen aufgebaut. Es gab Auberginen, Blinis, Kohl mit Zwiebeln, Äpfeln und Zucker, Eiersalat und Sprotten.

»Es kann Jahre dauern, bis wir wieder so gut essen werden«, seufzte Sarah.

»Es sieht sehr gut aus«, lobte Rostnikow. Er trug noch seinen grauen Trainingsanzug und hielt eine große Rohrzange in der schwarz verschmierten Hand.

Lydia, die Gläser neben die Teller stellte, brummte mißbilligend. »Sascha kommt vielleicht später«, erklärte sie. »Er kann kaum laufen.«

Sie sah Rostnikow vorwurfsvoll an, der sich mit dem Handrücken den schmutzverschmierten Nasenrücken rieb. »Außerdem kann er kaum was sehen«, fügte sie hinzu.

»Ich wasche mich erst mal«, verkündete Rostnikow.

»Hast du die Toilette reparieren können?« fragte Sarah.

»Ah«, seufzte Rostnikow und betrachtete seine Rohrzange. »Es war ein harter Brocken. Mein Einfühlungsvermögen wurde auf eine harte Probe gestellt. Keiner weiß, wie die Rohre wirklich verlaufen. Ich habe mich in die Rolle einer kleinen Maus versetzt, um das Rohrsystem zu ergründen. Schließlich ist mir die Erleuchtung gekommen. Das Problem lag im dritten Stock, wo die Rohre zusammentreffen und dann in die unteren Stockwerke weiterführen.«

»Du hast sie repariert«, stellte Sarah fest.

»Ich habe die Rumänen überredet, mich reinzulassen«, erklärte er zufrieden.

»Toiletten!« empörte sich Lydia. »Er sorgt sich um Toiletten, während um ihn herum die Leute halb zu Tode geprügelt werden.«

»Es geht nicht um Toiletten«, klärte Rostnikow Lydia auf, die ihm längst den Rücken zugewandt hatte. »Es geht um Klempnerarbeiten. Um Rohrsysteme. Rohrsysteme sind ein verborgenes Universum, das Konzentration, Erfahrung, Eingebung erfordert. Die Chinesen sind wunderbare Klempner. Es gibt einen riesigen Wohnblock in Schanghai...«

»Porfirij Petrowitsch«, unterbrach Sarah ihn. »Die Gäste müssen jeden Augenblick kommen.«

Rostnikow nickte. Die kleine Duschkabine in ihrem Schlafzimmer war beinahe perfekt. Idealer Wasserdruck, verstellbarer Duschkopf. Er nahm seine rauhe Handwerkerseife, sang leise ein

Lied, ein Lied aus seiner Kindheit, dessen Text er vergessen hatte. Als er wieder heraustrat, fühlte er sich sauber.

Er zog sich hastig an und ging in die Wohnküche. Dort unterhielten sich Josef und eine hübsche junge Frau mit Mathilde Verson. Mathildes Blick glitt zu Emil Karpo, der vor dem Fenster stand und in die Dunkelheit hinaussah.

Josef trug eine bequeme Hose und einen dicken Rollkragenpullover. Die hübsche junge Frau hatte kurzes, dunkles Haar und war fast ungeschminkt. Sie hatte einen schwarzen Pullover an. Die langen Ärmel hatte sie über die roten Armreifen hochgeschoben. Sie sah Rostnikow scheu an, lächelte und berührte Josefs Arm. Josef unterbrach sein Gespräch und kam auf Rostnikow zu, um das Mädchen vorzustellen. Sie konnte kaum älter als zwanzig sein.

»Karen Vaino«, begann Josef.

Karen Vaino hielt Rostnikow eine blasse Hand hin. Rostnikow nahm sie. Ihr Händedruck war erstaunlich kräftig.

»Wie geht es Ihnen?« fragte Rostnikow höflich.

»Danke, sehr gut«, erwiderte sie.

»Karen ist Schauspielerin«, klärte Josef den Vater auf. »Mein nächstes Stück wird ein Frauenstück.«

»Über Frauen, die als Verkäuferinnen arbeiten und kaum Hoffnung auf ein Leben haben, das Sinn hat«, fügte Karen hinzu.

»Ich glaube, du wirst schon Mittel und Wege finden, um diese kreative Herausforderung zu bewältigen«, bemerkte Rostnikow lächelnd. Er sah zu Mathilde, die noch immer auf Emil Karpos Rücken starrte.

Mathilde strich sich das Haar aus dem Gesicht und wandte sich Rostnikow zu. Rostnikow riet Karen und Josef, Sarah und Lydia zu helfen.

»Er ist anders«, sagte Mathilde leise, als Rostnikow zu ihr trat.

In der Küchenecke unterhielten sich die anderen, tranken und lachten. Sogar Lydia wirkte entspannt. Karpos Rücken blieb dem Zimmer abgewandt, während er in die Nacht hinausstarrte.

»Er ist anders«, bestätigte Rostnikow.

»Er ist dabei, sein Lebensziel zu verlieren«, murmelte sie.

»Und sucht vielleicht ein anderes«, ergänzte der Inspektor.

»Ich wünschte beinahe, es hätte nie eine Perestroika gegeben. Dann stünden noch die Lenindenkmäler, und die Sprüche an den Mauern würden noch von den Triumphen der Revolution künden. Emil Karpo hat daran geglaubt.«

Sie war lauter geworden in ihrer Sorge, und Sarah sah in ihre Richtung. »Fehlt nur noch, daß er Mönch wird«, fuhr Mathilde mit einem gereizten Lachen fort.

»Ja«, sagte Rostnikow völlig ernst. »Wenn es so etwas wie einen weltlichen Mönch gäbe. Aber es gibt ihn nicht.«

»Also?« fragte Mathilde.

»Also arbeitet und sucht er«, antwortete Rostnikow. »Er dient, und vielleicht wird dieser Dienst zum Selbstzweck.«

»Vielleicht«, murmelte Mathilde.

Es klopfte an der Tür.

Sarah öffnete und ließ die hochschwangere Maja, den noch immer übel zugerichteten Sascha und eine müde aussehende Pultscharia herein. Das kleine Mädchen hielt sich an der Hand des Vaters fest und beäugte mißtrauisch die vielen Erwachsenen.

»Wir kommen spät«, begann Maja. »Entschuldigt.«

»Ihr braucht euch nicht zu entschuldigen«, wehrte Sarah ab. Sie machte Rostnikow ein Zeichen, den Gästen die Mäntel abzunehmen.

Als Lydia zu Hilfe eilte, sah sie zum Auge ihres Sohnes auf und machte ein lautes Schnalzgeräusch mit der Zunge, um Rostnikow mitzuteilen, daß diese Verunstaltung ihres Sohnes auf seine Kosten ging.

Rostnikow merkte, daß Karpo mittlerweile allein auf der anderen Seite des Zimmers stand, sich vom Fenster abgewandt hatte und ausdruckslos die Begrüßungsszene beobachtete.

Eigentlich gehörte Pultscharia längst ins Bett. Da sie nur in ihrem eigenen Bett schlief, konnten die Eltern den Abend nicht allzulange ausdehnen. Man setzte sich daher sofort zu Tisch. Immer wieder wurde ein Toast auf Sascha ausgesprochen. Sascha quittierte es mit gequältem Lächeln.

Karpo stand am Fenster. Er trank nur ein Glas Wasser, das Mathilde ihm gebracht hatte.

Während der vierten Runde von Trinksprüchen klopfte es erneut. Rostnikow bedeutete den anderen, sitzen zu bleiben, aber Josef sprang auf und öffnete die Tür.

Es waren Anna Timofejewa und Elena.

»Wir dachten, ihr könnt nicht kommen«, rief Sarah.

»Es hatte sich plötzlich etwas geändert«, erklärte Anna.

Josef nahm ihre Mäntel und trug sie ins Schlafzimmer.

Elena wurde mit roten Wangen und noch eiskalten Händen denjenigen vorgestellt, die sie noch nicht kannten: Lydia, Karen, Sarah, Maja, Pultscharia und Josef.

»Ist das die Kollegin?« erkundigte sich Lydia.

»Ja«, antwortete Sascha so laut, daß seine Mutter es hören mußte.

»Das ist ja noch ein Kind«, behauptete Lydia.

»Sie ist eine sehr gute Polizistin«, sagte Sascha.

»Sie hatte den besten Lehrer«, warf Rostnikow ein. Er nickte Anna Timofejewa zu.

»Sie ist so hübsch«, kam es erneut von Lydia.

»Sie ist recht hübsch«, sagte Maja lächelnd. »Aber wichtiger ist, daß sie eine gute Polizistin ist.«

»Danke«, murmelte Elena.

»Sie sieht aus wie das Ende eines Aktes bei Tschechow«, behauptete Josef. »Jetzt brauchen wir nur noch den Überbringer schlechter Nachrichten, damit wir ihn zwischen den Akten umbringen können.«

»Im heutigen Rußland sind es die Überbringer guter Nachrichten, die zwischen den Akten erschossen werden«, erklärte Karen.

Es wurde höflich gelacht, und alle hoben die Gläser zu einem Toast.

Karen hatte damit die obligatorische Runde von Witzen über Glasnost eröffnet. Weder Anna Timofejewa, die ihr Leben dem Staat gewidmet hatte, noch Karpo lachten mit, doch sie zeigten auch keine Mißbilligung. Rostnikow beobachtete, trank mäßig und sagte auf eine Frage von Lydia: »Die Araberin wird nicht angeklagt. Sie fliegt morgen mit ihrem Vater nach Syrien.«

»Aha«, antwortete Lydia wissend. »Ein Mann stirbt, mein Sohn wird beinahe umgebracht, und die arabischen Mörder fliegen in der Luxusklasse – vermutlich mit der Lufthansa – nach Hause. Wo bleibt die Gerechtigkeit?«

»Aber ihr habt immerhin den Mörder des Priesters und der Nonne. Euer Oberst war sogar in den Nachrichten.« Josef sah Karpo und seinen Vater an und hob sein Glas, um ihnen zuzuprosten. »Ich habe es bei der Armee erlebt, wie Männer auf diese Weise durchgedreht sind. Gewalt explodiert in ihnen und treibt sie zum Wahnsinn und zum Selbstmord.«

»Wie in deinem Stück?« fragte Sarah.

»Ja«, stimmte er zu.

»Und jetzt wird die Welt nie erfahren, weshalb er getötet hat«, sagte Rostnikow und sah Karpo an.

»Er war der Parteisekretär in der Stadt«, meldete sich Karen zu Wort. »Die Partei ist am Ende. Die Kirche ist auf dem Vormarsch. Er hat es nicht ertragen, wie sie's in den Nachrichten gesagt haben.«

»Vielleicht«, pflichtete Rostnikow ihr bei und bewegte sein Bein, um es bei Laune zu halten.

»Der Priester war ein Heiliger«, sagte Lydia.

»Vielleicht«, wiederholte Rostnikow. »Ich trinke auf Sascha Tkach, der heute dreißig geworden ist.«

»*Na zdarowje* – Auf sein Wohl«, stimmten alle ein. Sascha sah Maja an. Maja lächelte und berührte zärtlich sein verunstaltetes Gesicht.

Und alle tranken.

»Auf meine Babys!« erklärte Sascha und legte die Hand auf den Bauch seiner Frau.

»Auf ihr Wohl!«

Und alle tranken erneut.

»Auf Lydia, die geholfen hat, als wir sie brauchten!« rief Maja.

»Auf ihr Wohl!«

Und erneut tranken alle.

Pultscharia kletterte vom Schoß des Vaters und sah zum Fenster. Lydia erhob ihr Glas. »Auf Porfirij Rostnikow, der die Verantwortung für die Sicherheit meines einzigen Kindes trägt!«

»Auf sein Wohl!«

Sie leerten ihre Gläser.

»Auf meine Frau, die heute eine neue Stelle bekommen hat!« sagte Rostnikow.

»Eine Stelle!« rief Josef.

Sarah lächelte und starrte in ihr Glas. »Nichts Besonderes. Als Verkäuferin in einer Musikalienhandlung am Kalinin-Prospekt in der Nähe der U-Bahnstation.«

»Auf ihr Wohl!« jubelten alle im Chor.

»Auf meinen Sohn!« sagte Sarah, nachdem sie getrunken hatte. »Er ist sicher wieder zu Hause und hat ein wunderbares Theaterstück geschrieben.«

»Auf sein Wohl!«

Josef stand unsicher auf, hob sein Glas und sagte: »Auf Elena Timofejewa, eine Bereicherung unserer Gesellschaft.«

Karen, eine begabte Schauspielerin, die es verdiente, eine tragende Rolle in dem Stück über Frauen zu spielen, lächelte und war die erste, die zu der verlegenen Elena sagte: »Auf Ihr Wohl!«

Als sie gerade trinken wollten, stieß Pultscharia einen spitzen Schrei aus, stolperte durchs Zimmer und warf sich gegen Emil Karpo, der sich bückte und sie aufhob. Alle erstarrten und sahen den Vampir und das kleine Mädchen an. Pultscharia betrachtete Karpos angespannte Züge, berührte zärtlich seine Wange und legte den Kopf an seine Schulter.

»Es ist spät«, bemerkte Anna Timofejewa. »Ich brauche meine Ruhe, und wir müssen mit zwei Buslinien fahren.«

Danach löste sich die Gesellschaft schnell auf. Alle baten um ihre Mäntel, und Rostnikow bedeutete Josef, ihm behilflich zu sein. Vater und Sohn verschwanden im Wohnzimmer, während sich die anderen weiter angeregt unterhielten.

»Karen ist sehr hübsch«, begann Rostnikow.

»Sehr hübsch«, bekräftigte Josef.

»Und talentiert«, fuhr Rostnikow fort.

»Sehr talentiert«, sagte Josef. »Aber du irrst dich. Die Polizistin, diese Elena... Ich glaube, ich habe mich in sie verliebt.«

Rostnikow und sein Sohn blieben mit zahlreichen Mänteln im Arm an der Tür stehen und sahen sich an. »Möglich«, antwortete Rostnikow. »Aber du bist ein bißchen betrunken.«

»Stimmt«, erwiderte Josef. »Ich bin beschwipst. Trotzdem, du wirst schon sehen.«

Sie trugen die Mäntel ins Wohnzimmer.

Anna und Elena gingen als erste. Josef und Karen folgten ihnen. Das Funkeln in Karens Augen, ihr wissendes Lächeln und ihre wackeligen Knie waren deutliche Zeichen dafür, daß sie entschieden zuviel getrunken hatte.

»Ich nehme sie!« sagte Lydia zu Karpo und streckte die Arme nach der schlafenden Pultscharia aus. Sascha und Maja stützten sich gegenseitig und gingen zur Tür.

»Ich trage sie noch die Treppe hinunter«, erbot sich Karpo. Das Haar des Kindes kitzelte an seinen bleichen Wangen, und seine Züge wirkten so entspannt wie noch nie. Rostnikow traute seinen Augen kaum. »Mathilde und ich müssen auch gehen.«

Mathilde sah Rostnikow an und lächelte.

»Also gut«, murmelte Lydia. »Aber seien Sie vorsichtig.«

»Darauf können Sie sich verlassen«, entgegnete Karpo und folgte Lydia Tkach ins Treppenhaus.

»Danke«, sagte Mathilde und nahm Sarahs Hand.

»Wir sehen uns sicher bald mal wieder«, erwiderte Sarah.

Rostnikow hielt kurz inne, als Sarah die Tür zumachte. Dann begann er den Tisch abzuräumen. »Von den Resten können wir noch zweimal essen«, verkündete er.

»Vielleicht sogar dreimal«, erwiderte Sarah.

»Ich wasche ab«, bot Rostnikow an.

»Mir geht es bestens, Porfirij. Warum machen wir das nicht morgen? Wir haben beide zuviel getrunken.«

Sie gingen ins Bett. Es war kurz vor ein Uhr morgens, als Rostnikow das Klopfen an der Tür hörte.

Sarah schlief tief und fest. Sie schnarchte leise. Rostnikow stand so schnell auf, wie es sein Bein erlaubte, zog seinen blauen Morgenrock an und schloß die Schlafzimmertür, als es zum zweiten Mal klopfte.

Rostnikow hatte das schon oft erlebt. Ein Mord, ein Kind, das vermißt wurde, eine Terrordrohung. Der Fahrer in Uniform würde sich höflich entschuldigen, ihm das wenige sagen, was er wußte, und geduldig warten, während Rostnikow sich anzog. Er schloß die Tür auf und öffnete. Statt eines Fahrers in Uniform standen zwei Männer im Korridor. Einen kannte er nicht. Der andere war Klamkin, der Frosch, der eine sehr wirkungsvolle Walther-Pistole Kaliber 9 mm auf ihn gerichtet hielt.

»Ich könnte Sie jetzt einfach erschießen und anschließend ruhig nach Hause gehen«, sagte Klamkin und stieß die Tür weiter auf.

»Aber Sie tun es nicht«, entgegnete Rostnikow. »Sonst hätten Sie's längst erledigt.«

Der Mann hinter Klamkin war groß und jung, hatte kurzes sandfarbenes Haar. Er trug ein verächtliches Grinsen zur Schau, das Rostnikow sagen sollte, er wußte etwas, was dieser nicht wußte. In diesem Fall stimmte es sogar.

Beide Besucher trugen dicke blaue Mäntel, aber keine Kopfbedeckung. »Wir können im Gang besprechen, was es zu besprechen gibt«, erklärte Rostnikow, als Klamkin ihm mit der Pistole bedeutete, ins Zimmer zu gehen.

»Ihre Frau schläft«, stellte Klamkin fest. »Das wissen wir. Wir sind leise, und es dauert nicht lange. Sie war krank, und wir wollen nicht, daß sie einen Rückfall erleidet.«

Rostnikow zog sich langsam ins Zimmer zurück. Der junge Mann schloß die Tür. Rostnikow wußte, daß die meisten Leute in ähnlichen Situationen so weit wie möglich außer Reichweite der Waffe zu gelangen versuchten. Doch es lohnte sich nicht, vor Kugeln davonzulaufen. Sie waren doch immer schneller. Rostnikow blieb so nahe wie möglich bei Klamkin. Jedenfalls nahe genug, um wenigstens eine Chance zu haben, den Mann zu entwaffnen, falls er sich entschließen sollte, abzudrücken.

»Wir können zurückkommen und Sie morgen oder nächste Woche oder an irgendeinem x-beliebigen Tag erschießen, wenn der Rubel wieder was wert ist«, sagte Klamkin.

Rostnikow schwieg.

»Der Offizier, für den ich arbeite, möchte Ihnen einen Vorschlag machen«, fuhr Klamkin fort.

»Ich höre.«

Der junge Mann sah sich im Zimmer um. Rostnikow schloß daraus, daß er neu im Geschäft war.

»Sie werden mich mit Informationen über Ihre Ermittlungen und die Ermittlungen der anderen in Ihrer Abteilung versorgen.«

»Und warum sollte ich das tun?« erkundigte sich Rostnikow.

Klamkin verzog sein Gesicht zu einem schiefen Grinsen. »Mein Vorgesetzter meint, daß Sie vielleicht Angst vor dem Sterben haben«, antwortete er. »Er hat das Gefühl, es könnte Ihrer Frau oder Ihrem Sohn etwas zustoßen.«

»Falls meiner Frau oder meinem Sohn auch nur ein Haar gekrümmt wird, bringe ich Sie und Oberst Lunatscharskij um«, stellte Rostnikow kalt fest.

Der große Mann lachte angesichts der absurden Drohung durch den alten Krüppel.

»Tja, das sind die Leute, mit denen wir heutzutage auskommen müssen«, seufzte Klamkin entschuldigend und sah Rostnikow an. »Wir verlieren die erfahrenen, geschulten Mitarbeiter und ersetzen sie durch Trottel wie diesen. Trottel, die keine Ahnung haben, was jemand wie Sie mit ihnen macht, wenn ich zulassen würde, daß er Ihnen zu nahe kommt.«

»Die Welt verändert sich«, murmelte Rostnikow.

»Wir gehören zum alten Eisen, Porfirij Petrowitsch«, erklärte Klamkin. »Bitte gehen Sie weiter zurück.«

Rostnikow trat einen Schritt zurück.

»Ich hatte nicht die geringste Hoffnung, daß die Drohung fruchten würde«, fuhr Klamkin fort. »Aber die Gegenleistung hat vielleicht eine bessere Chance. Helfen Sie uns ein Jahr, dann bringen wir Sie, Ihre Frau und Ihren Sohn aus Rußland raus nach Italien, Amerika, Frankreich, wohin Sie wollen. Mit einem finanziellen Polster, versteht sich. Die Lage in Moskau wird sich noch verschlechtern. Wer weiß, wie viele Jahre ...«

»Ich werd's mir überlegen«, versprach Rostnikow.

»Ihren Kollegen geschieht nichts«, sagte Klamkin. »Kein einziger Verbrecher wird verschont. Wenn Sie möchten, behalten Ihre Schützlinge Ihre Posten, nachdem Oberst Lunatscharskij die Abteilung übernommen hat. Selbst der Graue Wolf leidet nicht. Er wird einfach in den Ruhestand versetzt. Und nur Sie wissen Bescheid.«

»Der Preis ist zu hoch«, sagte Rostnikow.

Klamkin schüttelte den Kopf und wandte sich an den langen Kerl an seiner Seite. »Warten Sie draußen!« befahl er.

Der große Mann reagierte nicht sofort. Klamkin ließ Rostnikow nicht aus den Augen. »Warten Sie draußen!« wiederholte er scharf.

Diesmal gehorchte der große Mann. Klamkin machte die Tür hinter ihm zu. »Ich soll Sie erschießen, wenn ich den Eindruck habe, daß Sie das Angebot des Oberst nicht annehmen«, klärte Klamkin Rostnikow auf. »Einen Sündenbock haben wir bereits. Einen Einbrecher mit einem langen Vorstrafenregister. Es wird heißen, Sie hätten ihn überrascht.«

Rostnikow nickte.

»Unsere Abteilung greift ihn morgen früh auf, und er wird auf der Flucht erschossen. Wir stehen blendend da. Warum auch nicht? Immerhin haben wir den Mörder eines von allen Seiten geachteten Inspektors sofort gestellt.«

»Sie schießen nicht.«

»Ich erschieße Sie nicht, Porfirij Petrowitsch, aber ich stecke die Waffe auch nicht weg. Ich gehe zurück und sage dem Oberst, daß Sie sich sein Angebot überlegen, daß Sie Zeit brauchen. Inzwischen, Porfirij Petrowitsch, ändern Sie entweder Ihre Meinung, oder Sie müssen ständig auf der Hut sein.«

»Danke«, sagte Rostnikow.

»Ganz unter uns, Porfirij Petrowitsch«, flüsterte Klamkin.

»Ich mag Sie, und ich kann Lunatscharskij nicht ausstehen. Aber...«

»Man muß überleben«, ergänzte Rostnikow.

»Man muß überleben«, stimmte Klamkin ihm zu. Als er nach der Türklinke griff und die Tür öffnete, hielt er die Waffe noch immer auf Rostnikow gerichtet.

Als Klamkin fort war, verriegelte Rostnikow die Tür. Es war keine schlechte Tür. Er hatte die Verstärkungen selbst angebracht. Aber er wußte, daß keine Tür der Welt, nicht einmal eine Stahltür der Technologie, die der KGB entwickelt hatte, Widerstand leisten konnte.

Am Morgen wollte er eine Entscheidung treffen. Die Welt hatte sich geändert, aber nur oberflächlich. Sollte sich die Welt wirklich ändern, müßten sich die Menschen ändern, und das konnte keiner erwarten.

Als er sich leise wieder ins Bett legte, regte sich Sarah und hörte auf zu schnarchen. »Mit wem hast du geredet, Porfirij?« erkundigte sie sich schlaftrunken.

»Das war der Fernseher«, erwiderte Rostnikow. »Ich konnte nicht schlafen.«

»Schlaf jetzt«, murmelte Sarah und streckte die Hand nach ihm aus. »Du brauchst deinen Schlaf.«

Er dachte an Galina Panischkoja, die auf dem Hocker gesessen und eine verängstigte Verkäuferin mit der Waffe bedroht hatte. Er dachte an die Enkeltöchter der Frau. »Sarah«, flüsterte er.

»Ja.«

»Da sind zwei kleine Mädchen, die vielleicht irgendwo unterkommen müssen.«

»Ja.«

»Vielleicht könnten wir sie eine Weile bei uns aufnehmen.«

»Vielleicht. Wir reden morgen darüber«, seufzte sie.

Rostnikow nahm Sarah zärtlich in seine Arme, wie er es jede

Nacht seit vierzig Jahren getan hatte. Er lag auf dem Rücken, ihr Kopf ruhte in seiner Armbeuge, und sie schmiegte sich an ihn. Sie mochte seine Wärme und schnurrte leise wie eine Katze. Er liebte die kühle Haut ihrer Füße und Fingerspitzen.

Dann hatte er alles vor Augen. Klar und deutlich. Er erinnerte sich an die Wohnung, in der er als Kind gelebt hatte, erinnerte sich an das Sofa mit den Holzbeinen und der defekten Feder, die sich in seinen Rücken gegraben hatte, wenn er zu weit links gelegen hatte. Er erinnerte sich an die Stühle, die Fenster, den Tisch, das Radio mit dem Loch im Plastikgehäuse neben den Abstimmungsknöpfen, erinnerte sich sogar an das Muster auf dem abgetretenen Teppich, ein Geschenk des Großvaters, und an die Schuhschachtel mit Zinnsoldaten. Und er erinnerte sich lebhaft an die Gesichter seiner Eltern.

Die Erinnerung kam, und einen Augenblick später war Rostnikow eingeschlafen.

Mein besonderer Dank gilt den beiden Moskauer Polizeibeamten, die mir eine Seite des Moskauer Nachtlebens gezeigt haben, die nur wenige kennen, sowie der Moskauer Gruppe der International Association of Crime Writers für ihre großzügige Gastfreundschaft.